GU

CW01645789

CENTRAL PARK

XO ÉDITIONS

MIXTE
Papier issu de sources responsables
FSC® C003309

Pocket, une marque d'Univers Poche, est un éditeur qui s'engage pour la préservation de son environnement et qui utilise du papier fabriqué à partir de bois provenant de forêts gérées de manière responsable.

Crédits photographiques des gardes :
© Joe Josephs Photography / Getty Images ;
© Max Bailen / Corbis ; © Johner / Plainpicture ;
© Robert DiScalfani / Plainpicture
Photo de l'auteur : © Jean-Philippe Baltel

ISBN : 978-2-266-26406-8

Les choses qui vous échappent ont plus d'importance que les choses qu'on possède.

Somerset MAUGHAM

Première partie

Les enchaînés

1

Alice

Je crois qu'en tout homme, il y a un autre homme. Un inconnu, un Conspirateur, un Rusé.

Stephen KING

D'abord le souffle vif et piquant du vent qui balaie un visage.

Le bruissement léger des feuillages. Le murmure distant d'un ruisseau. Le piaillement discret des oiseaux. Les premiers rayons du soleil que l'on devine à travers le voile de paupières encore closes.

Puis le craquement des branches. L'odeur de la terre mouillée. Celle des feuilles en décomposition. Les notes boisées et puissantes du lichen gris.

Plus loin, un bourdonnement incertain, onirique, dissonant.

Alice Schäfer ouvrit les yeux avec difficulté. La lumière du jour naissant l'aveuglait, la rosée du matin poissait ses vêtements. Trempée de sueur glacée, elle grelottait. Elle avait la gorge sèche et un goût violent de cendre dans la bouche. Ses articulations étaient meurtries, ses membres ankylosés, son esprit engourdi.

Lorsqu'elle se redressa, elle prit conscience qu'elle était allongée sur un banc rustique en bois brut. Stupéfaite, elle découvrit soudain qu'un corps d'homme, massif et robuste, était recroquevillé contre son flanc et pesait lourdement sur elle.

Alice étouffa un cri et son rythme cardiaque s'emballa brusquement. Cherchant à se dégager, elle bascula sur le sol puis se releva dans le même mouvement. C'est alors qu'elle constata que sa main droite était menottée au poignet gauche de l'inconnu. Elle eut un mouvement de recul, mais l'homme resta immobile.

Merde !

Son cœur pulsa dans sa poitrine. Un coup d'œil à sa montre : le cadran de sa vieille Patek était rayé, mais le mécanisme fonctionnait toujours et son calendrier perpétuel indiquait : mardi 8 octobre, 8 heures.

Bon sang ! Mais où suis-je ? se demanda-t-elle en essuyant avec sa manche la transpiration sur son visage.

Elle regarda autour d'elle pour évaluer la situation. Elle se trouvait au cœur d'une forêt dorée par l'automne, un sous-bois frais et dense à la végétation variée. Une clairière sauvage et silencieuse entourée de chênes, de buissons épais et de saillies rocheuses. Personne aux alentours et, vu les circonstances, c'était sans doute préférable.

Alice leva les yeux. La lumière était belle, douce, presque irréelle. Des flocons scintillaient à travers le feuillage d'un orme immense et flamboyant dont les racines trouaient un tapis de feuilles humides.

Forêt de Rambouillet ? Fontainebleau ? Bois de Vincennes ? hasarda-t-elle mentalement.

Un tableau impressionniste de carte postale dont la sérénité contrastait avec la violence de ce réveil surréaliste au côté d'un parfait inconnu.

Prudemment, elle se pencha en avant pour mieux distinguer son visage. C'était celui d'un homme, entre trente-cinq et quarante ans, aux cheveux châtains en bataille et à la barbe naissante.

Un cadavre ?

Elle s'agenouilla et posa trois doigts le long de son cou, à droite de la pomme d'Adam. Le pouls qu'elle sentit en appuyant sur l'artère carotide la rassura. Le type était inconscient, mais il n'était pas mort. Elle prit le temps de l'observer un moment. Le connaissait-elle ? Un voyou qu'elle aurait mis au trou ? Un ami d'enfance qu'elle ne reconnaissait pas ? Non, ces traits ne lui disaient absolument rien.

Alice repoussa quelques mèches blondes qui lui tombaient devant les yeux puis considéra les bracelets métalliques qui la liaient à cet individu. C'était un modèle standard à double sécurité utilisé par un grand nombre de services de police ou de sécurité privée de par le monde. Il était même fort probable qu'il s'agisse de sa *propre* paire. Alice fouilla dans la poche de son jean en espérant y trouver la clé.

Elle n'y était pas. En revanche, elle sentit un calibre, glissé dans la poche intérieure de son blouson de cuir. Croyant retrouver son arme de service, elle referma ses doigts sur la crosse avec soulagement. Mais ce n'était pas le Sig Sauer utilisé par les flics de la brigade criminelle. Il s'agissait d'un Glock 22 en polymère dont elle ignorait la provenance. Elle voulut vérifier le chargeur, mais c'était difficile avec une main entravée. Elle y parvint néanmoins au prix de quelques contorsions, tout en prenant garde à ne pas réveiller l'inconnu. Visiblement, il manquait une balle. En maniant le pistolet, elle prit conscience que la crosse était tachée de sang séché. Elle ouvrit complètement son blouson pour constater que des traînées d'hémoglobine coagulée maculaient également les deux pans de son chemisier.

Bordel ! Qu'est-ce que j'ai fait ?

Alice se massa les paupières de sa main libre. À présent, une migraine lancinante irradiait dans ses tempes, comme si un étau invisible lui compressait le crâne. Elle respira profondément pour faire refluer sa peur et essaya de regrouper ses souvenirs.

La veille au soir, elle était sortie faire la fête avec trois copines sur les Champs-Élysées. Elle avait beaucoup bu, enchaînant les verres dans des bars à cocktails : le Moonlight, le Treizième Étage, le Londonderry… Les quatre amies s'étaient séparées vers minuit. Elle avait regagné seule sa voiture, garée dans le parking souterrain de l'avenue Franklin-Roosevelt, puis…

Le trou noir. Un voile de coton enveloppait son esprit. Son cerveau moulinait dans le vide. Sa mémoire était paralysée, gelée, bloquée sur cette dernière image.

Allez, fais un effort, bordel ! Que s'est-il passé ensuite ?

Elle se revoyait distinctement payer sa place aux caisses automatiques, puis descendre les escaliers vers le troisième sous-sol. Elle avait trop picolé, ça, c'était certain. En titubant, elle avait rejoint sa petite Audi, avait déverrouillé la portière, s'était installée sur le siège et…

Plus rien.

Elle avait beau essayer de se concentrer, un mur de brique blanche lui barrait l'accès à ses souvenirs. Le mur d'Hadrien dressé devant sa réflexion, la muraille de Chine tout entière face à de vaines tentatives.

Elle avala sa salive. Son niveau de panique monta d'un cran. Cette forêt, le sang sur son chemisier, cette arme qui n'était pas la sienne… Il ne s'agissait pas d'une simple gueule de bois un lendemain de fête. Si elle ne se souvenait pas comment elle avait atterri ici, c'était à coup sûr qu'on l'avait droguée. Un taré avait peut-être versé du GHB dans son verre ! C'était bien possible : en tant que flic, elle avait été confrontée ces dernières années à plusieurs affaires impliquant la drogue du viol. Elle rangea cette idée dans un coin de sa tête et entreprit de vider ses poches : son portefeuille et sa carte de flic avaient disparu. Elle n'avait plus sur elle ni papiers d'identité, ni argent, ni téléphone portable.

La détresse vint s'ajouter à la peur.

Une branche craqua, faisant s'envoler une nuée de fauvettes. Quelques feuilles roussies voltigèrent dans l'air et frôlèrent le visage d'Alice. À l'aide de sa main gauche, elle remonta la fermeture Éclair de son blouson, en maintenant le haut du vêtement avec son menton. C'est alors qu'elle remarqua au creux de sa main une inscription à l'encre pâle d'un stylo-bille ;

une suite de numéros notés à la volée, comme une antisèche de collégien menaçant de s'effacer :

2125558900

À quoi correspondaient ces chiffres ? Était-ce elle qui les avait tracés ? *Possible, mais pas certain...* jugea-t-elle au vu de l'écriture.

Elle ferma les yeux un bref instant, désemparée et effrayée.

Elle refusa de se laisser abattre. À l'évidence, un événement grave s'était déroulé cette nuit. Mais, si elle n'avait plus aucun souvenir de cet épisode, l'homme à qui elle était enchaînée allait rapidement lui rafraîchir la mémoire. Du moins, c'était ce qu'elle espérait.

Ami ou ennemi ?

Dans l'ignorance, elle replaça le chargeur dans le Glock et arma le semi-automatique. De sa main libre, elle pointa le calibre en direction de son compagnon avant de le secouer sans ménagement.

— Eh ! Oh ! On se réveille !

L'homme avait de la difficulté à émerger.

— Bougez-vous, mon vieux ! le brusqua-t-elle en lui secouant l'épaule.

Il cligna des yeux et écrasa un bâillement avant de se redresser péniblement. Lorsqu'il ouvrit les paupières, il marqua un violent mouvement de stupeur en voyant le canon de l'arme à quelques centimètres de sa tempe.

Il regarda Alice les yeux écarquillés puis tourna la tête en tous sens, découvrant abasourdi le paysage sylvestre qui l'entourait.

Après quelques secondes de stupéfaction, il avala sa salive puis ouvrit la bouche pour demander en anglais :

— Mais qui êtes-vous, bon Dieu ? Que faisons-nous ici ?

2

Gabriel

Chacun d'entre nous porte en lui un inquiétant étranger.

Les frères GRIMM

L'inconnu avait parlé avec un fort accent américain, escamotant presque totalement les r.

— Où sommes-nous, bordel ? insista-t-il encore en fronçant les sourcils.

Alice resserra les doigts autour de la crosse du pistolet.

— Je pense que c'est à vous de me le dire ! lui répondit-elle en anglais, en rapprochant le canon du Glock de sa tempe.

— Eh, on se calme, d'accord ? demanda-t-il en levant les mains. Et baissez votre arme : c'est dangereux, ces machins-là…

Encore mal réveillé, il désigna du menton sa main emprisonnée par le bracelet d'acier.

— Pourquoi m'avez-vous passé ces trucs ? Qu'est-ce que j'ai fait cette fois ? Bagarre ? Ivresse sur la voie publique ?

— Ce n'est pas moi qui vous ai menotté, répliqua-t-elle.

Alice le détailla : il portait un jean sombre, une paire de Converse, une chemise bleue froissée et une veste de costume cintrée. Ses yeux, clairs et engageants, étaient cernés et creusés par la fatigue.

— Fait vraiment pas chaud, se plaignit-il en rentrant la nuque dans les épaules.

Il baissa les yeux vers son poignet pour consulter sa montre, mais elle n'y était pas.

— Merde… Quelle heure est-il ?

— Huit heures du matin.

Tant bien que mal, il retourna ses poches avant de s'insurger :

— Mais vous m'avez tout piqué ! Mon fric, mon larfeuille, mon téléphone…

— Je ne vous ai rien volé, assura Alice. Moi aussi, on m'a dépouillée.

— Et j'ai une sacrée bosse, constata-t-il en se frottant l'arrière du crâne avec sa main libre. Ça non plus, ce n'est pas vous, bien sûr ? se plaignit-il, sans vraiment attendre de réponse.

Il la regarda du coin de l'œil : vêtue d'un jean serré et d'un blouson de cuir d'où s'échappaient les pans d'un chemisier taché de sang, Alice était une blonde élancée d'une trentaine d'années, dont le chignon était sur le point de se dénouer. Son visage était dur, mais harmonieux – pommettes hautes, nez fin, teint diaphane – et ses yeux, pailletés par les reflets cuivrés des feuilles d'automne, brillaient intensément.

Une douleur le tira de sa contemplation : une sensation de brûlure courait à l'intérieur de son avant-bras.

— Qu'est-ce qui se passe encore ? soupira-t-elle.

— J'ai mal, grimaça-t-il. Comme une blessure…

À cause des menottes, Gabriel ne put enlever sa veste ou remonter les manches de sa chemise, mais, à force de contorsions, il réussit à apercevoir une sorte de bandage qui enserrait son bras. Un pansement fraîchement posé d'où s'échappait une mince traînée de sang qui s'écoulait jusqu'à son poignet.

— Bon, on arrête les conneries, maintenant ! s'énerva-t-il. On est où, là ? À Wicklow ?

La jeune femme secoua la tête.

— Wicklow ? Où est-ce ?

— Une forêt au sud, soupira-t-il.

— Au sud de quoi ? demanda-t-elle.

— Vous vous foutez de moi ? Au sud de Dublin !

Elle le regarda avec des yeux ronds.

— Vous pensez vraiment que nous sommes en Irlande ?

Il soupira.

— Et où pourrions-nous être, sinon ?

— Eh bien, en France, j'imagine. Près de Paris. Je dirais dans la forêt de Rambouillet ou…

— Arrêtez votre délire ! la coupa-t-il. Et puis, vous êtes qui, au juste ?

— Une fille avec un flingue, donc c'est moi qui pose les questions.

Il la défia du regard, mais comprit qu'il n'avait pas la situation en main. Il laissa le silence s'installer.

— Je m'appelle Alice Schäfer, je suis capitaine de police à la brigade criminelle de Paris. J'ai passé la soirée avec des amies sur les Champs-Élysées. J'ignore où nous sommes et comment nous nous sommes retrouvés ici, enchaînés l'un à l'autre. Et je n'ai pas la moindre idée de votre identité. À vous, maintenant.

Après quelques secondes d'hésitation, l'inconnu se résolut à décliner son identité.

— Je suis américain. Mon nom est Gabriel Keyne et je suis pianiste de jazz. En temps normal, j'habite à Los Angeles, mais je suis souvent sur les routes à cause des concerts.

— Quel est votre dernier souvenir ? le pressa-t-elle.

Gabriel fronça les sourcils et ferma les yeux pour mieux se concentrer.

— Eh bien… Hier soir, j'ai joué avec mon bassiste et mon saxophoniste au Brown Sugar, un club de jazz du quartier de Temple Bar, à Dublin.

À Dublin... Ce type est dingue !

— Après le concert, je me suis installé au bar et j'ai peut-être un peu forcé sur le Cuba libre, continua Gabriel en ouvrant les paupières.

— Et ensuite ?

— Ensuite…

Son visage se crispa et il se mordilla la lèvre. Visiblement, il avait autant de mal qu'elle à se souvenir de sa fin de soirée.

— Écoutez, je ne sais plus. Je crois que je me suis frité avec un type qui n'aimait pas ma musique, puis j'ai dragué quelques nanas, mais j'étais trop torché pour en choper une.

— Très classe. Très élégant, vraiment.

Il balaya le reproche d'un geste de la main et se leva du banc, obligeant Alice à faire de même. D'un geste brusque de l'avant-bras, celle-ci l'obligea à se rasseoir.

— J'ai quitté le club vers minuit, affirma-t-il. Je tenais à peine debout. J'ai hélé un taxi sur Aston Quay. Au bout de quelques minutes, une voiture s'est arrêtée et…

— Et quoi ?

— Je ne sais plus, admit-il. J'ai dû donner l'adresse de mon hôtel et m'écrouler sur la banquette.

— Et après ?

— Rien, je vous dis !

Alice baissa son arme et laissa passer quelques secondes, le temps de digérer ces mauvaises nouvelles. Visiblement, ce n'était pas ce type qui allait l'aider à éclaircir sa situation. Au contraire.

— Vous avez bien conscience que tout ce que vous venez de me raconter est une vaste blague ? reprit-elle en soupirant.

— Et pourquoi donc ?

— Mais parce que nous sommes en France, voyons !

Gabriel balaya du regard la forêt qui s'étendait autour d'eux : la végétation sauvage, les buissons touffus, les parois rocheuses recouvertes de lierre, le dôme doré formé par les feuillages d'automne. Son regard remonta le long du tronc écorché d'un orme gigantesque et attrapa deux écureuils qui faisaient la course, grimpant en bonds rapides et passant de branche en branche à la poursuite d'un merle bleu.

— Je suis prêt à parier ma chemise que nous ne sommes pas en France, lança-t-il en se grattant la tête.

— De toute façon, il n'y a qu'un seul moyen de le savoir, s'agaça Alice en rangeant son flingue et en l'incitant à se lever du banc.

Ils quittèrent la clairière pour s'enfoncer dans la végétation faite de bosquets denses et d'arbustes feuillus. Retenus l'un à l'autre, ils traversèrent un sous-bois vallonné, suivirent un chemin grimpant, puis descendirent une pente en prenant appui sur les affleurements rocheux. Il leur fallut dix bonnes minutes pour parvenir à s'extraire de ce labyrinthe boisé, enjambant les petits cours d'eau et arpentant de nombreux sentiers sinueux. Enfin, ils débouchèrent sur une étroite allée goudronnée bordée d'arbres qui dessinaient une voûte végétale au-dessus de leur tête. Plus ils avançaient sur la coulée bitumée, plus les bruits de la civilisation se faisaient présents.

Un bourdonnement familier : la rumeur montant de la ville…

Habitée d'un drôle de pressentiment, Alice entraîna Gabriel vers une trouée de soleil dans le feuillage. Happés par l'éclaircie, ils se frayèrent un chemin jusqu'à ce qui semblait être la berge gazonnée d'un plan d'eau.

C'est alors qu'ils l'aperçurent.

Un pont de fonte largement arqué qui enjambait avec grâce l'un des bras de l'étang.

Un long pont couleur crème, orné d'arabesques et subtilement décoré d'urnes fleuries.

Une passerelle familière aperçue dans des centaines de films.

Bow Bridge.

Ils n'étaient pas à Paris. Ni à Dublin.

Ils étaient à New York.

À Central Park.

3

Central Park West

Nous souhaitons la vérité, et ne trouvons en nous qu'incertitude.

Blaise PASCAL

— Nom de Dieu ! souffla Gabriel, tandis que la stupéfaction se peignait sur le visage d'Alice.

Même si la réalité était difficile à admettre, il n'y avait plus aucun doute à présent. Ils s'étaient réveillés au cœur du « Ramble », l'endroit le plus sauvage de Central Park. Une véritable forêt de quinze hectares qui s'étendait au nord du lac.

Leurs cœurs battaient à l'unisson, cognant à tout rompre dans leur poitrine. En s'approchant de la rive, ils arrivèrent sur une allée animée, typique de l'effervescence du parc en début de matinée. Les accros du jogging cohabitaient harmonieusement avec les cyclistes, les adeptes du tai chi et les simples marcheurs venus promener leur chien. L'univers sonore si caractéristique de la ville semblait subitement leur exploser aux oreilles : le bourdonnement de la circulation, les Klaxon, les sirènes des pompiers et de la police.

— C'est dément, murmura Alice.

Déstabilisée, la jeune femme essaya de réfléchir. Elle voulait bien admettre que Gabriel et elle avaient tous les deux beaucoup picolé la veille au soir, au point d'en oublier de quoi leur nuit avait été faite. Mais il était impensable qu'on ait pu les embarquer dans un avion contre leur volonté. Elle était souvent venue en vacances à New York avec Seymour, son collègue et meilleur ami. Elle savait qu'un vol Paris-New York durait un peu plus de huit heures, mais, avec le décalage horaire, cet écart tombait à deux heures. Lorsqu'ils partaient ensemble, Seymour réservait le plus souvent le vol de 8 h 30 à l'aéroport Charles-de-Gaulle qui arrivait à New York à 10 h 30. Elle avait aussi noté que le dernier long-courrier quittait Paris un peu avant 20 heures. Or, la veille au soir, à 20 heures, elle était encore à Paris. Gabriel et elle avaient donc voyagé sur un vol privé. En admettant qu'on l'ait mise dans un avion à Paris à 2 heures du matin, elle serait arrivée à New York à 4 heures, heure locale. Assez pour se réveiller à

Central Park à 8 heures. Sur le papier, ce n'était pas impossible. Dans la réalité, c'était une autre histoire. Même à bord d'un jet privé, les formalités administratives pour entrer aux États-Unis restaient longues et compliquées. Tout cela ne collait décidément pas.

— *Oups, sorry !*

Un jeune homme en Rollerblade venait de les bousculer. Tout en s'excusant, il jeta un regard interloqué et suspicieux en direction des menottes.

Un signal d'alarme s'alluma dans la tête d'Alice.

— On ne peut pas rester là, immobiles, aux yeux des badauds, s'alarma-t-elle. Les flics vont nous tomber dessus dans moins d'une minute.

— Qu'est-ce que vous proposez ?

— Prenez-moi la main, vite !

— Hein ?

— Prenez-moi la main comme si nous étions un couple d'amoureux et traversons le pont ! le brusqua-t-elle.

Il s'exécuta et ils empruntèrent Bow Bridge. L'air était vif et sec. Dans un ciel pur se détachaient en arrière-plan les silhouettes des somptueux immeubles de Central Park West : les deux tours jumelles du San Remo, la façade mythique du Dakota, les appartements Arts déco du Majestic.

— De toute façon, nous devons nous signaler aux autorités, reprit Gabriel en continuant d'avancer.

— C'est ça, jetez-vous dans la gueule du loup !

Il contre-attaqua :

— Écoutez la voix de la raison, ma petite…

— Appelez-moi encore une fois comme ça et je vous étrangle avec ces menottes ! Je vous comprime le cou jusqu'à votre dernier souffle. Mort, on dit beaucoup moins de conneries, vous verrez.

Il ignora la menace.

— Puisque vous êtes française, allez au moins prendre conseil auprès de votre ambassade !

— Pas avant d'avoir compris ce qu'il s'est réellement passé cette nuit.

— En tout cas, ne comptez pas sur moi pour jouer au fugitif. Dès qu'on sort du parc, je me précipite dans le premier commissariat venu pour raconter ce qui nous arrive.

— Vous êtes stupide ou vous le faites exprès ? Au cas où vous ne l'auriez pas remarqué, on est *menottés*, mon gars ! Inséparables, indissociables, liés par la force des choses ! Donc, tant que nous n'avons pas trouvé un moyen pour rompre nos chaînes, *vous* faites ce que *je* fais.

Bow Bridge assurait une transition douce entre la végétation sauvage du Ramble et les jardins sagement agencés au sud du lac. En arrivant à l'extrémité du pont, ils remontèrent le chemin qui longeait le plan d'eau jusqu'au dôme en granit de la fontaine de Cherry Hill.

Gabriel insista :

— Pourquoi refusez-vous de m'accompagner chez les flics ?

— Parce que je connais la police, figurez-vous.

Le jazzman s'insurgea :

— Mais de quel droit m'entraînez-vous dans votre galère ?

— Comment ça, *ma* galère ? Je suis peut-être plongée dans la merde, mais vous y êtes avec moi jusqu'au cou.

— Non, car moi, je n'ai rien à me reprocher !

— Ah bon ? Et qu'est-ce qui vous permet d'être si affirmatif ? Je croyais que vous aviez tout oublié de votre nuit…

La réplique sembla déstabiliser Gabriel.

— Donc, vous n'avez pas confiance en moi ?

— Absolument pas. Votre histoire de bar à Dublin ne tient pas la route, Keyne.

— Pas plus que votre histoire de sortie sur les Champs-Élysées ! Et puis c'est vous qui avez du sang plein les mains. Vous qui avez un flingue dans la poche et…

Elle le coupa :

— Sur ce point, vous avez raison, C'est moi qui

ai le flingue, alors vous allez la boucler et faire exactement ce que je vous dis, OK ?

Il haussa les épaules et poussa un long soupir d'agacement.

En avalant sa salive, Alice éprouva une sensation de brûlure derrière le sternum, comme si une giclée d'acide éclaboussait son œsophage. Le stress. La fatigue. La peur.

Comment sortir de ce pétrin ?

Elle essaya de rassembler ses idées. En France, on était au début de l'après-midi. En ne la voyant pas au bureau ce matin, les types de son groupe d'enquête avaient dû s'inquiéter. Seymour avait certainement cherché à la joindre sur son portable. C'est lui qu'elle devait contacter en priorité, à lui qu'elle devait demander d'enquêter. Dans sa tête, une check-list commençait à se mettre en place : 1) récupérer les enregistrements des caméras de surveillance du parking de Franklin-Roosevelt, 2) recenser tous les avions privés qui avaient décollé de Paris après minuit en direction des États-Unis, 3) retrouver l'endroit où son Audi avait été abandonnée, 4) vérifier l'existence de ce Gabriel Keyne ainsi que la solidité de ses déclarations…

La perspective de ce travail d'enquête la rasséréna quelque peu. Depuis longtemps, l'adrénaline que lui procurait son métier était son principal carburant. Une véritable drogue qui, dans le passé, avait ravagé sa vie, mais qui lui donnait aujourd'hui la seule raison valable de se lever tous les matins.

Elle respira à pleins poumons l'air frais de Central Park.

Soulagée de voir que le flic en elle reprenait le dessus, elle commença à mettre au point une méthode d'investigation : sous son commandement, Seymour mènerait les recherches en France tandis qu'elle enquêterait sur place.

Toujours main dans la main, Alice et Gabriel gagnèrent sans tarder le jardin en triangle du Strawberry Fields qui permettait de quitter le parc par l'ouest. La flic jetait des coups d'œil à la dérobée en direction du musicien. Il fallait absolument qu'elle sache qui était vraiment cet homme. Lui avait-elle passé les bracelets elle-même ? Si c'était le cas, pour quelle raison ?

À son tour, il la regarda d'un air bravache.

— Bon, vous proposez quoi, alors ?

Elle lui répondit par une question :

— Est-ce que vous avez des connaissances dans cette ville ?

— Oui, j'y ai même un très bon ami, le saxophoniste Kenny Forrest, mais ça tombe mal : il est en tournée à Tokyo actuellement.

Elle formula sa question autrement :

— Donc vous ne connaissez aucun endroit où nous pourrions trouver des outils pour nous débarrasser de ces menottes, nous changer ou prendre une douche ?

— Non, admit-il. Et vous ?

— J'habite à Paris, moi, je vous signale !

— « J'habite à Paris, moi, je vous signale ! » l'imita-t-il en prenant un air pimbêche. Écoutez, je ne vois pas comment on pourrait se passer d'aller à la police : on n'a pas de fric, pas d'affaires de rechange, aucun moyen de prouver nos identités…

— Arrêtez vos jérémiades. Commençons par nous procurer un téléphone portable, d'accord ?

— On n'a pas un kopeck, je vous dis ! Comment voulez-vous qu'on fasse ?

— Ça, ce n'est pas compliqué : il suffit de le voler.

4

Les enchaînés

En plein cœur de toute difficulté se cache une possibilité.

Albert EINSTEIN

En quittant le jardin public, Alice et Gabriel débouchèrent sur Central Park West, l'avenue qui longeait le parc. Ils firent quelques pas sur le trottoir et se sentirent immédiatement aspirés par le flux urbain : les coups de Klaxon des taxis jaunes qui filaient à toute allure vers Midtown, les apostrophes des vendeurs de hot dogs, le bruit des marteaux-piqueurs des ouvriers de la voirie qui réparaient des canalisations.

Pas de temps à perdre.

Alice plissa les yeux pour mieux examiner les alentours. De l'autre côté de l'avenue s'élevait l'imposante façade couleur sable du Dakota, l'immeuble devant lequel John Lennon avait été assassiné trente-trois ans plus tôt. Le bâtiment détonnait : avec ses tourelles, ses pignons, ses lucarnes et ses balconnets, il projetait une silhouette gothique dans le ciel de Manhattan.

Le Moyen Âge en plein XXIe siècle.

Sur le trottoir, un vendeur à la sauvette avait installé son attirail et fourguait aux touristes des tee-shirts et des affiches à l'effigie de l'ex-Beatles.

La jeune femme avisa un groupe d'adolescents à une dizaine de mètres devant elle : des Espagnols bruyants qui se prenaient en photo devant l'immeuble. Trente ans plus tard, le mythe fonctionnait encore…

Après quelques secondes d'observation, elle repéra sa « cible » et élabora un plan d'attaque sommaire. Du menton, elle désigna le groupe à Gabriel.

— Vous voyez le jeune garçon qui parle au téléphone ?

Il se gratta la nuque.

— Lequel ? La moitié d'entre eux a un portable collé à l'oreille.

— Le petit gros à lunettes avec sa coupe au bol et son maillot du Barça.

— Je ne trouve pas ça très courageux de s'attaquer à un enfant…

Alice explosa :

— Vous n'avez pas l'air de bien prendre conscience qu'on est dans une sacrée merde, Keyne ! Ce type a au moins seize ans et il ne s'agit pas de l'attaquer, juste de lui emprunter son téléphone.

— J'ai la dalle, se plaignit-il. Vous ne voulez pas qu'on pique un hot dog plutôt ?

Elle le fusilla du regard.

— Arrêtez de faire le mariole et écoutez-moi bien. Vous allez marcher serré contre moi. Arrivé à son niveau, vous me pousserez vers lui et, dès que j'aurai saisi l'appareil, il faudra qu'on décampe fissa.

Gabriel approuva de la tête.

— Ça a l'air facile.

— Facile ? Vous allez voir comme c'est facile de courir avec des menottes…

La suite des événements se déroula comme Alice l'avait prévu : elle profita de la surprise de l'adolescent pour s'emparer de son téléphone.

— Courez maintenant ! lança-t-elle à Gabriel.

WALK : le feu piétonnier clignotait. Ils en profitèrent pour traverser l'avenue et s'enfoncèrent dans la première rue perpendiculaire. Courir en étant enchaînés s'avéra pire que ce qu'Alice avait redouté. À la difficulté d'ajuster leur rythme de progression s'ajoutaient leur différence de taille et la douleur des bracelets en acier qui, à chaque foulée, meurtrissaient la chair de leurs poignets.

— Ils nous poursuivent ! cria Gabriel en jetant un coup d'œil en arrière.

Alice se retourna à son tour pour apercevoir le groupe d'adolescents espagnols qui s'était lancé à leurs trousses.

Pas de chance...

D'un signe de tête, ils accélérèrent encore. La 71e Rue était une artère calme, typique de l'Upper West Side, bordée d'élégantes *brownstones* en grès rouge. Vierges de touristes, les trottoirs y étaient larges, ce qui permit au couple de parcourir rapidement le bloc d'habitations qui séparait les deux avenues. Toujours sur leurs talons, les adolescents se faisaient plus pressants, lançant des cris pour ameuter les passants et les rallier à leur cause.

Columbus Avenue.

Retour de l'animation : les boutiques qui ouvraient leur devanture, les cafés qui se remplissaient, les étudiants qui sortaient de la station de métro voisine.

— À gauche ! cria Gabriel en obliquant brutalement.

Le changement de direction prit Alice par surprise. Elle eut du mal à garder son équilibre et poussa un cri en sentant la mâchoire des menottes lui entailler la chair.

Ils descendirent l'avenue vers le sud, bousculant les piétons, renversant plusieurs présentoirs, manquant même d'écraser un yorkshire nain.

Trop de monde.

Sensation de vertige. Étourdissement. Point de côté qui déchire les flancs. Pour éviter la foule, ils tentèrent de se déporter de quelques mètres sur la chaussée.

Mauvaise idée...

Un taxi manqua de les percuter. Écrasant son frein, le chauffeur leur envoya un long coup de Klaxon et une bordée d'injures. En essayant de rejoindre l'accotement, Alice se prit le pied dans la bordure du trottoir. De nouveau, le bracelet des menottes lui trancha le poignet. Emportée par son élan, elle mordit la poussière, entraînant Gabriel avec elle dans sa chute et laissant s'échapper le portable pour lequel ils se donnaient tant de peine.

Merde !

D'un geste vif, Gabriel s'empara du mobile.

Relève-toi !

Ils se mirent debout et jetèrent un nouveau coup d'œil à leurs poursuivants. Si le groupe avait éclaté, deux adolescents continuaient à leur coller aux basques, s'offrant une poursuite dans Manhattan dont ils espéraient sortir vainqueurs et qui ne manquerait pas d'épater leurs copines à leur retour.

— Ils courent vite, ces salopards ! ragea Gabriel. Je suis trop vieux pour ces conneries, moi !

— Encore un effort ! réclama Alice en le contraignant à reprendre leur course.

Chaque nouvelle foulée était une torture, mais ils s'accrochèrent. Main dans la main. Dix mètres, cinquante mètres, cent mètres. Des images saccadées sautaient devant leurs yeux : les bouches d'égout fumantes projetant leur vapeur vers le ciel, les échelles en fonte courant le long des façades en brique, les grimaces des enfants à travers les vitres des bus scolaires. Et toujours cette succession de buildings de verre et de béton, ce foisonnement d'enseignes et de panneaux publicitaires.

67e Rue, 66e.

Ils avaient les poignets en sang, crachaient leurs poumons, mais étaient de nouveau bien lancés. Portés par l'adrénaline et contrairement aux gamins à leurs trousses, ils avaient trouvé leur second souffle. Leurs appuis étaient plus sûrs, leur course plus fluide. Ils arrivèrent au niveau où Broadway coupait Columbus. L'avenue se transformait alors en un carrefour gigantesque, point de rencontre de trois artères à quatre voies. Un seul regard et ils se comprirent.

— Maintenant !

Prenant tous les risques, ils traversèrent brusquement le carrefour en diagonale sous un concert de crissements de pneus et d'avertisseurs sonores.

Entre la 65e et la 62e, toute la partie ouest de Broadway était occupée par le complexe culturel du Lincoln Center, bâti autour du Metropolitan Opera. Alice leva les yeux pour s'orienter. Haut de plusieurs étages, un navire gigantesque de verre et de treillis d'acier avançait sa proue pointue jusqu'au milieu de l'avenue.

Elle reconnut l'auditorium de la Juilliard School, devant laquelle elle était déjà passée avec Seymour. Derrière la façade transparente, on pouvait apercevoir les pas de danse des ballerines ainsi que l'intérieur des studios où répétaient les musiciens.

— Le parking souterrain de l'opéra ! lança-t-elle en désignant une rampe bétonnée qui s'enfonçait dans le sol.

Gabriel acquiesça. Ils se faufilèrent dans les entrailles goudronnées en évitant les voitures qui remontaient vers la sortie. Arrivés au premier sous-sol, ils mirent à profit leurs dernières forces pour traverser l'aire de stationnement dans toute sa longueur et empruntèrent l'un des escaliers de sortie qui débouchait trois blocs plus loin, dans la petite enclave de Damrosch Park.

Lorsqu'ils furent enfin à l'air libre, ils constatèrent avec soulagement que leurs poursuivants avaient disparu.

*

Appuyés contre le muret qui ceinturait l'esplanade, Alice et Gabriel n'en finissaient pas de reprendre leur souffle. Ils étaient tous les deux en sueur et perclus de douleurs.

— Passez-moi le téléphone, hoqueta-t-elle.

— Mince, je… je l'ai perdu ! s'écria-t-il en mettant la main dans sa poche.

— C'est pas vrai, vous…

— Je plaisante, la rassura-t-il en lui tendant le smartphone.

Alice lui lança un regard assassin et s'apprêtait à l'invectiver lorsqu'un goût métallique envahit soudain sa bouche. Elle fut prise de vertiges. Un haut-le-cœur souleva son estomac et elle se pencha au-dessus d'une jardinière pour rendre un filet de bile.

— Il vous faut de l'eau.

— C'est à manger qu'il me faut.

— Je vous avais bien dit de piquer un hot dog !

Ils avancèrent prudemment jusqu'à la fontaine publique pour s'y désaltérer. Bordé par le New York

City Ballet et par les arches de verre de l'immense Metropolitan Opera, le Damrosch Park était suffisamment animé pour qu'on ne fasse pas attention à eux. Sur le parvis, des ouvriers s'activaient, montant des tentes et des podiums en prévision d'un défilé.

Après plusieurs gorgées d'eau, Alice s'empara du téléphone, vérifia qu'il n'était pas protégé par un code et composa le numéro de mobile de Seymour.

En attendant que la conversation s'établisse, elle coinça l'appareil au creux de son épaule et se massa la nuque. Son cœur continuait à tambouriner dans sa poitrine.

Réponds, Seymour...

Seymour Lombart était l'adjoint du groupe d'enquête que dirigeait Alice. Composé de cinq autres flics, le « groupe Schäfer » se partageait quatre petits bureaux au troisième étage du 36, quai des Orfèvres.

Alice regarda sa montre pour tenir compte du décalage horaire. À Paris, il était 14 h 20.

Le flic répondit après trois sonneries, mais le brouhaha des conversations derrière lui rendait le dialogue difficile. Si Seymour n'était pas sur le terrain, il était certainement encore en train de déjeuner.

— Seymour ?

— Alice ? Mais où es-tu, bon sang ? Je t'ai laissé plusieurs messages.

— Je suis à Manhattan.

— Tu… tu te fous de moi ?

— Il faut que tu m'aides, Seymour.

— Je t'entends très mal.

C'était la même chose pour elle. La réception était mauvaise. Hachée. La voix de son adjoint lui parvenait de façon distordue, presque métallique.

— Où es-tu, Seymour ?

— Au Caveau du Palais, place Dauphine. Écoute, je rentre au bureau et je te recontacte dans cinq minutes, OK ?

— D'accord. Le numéro s'est affiché ?

— Oui.

— Super. Et dépêche-toi. J'ai du boulot pour toi.

Frustrée, Alice raccrocha et tendit le portable au jazzman.

— Si vous voulez passer un coup de fil, c'est maintenant. Je vous donne cinq minutes. Grouillez-vous.

Gabriel la regarda avec un drôle d'air. Malgré l'urgence et le danger, il ne put empêcher un mince sourire de se dessiner sur son visage.

— Vous parlez toujours aux gens avec ce ton autoritaire ?

— Ne commencez pas à m'emmerder, le

rabroua-t-elle. Ce téléphone, vous le voulez, oui ou non ?

Gabriel se saisit de l'appareil et réfléchit quelques secondes.

— Je vais appeler mon ami, Kenny Forrest.

— Le saxophoniste ? Vous m'avez dit qu'il était à Tokyo.

— Avec un peu de chance, il aura laissé les clés de son appartement à un voisin ou à une gardienne. Vous savez quelle heure il est au Japon ? demanda-t-il en composant le numéro.

Alice compta sur ses doigts.

— Je dirais 10 heures du soir.

— Mince, il doit être en plein concert.

Effectivement, Gabriel tomba sur un répondeur et laissa un message dans lequel il expliquait qu'il était à New York et se promettait de rappeler plus tard.

Il rendit l'appareil à Alice. Elle regarda sa montre en soupirant.

Magne-toi, Seymour ! supplia-t-elle en serrant le smartphone entre ses doigts. Elle était décidée à rappeler son adjoint lorsqu'elle aperçut la série de chiffres inscrits au stylo-bille au creux de sa main. Avec la transpiration, ils étaient en train de s'effacer.

— Ça vous dit quelque chose, ça ? demanda-t-elle en ouvrant sa paume devant les yeux de Gabriel.

2125558900

— J'ai découvert ces chiffres à mon réveil ce matin. Pourtant, je ne me souviens pas les avoir écrits.

— Probablement un numéro de téléphone, non ? Refaites voir un peu. Gagné ! s'écria Gabriel. 212 est l'indicatif de Manhattan. Dites, vous êtes certaine que vous êtes flic ?

Comment ai-je pu passer à côté ?

Elle ignora le sarcasme et appela le numéro dans la foulée. On lui répondit dès la première sonnerie.

— Greenwich Hotel, bonjour. Candice à votre service. Comment puis-je vous aider ?

Un hôtel ?

Alice réfléchit à toute allure. À quoi correspondait cette adresse ? Peut-être y était-elle brièvement descendue ? Ça n'avait pas de sens, mais elle tenta le coup.

— Pourrais-je avoir la chambre de Mlle Alice Schäfer, je vous prie ?

Au bout du fil, la réceptionniste marqua une pause puis :

— Je crois qu'aucun de nos clients ne répond à ce nom-là, Madame.

Alice insista :

— Vous croyez ou vous êtes sûre ?

— Sûre et certaine, Madame. Je suis désolée.

Alice n'eut même pas le temps de raccrocher que le numéro de Seymour s'inscrivait sur l'écran en double appel. Elle répondit à son adjoint sans prendre la peine de remercier son interlocutrice.

— Tu es au bureau, Seymour ?

— J'y arrive, répondit-il d'une voix essoufflée. Cette histoire de New York, dis-moi que c'est une plaisanterie.

— Non, malheureusement. J'ai peu de temps et il faut absolument que tu m'aides.

En moins de trois minutes, elle lui raconta tout ce qu'il lui était arrivé depuis la veille au soir : la sortie avec ses copines dans les bars des Champs-Élysées, sa perte de mémoire depuis qu'elle avait rejoint le parking, son réveil à Central Park, enchaînée à un inconnu, et enfin le vol du portable pour l'appeler.

— Non, tu me fais marcher. À quoi tu joues, Alice ? On a plein de boulot, ici. Le juge veut te voir : il a refusé nos demandes d'écoutes sur l'affaire Sicard. Quant à Taillandier, elle…

— Écoute-moi, bon sang ! hurla-t-elle.

Elle avait les larmes aux yeux et était à bout de nerfs. Même de l'autre côté de l'Atlantique, son adjoint dut saisir la fragilité dans sa voix.

— Ce n'est pas une blague, putain ! Je suis en danger et je ne peux compter que sur toi !

— D'accord. Calme-toi. Pourquoi tu ne vas pas voir les flics ?

— Pourquoi ? Parce que j'ai un flingue qui n'est pas à moi dans la poche de mon blouson, Seymour. Parce que j'ai du sang partout sur mon chemisier. Parce que je n'ai aucun papier sur moi ! Voilà pourquoi ! Ils vont me mettre en taule sans chercher à en savoir davantage.

— Pas s'il n'y a pas de cadavre, objecta le policier.

— Ça, justement, je n'en suis pas certaine. Il faut d'abord que je découvre ce qu'il m'est arrivé. Et trouve-moi un moyen de virer ces menottes !

— Comment veux-tu que je fasse ?

— Ta mère est américaine. Tu as de la famille ici, tu connais du monde.

— Ma mère habite à Seattle, tu le sais très bien. À New York, ma famille se limite à l'une de mes grand-tantes. Une petite vieille coincée de l'Upper East Side. On lui a rendu visite ensemble la première fois qu'on est venus à Manhattan tous les deux, tu te souviens ? Elle a quatre-vingt-quinze ans, je ne pense pas qu'elle ait une scie à métaux sous la main. Ce n'est pas elle qui t'aidera.

— Qui, alors ?

— Laisse-moi réfléchir. J'ai peut-être une idée, mais il faut que je passe un coup de fil avant de t'envoyer à une mauvaise adresse.

— OK, rappelle-moi, mais fais vite, je t'en supplie.

Elle raccrocha et serra les poings. Gabriel la regarda dans les yeux. À la vibration du corps de sa « partenaire », il pouvait sentir le mélange de colère et de frustration qui l'habitait.

— C'est qui exactement, ce Seymour ?

— Mon adjoint à la brigade criminelle, et aussi mon meilleur ami.

— Vous êtes sûre qu'on peut lui faire confiance ?

— Absolument.

— Je ne comprends pas parfaitement le français, mais je ne l'ai pas senti très empressé de vous aider…

Elle ne répondit pas. Il poursuivit :

— Et l'hôtel, ça n'a rien donné ?

— Non, comme vous avez pu l'entendre, puisque vous écoutez les conversations.

— À cette distance, c'est dur de faire autrement ! Madame voudra bien pardonner mon indiscrétion vu les circonstances, se défendit-il d'un ton moqueur. Et comme vous me l'avez rappelé, vous n'êtes pas la seule à vous retrouver dans le pétrin !

Exaspérée, elle tourna la tête pour fuir le regard de Keyne.

— Putain, arrêtez de me dévisager comme ça. Vous n'avez pas un autre appel à passer ? Quelqu'un à prévenir : une femme, une copine…

— Non. Une fille dans chaque port, c'est ma devise. Je suis libre comme l'air. Libre comme les notes de musique qui s'envolent de mon piano.

— Ouais : libre et seul. Je connais bien les mecs dans votre genre.

— Et vous, pas de mari ou de copain ?

Elle éluda la question d'un mouvement de tête, mais il sentit qu'il avait mis le doigt sur quelque chose de sensible.

— Non, sérieusement, Alice : vous êtes mariée ?

— Allez vous faire foutre, Keyne.

— Oui, j'ai compris, vous êtes mariée, conclut-il.

Comme elle ne niait pas, il s'engouffra dans la brèche :

— Pourquoi vous n'appelez pas votre mari ?

De nouveau, elle serra les poings.

— Votre couple bat de l'aile, c'est ça ? Pas étonnant avec votre sale caractère…

Elle le regarda comme s'il venait de lui enfoncer un poignard dans le ventre. Puis la stupeur fit place à la colère.

— Parce qu'il est mort, sombre connard !

*

Dépité par sa maladresse, Gabriel afficha une mine déconfite. Avant même qu'il ait pu s'excuser, une horrible sonnerie – mélange improbable de salsa et d'électro – s'éleva du téléphone.

— Oui, Seymour ?

— J'ai la solution à ton problème, Alice. Tu te souviens de Nikki Nikovski ?

— Rafraîchis-moi la mémoire.

— Quand on est venus à New York, à Noël dernier, on a visité un collectif d'artistes contemporains…

— Dans un grand bâtiment près des quais, c'est ça ?

— Oui, dans le quartier de Red Hook. On avait longuement discuté avec une artiste qui faisait des sérigraphies sur des tôles d'acier et d'aluminium.

— Et tu avais fini par lui acheter deux œuvres pour ta collection, se souvint-elle.

— Oui, c'est elle, Nikki Nikovski. On est restés en contact et je viens de l'avoir au téléphone. Son atelier se situe dans une ancienne usine. Elle a les outils appropriés pour les menottes et elle est d'accord pour t'aider.

Alice soupira de soulagement.

Elle se raccrocha à cette nouvelle rassurante et présenta à son adjoint son plan de bataille :

— Il faut que tu enquêtes de ton côté, Seymour. Commence par récupérer les bandes de surveillance du parking souterrain de l'avenue Franklin-Roosevelt. Renseigne-toi pour savoir si ma voiture est encore là-bas.

Le flic embraya :

— Tu m'as dit qu'on t'avait volé toutes tes affaires, donc je peux essayer de tracer ton portable ainsi que les mouvements sur ton compte bancaire.

— D'accord. Et renseigne-toi sur tous les vols privés qui auraient pu quitter Paris pour les États-Unis dans la nuit. Commence par Le Bourget puis élargis la liste à tous les aéroports d'affaires de la région parisienne. Essaie aussi de trouver des informations sur un certain Gabriel Keyne : un pianiste de jazz américain. Vérifie s'il jouait bien hier soir dans un club de Dublin, le Brown Sugar.

— Des informations sur moi ? chercha à l'interrompre Gabriel. Non, mais vous êtes gonflée !

Alice lui fit signe de se taire et continua à dresser la feuille de route pour son adjoint :

— Interroge aussi mes copines, on ne sait jamais : Karine Payet, Malika Haddad et Samia Chouaki. On était ensemble à la fac de droit.

Tu trouveras leurs coordonnées dans l'ordi de mon bureau.

— OK.

Une idée lui traversa soudain l'esprit.

— À tout hasard, essaie de voir si tu peux tracer la provenance d'un flingue. Un Glock 22. Je te donne le numéro de série.

Elle énonça la suite de lettres et de chiffres gravés sur l'arme.

— C'est noté. Je vais faire tout mon possible pour t'aider, Alice, mais il faut que je prévienne Taillandier.

Alice ferma les yeux. L'image de Mathilde Taillandier, la divisionnaire qui dirigeait la brigade criminelle, traversa son esprit. Taillandier ne l'aimait pas beaucoup et c'était réciproque. Depuis l'« affaire Erik Vaughn », elle avait cherché plusieurs fois à la débarquer du 36. Jusqu'à présent, ses propres supérieurs s'y étaient opposés, essentiellement pour des raisons politiques, mais Alice savait que sa position restait fragile au sein de la boîte.

— Pas question, trancha-t-elle. Laisse les autres en dehors de ça et démerde-toi pour agir en solo. Je t'ai sauvé la mise suffisamment de fois pour que tu prennes un minimum de risques pour moi, Seymour.

— OK, acquiesça-t-il. Je te rappelle dès que j'ai du nouveau.

— C'est moi qui te rappellerai. Je ne vais pas pouvoir conserver ce téléphone longtemps, mais balance-moi les coordonnées de Nikki Nikovski par SMS.

Alice raccrocha et, quelques secondes plus tard, l'adresse de l'atelier de la peintre s'afficha sur l'écran du smartphone. En cliquant sur le lien hypertexte, elle bascula sur l'application de géolocalisation.

— Red Hook, ce n'est pas la porte à côté, remarqua Gabriel en se penchant sur le plan.

Alice scruta l'écran et avec son doigt balaya la surface tactile pour mieux appréhender les alentours. L'atelier était situé au sud-ouest de Brooklyn. Inutile d'espérer s'y rendre à pied. Ni en transport en commun, d'ailleurs.

— Et on n'a même pas d'argent pour se payer un ticket de bus ou de métro, remarqua Gabriel comme s'il avait pu lire dans ses pensées.

— Qu'est-ce que vous proposez alors ? lui demanda-t-elle comme une provocation.

— Facile : on va voler une voiture, affirma-t-il. Mais, cette fois, vous me laissez faire, d'accord ?

*

À l'angle d'Amsterdam Avenue et de la 61e Rue, une petite impasse coincée entre deux immeubles d'habitation.

Gabriel fit exploser la vitre de la vieille Mini d'un violent coup de coude. Alice et lui avaient mis plus d'un quart d'heure à trouver une voiture garée dans un endroit peu exposé et à l'âge suffisamment canonique pour être démarrée « à l'ancienne ».

C'était une antique Austin Cooper S bicolore à la carrosserie marron glacé et au toit blanc. Un modèle phare de la fin des années 1960 qu'un collectionneur semblait avoir restauré avec précision.

— Vous êtes sûr que vous savez ce que vous faites ?

Gabriel botta en touche.

— De quoi peut-on être sûr dans la vie ?

Il passa le bras à travers la vitre et ouvrit la portière. Contrairement à ce que les films peuvent laisser croire, voler une voiture en frottant ses câbles d'allumage n'est pas une mince affaire. Et c'est encore plus compliqué menotté à quelqu'un.

Gabriel s'assit à la place du chauffeur puis se baissa sous le volant en aluminium et en bois verni, tandis qu'Alice faisait mine de lui parler, accoudée à la fenêtre.

D'instinct, ils s'étaient partagé les rôles : elle faisait le guet pendant qu'il trafiquait la mécanique.

D'un coup sec, Gabriel fit sauter les panneaux en plastique qui s'emboîtaient pour masquer la colonne de direction. De sa main libre, il ôta les plaques pour accéder au câblage. D'un cylindre en plastique usé s'échappaient trois paires de fils de couleurs différentes.

— Où avez-vous appris à faire ça ?

— À l'école de la rue. Quartier d'Englewood, au sud de Chicago.

Il observa attentivement le faisceau de fils pour repérer la paire qui activait la batterie.

— C'est le câble qui alimente tout le circuit électrique de la voiture, expliqua-t-il en désignant les deux fils marron.

— Je rêve ! Vous n'allez pas me faire un cours de mécanique maintenant !

Vexé, il déclippa les câbles du cylindre, mit à nu leurs extrémités et les entortilla l'une avec l'autre pour activer le commutateur d'allumage. Immédiatement, le tableau de bord s'illumina.

— Grouillez-vous, bordel ! Une femme nous a repérés du haut de son balcon.

— Si vous croyez que c'est facile avec une seule main ! J'aimerais bien vous y voir !

— Vous n'aviez qu'à pas vous vanter avec votre « école de la rue ».

Sous la pression et au mépris de toute prudence,

Gabriel dénuda avec ses dents les câbles du démarreur.

— Donnez-moi un coup de pouce au lieu de vous plaindre ! Prenez ce fil, là. Frottez-le délicatement avec le mien. Voilà, comme ça…

Leur manœuvre provoqua une étincelle et ils entendirent le moteur s'allumer. Ils échangèrent un bref regard de complicité pour sceller cette petite victoire.

— Vite, ordonna-t-elle en le poussant à l'intérieur de l'habitacle. C'est moi qui conduis.

— Il n'en est pas quest…

— C'est un ordre, le coupa-t-elle. Et de toute façon, on n'a pas le choix ! Je tiendrai le volant, vous passerez les vitesses.

5

Red Hook

Il y a certaines choses que l'on apprend mieux dans le calme et d'autres dans la tempête.

Willa CATHER

Arborant les couleurs de la NYPD, une Ford Taurus était stationnée à l'angle de Broadway et de la 66e Rue.

Dépêche-toi, Mike !

À l'intérieur de la voiture, Jodie Costello, vingt-quatre ans, s'impatientait en pianotant sur le volant.

La jeune flic avait intégré la police new-yorkaise au début du mois et son boulot était loin d'être aussi excitant qu'elle avait pu l'espérer. Ce matin, ça ne faisait même pas trois quarts d'heure qu'elle avait pris son service et elle avait déjà des fourmis dans les jambes. Son secteur de patrouille, à l'ouest de Central Park, couvrait un quartier huppé, beaucoup trop tranquille à son goût. En quinze jours, son activité s'était limitée à renseigner les touristes, courir après des voleurs à l'arraché, verbaliser des automobilistes trop pressés et dégager les ivrognes qui descendaient leur gnôle sur la voie publique.

Pour ne rien arranger, on lui avait affecté comme coéquipier une véritable caricature : à six mois de la retraite, Mike Hernandez était un vrai boulet. Partisan du moindre effort, il ne pensait qu'à la bouffe et travaillait avec application à en faire le moins possible, multipliant les « pauses donut », les « arrêts hamburger », les « haltes Coca-Cola » ou taillant la bavette à la moindre occasion avec les commerçants et les vacanciers. Une vision bien personnelle de la police de proximité…

Bon, maintenant ça suffit ! s'énerva Jodie. *Il ne faut pas deux heures pour acheter des beignets, quand même !*

Elle enclencha les warnings et sortit de la voiture en claquant la porte. Elle s'apprêtait à entrer dans la boutique pour houspiller son coéquipier lorsqu'elle aperçut le groupe de six adolescents qui couraient dans sa direction.

— *¡Ladrón, ladrón !*

D'un ton ferme, elle leur ordonna de se calmer avant de consentir à écouter ces touristes espagnols qui baragouinaient un mauvais anglais. Elle crut d'abord à un banal vol de téléphone portable et s'apprêtait à les envoyer déposer plainte auprès du 20e district lorsqu'un détail retint son attention.

— Tu es sûr que tes voleurs étaient *menottés* ? demanda-t-elle à celui qui semblait à la fois le moins sot et le plus laid : un gamin vêtu d'un maillot de joueur de foot, avec une bouille ronde, des lunettes de myope et une coupe au bol déséquilibrée.

— Certain, répondit l'Espagnol, bruyamment approuvé par ses copains.

Jodie mordilla sa lèvre inférieure.

Des fugitifs ?

Difficile à croire. Comme chaque matin, elle avait pris connaissance des avis de recherche et des signalements que leur envoyaient ses collègues du Patrol Services Bureau, et aucun ne correspondait à la description des deux malfrats.

Obéissant à son intuition, elle sortit du coffre de la voiture sa tablette numérique personnelle.

— Quelle est la marque de ton téléphone, mon garçon ?

Elle écouta sa réponse et se connecta au service de *cloud computing* du fabricant. Elle demanda ensuite à l'adolescent de lui fournir l'adresse de son courrier électronique ainsi que le mot de passe correspondant.

Une fois activée, l'application permettait d'accéder aux courriers de l'utilisateur, à sa liste de contacts ainsi qu'à la localisation de l'appareil. Jodie connaissait bien cette opération pour l'avoir utilisée six mois plus tôt dans sa propre vie amoureuse. Une simple manipulation lui avait permis de pister les trajets de son ex-copain chez sa maîtresse et d'avoir ainsi la preuve de son infidélité. Elle appuya sur l'écran tactile pour lancer la procédure. Un point bleu clignota sur le plan. Si le site fonctionnait, le téléphone du gamin se trouvait à présent en plein milieu du Brooklyn Bridge !

Les deux voleurs ne s'étaient visiblement pas contentés de dérober un téléphone. Ils avaient aussi dû piquer une voiture et ils essayaient de quitter Manhattan !

Dans son esprit, des pensées optimistes avaient chassé son spleen : l'espoir de travailler enfin sur une véritable enquête et la possibilité d'une promotion qui lui ouvrirait la porte d'un service plus prestigieux.

En théorie, elle aurait dû balancer son information sur la fréquence radio de la NYPD afin qu'une patrouille de Brooklyn arrête les suspects. Mais elle n'avait pas la moindre envie de voir cette affaire lui échapper.

Elle jeta un coup d'œil au Dunkin' Donuts. Toujours pas de Mike Hernandez à l'horizon.

Tant pis…

Elle s'installa au volant, alluma son gyrophare, lança la sirène et mit le cap sur Brooklyn.

*

Ceinturé par les eaux, l'ancien quartier des dockers s'avançait sur un bout de péninsule à l'ouest de Brooklyn.

La Mini arriva au bout de Van Brunt Street, l'artère principale, qui traversait Red Hook du nord au sud et se terminait en cul-de-sac. Au-delà, la route laissait la place à une friche industrielle grillagée qui débouchait directement sur les quais.

Alice et Gabriel se garèrent le long d'un trottoir défoncé. Toujours entravés par leurs menottes, ils sortirent du véhicule par la même portière. Malgré le soleil éclatant, le paysage était battu par un vent glacial.

— Ça caille, ici ! se plaignit le jazzman en remontant le col de sa veste.

Peu à peu, Alice reconnaissait les lieux. La beauté rugueuse du paysage industriel, les entrepôts désaffectés, le ballet des grues, la cohabitation des cargos et des péniches.

Une impression de bout du monde à peine troublée par les cornes de brume des ferrys.

La dernière fois qu'elle était venue ici avec Seymour, le quartier se remettait à peine du passage de l'ouragan Sandy. La marée avait alors inondé les sous-sols et les rez-de-chaussée des locaux situés trop près de l'Océan. Aujourd'hui, la plupart des dégâts semblaient heureusement réparés.

— L'atelier de Nikki Nikovski se trouve dans ce bâtiment, indiqua Alice en désignant une imposante construction de brique qui, à en juger par ses silos et sa cheminée, avait dû être une importante manufacture du temps de la splendeur industrielle de Brooklyn.

Ils avancèrent en direction de l'édifice qui défiait le front de mer. Les quais étaient presque déserts. Pas l'ombre d'un touriste ou d'un promeneur. Quelques petits cafés et des boutiques de récupération s'alignaient sur Van Brunt Street, mais ils n'avaient pas encore levé leurs rideaux.

— C'est qui, au juste, cette femme ? demanda Gabriel en enjambant le tuyau d'une canalisation.

— Un top-modèle qui a connu son heure de gloire dans les années 1990.

Une petite flamme s'alluma dans les yeux du jazzman.

— Un vrai mannequin ?

— Un rien vous excite, vous, n'est-ce pas ? lui dit-elle d'un ton de reproche.

— Non, je suis juste étonné par cette reconversion, répondit-il, un peu froissé.

— En tout cas, ses peintures et ses sculptures commencent à avoir leur cote auprès des galeristes.

— Votre ami Seymour est amateur d'art contemporain ?

— Oui, c'est même un véritable collectionneur. Son père lui a transmis cette passion ainsi qu'un conséquent héritage lui permettant de l'assouvir...

— Et vous ?

Elle haussa les épaules.

— Moi, l'art, je n'y comprends rien. Mais chacun son truc : j'ai aussi mon propre tableau de chasse.

Il fronça les sourcils.

— Et vous y accrochez quoi ?

— Des criminels, des meurtriers, des assassins.

Arrivés devant l'ancienne usine, ils restèrent un moment interdits avant de s'apercevoir que la porte en fonte qui fermait l'accès au rez-de-chaussée n'était pas verrouillée. Ils prirent un ascenseur grillagé qui s'apparentait plutôt à un monte-charge et appuyèrent sur le bouton du dernier étage. La cabine s'ouvrit sur une plate-forme bétonnée qui menait à une porte métallique coupe-feu. Ils durent sonner à plusieurs reprises avant que Nikki vienne leur ouvrir.

*

Un gros tablier de cuir, des gants épais, un casque antibruit, un protège-visage et des lunettes noires. La silhouette avantageuse de l'ex-mannequin disparaissait derrière la tenue du parfait ferronnier.

— Bonjour, je suis Alice Schäfer. Mon ami Seymour a dû…

— Entrez, dépêchez-vous ! la coupa Nikki en relevant son masque et ses verres fumés. Je vous préviens, je me fiche de vos histoires et je ne veux pas y être mêlée. Je vous enlève vos menottes et vous vous tirez immédiatement, compris ?

Ils approuvèrent de la tête et refermèrent la porte derrière eux.

L'endroit ressemblait davantage à une ferronnerie qu'à un atelier d'artiste. Uniquement éclairée par la lumière du jour, c'était une pièce sans fin, aux murs tapissés d'outils les plus divers : marteaux de toutes tailles, fers à souder, chalumeaux. Les braises ardentes qui rougeoyaient dans le foyer de la forge dessinaient des contours orangés autour d'une enclume et d'un tisonnier.

Dans le sillage de Nikki, ils s'avancèrent sur le parquet brut et se frayèrent tant bien que mal un chemin parmi les compositions métalliques qui habitaient l'espace : des monotypes sérigraphiés aux reflets pourpres et ocre qui brillaient sur l'acier, des sculptures en fer rouillé dont les lignes acérées menaçaient de crever le plafond.

— Asseyez-vous là, ordonna la sculptrice en désignant deux chaises défoncées qu'elle avait installées avant leur arrivée.

Pressés d'en finir, Alice et Gabriel prirent place de part et d'autre d'un établi. Pendant que Nikki vissait un disque à tronçonner sur une meuleuse d'angle, elle leur demanda de coincer la chaîne des menottes dans les griffes d'un étau. Puis elle fit vibrer sa machine dans un bruit infernal et s'approcha des deux fugitifs.

Le disque trancha le maillon en moins de trois secondes et le lien se rompit subitement. Quelques coups assenés avec un burin pointu finirent de faire céder les cliquets des bracelets d'acier.

Enfin ! souffla Alice en massant son poignet à vif et sanguinolent.

Elle bredouilla quelques mots de remerciement, mais Nikovski l'interrompit sèchement :

— À présent, dégagez ! demanda-t-elle en indiquant la porte.

Soulagé d'avoir retrouvé la liberté, le couple obtempéra.

*

Ils retrouvèrent les quais le sourire aux lèvres. Cette délivrance ne répondait à aucune de leurs questions, mais elle marquait une étape : la reconquête de leur autonomie, première marche pour se rapprocher de la vérité.

Comme délestés d'un poids, ils firent quelques pas sur les docks. À présent, le vent était tiède. Le ciel, toujours aussi bleu, contrastait avec l'âpreté du décor postindustriel : terrains laissés à l'abandon, enfilade de hangars et d'entrepôts. La vue surtout était enivrante. D'un seul regard, on balayait toute la baie de New York depuis la Statue de la Liberté jusqu'au New Jersey.

— Allez, je vous paie un cappuccino ! proposa Gabriel d'une voix enjouée en désignant un minuscule café installé dans un ancien wagon de tramway recouvert de graffitis.

Alice doucha son enthousiasme.

— Et avec quoi allez-vous le payer, votre café ? Vous comptez le voler, lui aussi ?

Il grimaça, vexé d'être rattrapé par la réalité. Puis il porta la main à son bras. La douleur qu'il avait déjà ressentie en se réveillant se faisait à présent plus vive.

Gabriel enleva sa veste. La manche de sa chemise était tachée de sang. Il retroussa le tissu et aperçut le bandage qui enserrait son avant-bras :

une large compresse de tissu imbibée de sang coagulé. En la retirant, il découvrit une sale blessure qui se remit aussitôt à saigner. Tout son avant-bras avait été lardé de coups de cutter. Heureusement, les entailles étaient peu profondes. Des coupures qui dessinaient comme…

— Une série de chiffres ! s'exclama Alice en l'aidant à éponger l'hémoglobine.

Gravé sur sa peau, le nombre 141197 ressortait à coups d'encoches sanglantes.

L'expression de Gabriel avait changé. En quelques secondes, le soulagement de la liberté retrouvée avait fait place à un masque d'inquiétude.

— C'est quoi ce code, encore ? Ça commence à me courir sur le haricot, cette histoire de malade !

— En tout cas, cette fois, ce n'est pas un numéro de téléphone, jugea Alice.

— C'est peut-être une date, non ? s'interrogea-t-il de mauvaise humeur en enfilant sa veste.

— Le 14 novembre 1997… Possible.

Exaspéré, il chercha le regard de la jeune Française.

— Écoutez, on ne peut pas continuer à errer comme ça, sans papiers ni argent.

— Qu'est-ce que vous proposez ? Aller voir la police alors que vous venez de voler une voiture ?

— Mais c'était à cause de vous !

— Oh, quelle bravoure ! Vous êtes un vrai gentleman ! Remarquez, c'est facile avec vous, c'est toujours la faute des autres. Je commence à bien vous cerner.

Il essaya de ne pas s'enflammer et renonça à se disputer.

— Je sais qu'il y a un prêteur sur gages réglo à Chinatown. C'est une adresse que se refilent les jazzmen parfois contraints d'y laisser leur instrument.

Elle flaira le piège.

— Et qu'est-ce que vous voulez que l'on y dépose ? Votre piano ?

Il eut un sourire crispé et regarda le poignet de la Parisienne.

— La seule chose que l'on a, c'est votre montre…

Elle recula de quelques pas.

— Ça, mon vieux, même pas en rêve.

— Allez, c'est une Patek Philippe, n'est-ce pas ? On pourrait en tirer au moins…

— Je vous ai dit non ! cria-t-elle. C'était la montre de mon mari !

— Quoi d'autre, alors ? On n'a rien à part ce portable.

En le voyant agiter le téléphone qu'il avait tiré de sa poche, elle manqua de s'étrangler.

— Vous avez gardé le téléphone ? Je vous avais dit de le balancer !

— Pas question ! On s'est donné trop de mal pour le voler ! Et pour l'instant, c'est tout ce que nous possédons. Il peut encore nous servir.

— Mais on peut nous pister en trois minutes avec ça ! Vous ne lisez jamais de polars ? Vous n'allez jamais au cinéma ?

— Ça va, détendez-vous. On n'est pas dans un film, là.

Alors qu'elle ouvrait la bouche pour l'insulter, elle s'interrompit. Porté par le vent, le hululement d'un « deux-tons » lui fit tourner la tête. Elle se figea quelques secondes devant les éclats de lumière rouge qui barraient la route. Sirène hurlante, gyrophare allumé, une voiture de flics fonçait dans leur direction.

*

— Venez ! cria-t-elle en empoignant Gabriel par le bras.

Ils se ruèrent vers la Mini. Alice se glissa sur le siège et démarra. Van Brunt Street était un cul-de-sac et l'arrivée des flics leur coupait toute possibilité de s'enfuir par là où ils étaient arrivés.

Toute possibilité de s'enfuir tout court…

Seule échappatoire : le portail grillagé qui donnait accès aux quais. Malheureusement, il était cadenassé par une chaîne.

Pas d'autre choix.

— Bouclez votre ceinture, ordonna-t-elle en faisant crier les pneus.

Les mains cramponnées au volant, Alice accéléra sur trente mètres et projeta la Mini entre les battants du portail. La chaîne céda dans un bruit de ferraille et la voiture s'élança sur les pavés de l'ancienne voie de tramway qui contournait l'usine désaffectée.

Penaud, Gabriel fit glisser la vitre et balança le portable par la fenêtre.

— C'est un peu tard, maintenant ! fulmina Alice en lui lançant un regard assassin.

Assise à quelques centimètres du sol, la jeune femme avait l'impression de conduire un jouet. Avec son empattement étroit et ses roues minuscules, la Cooper cahotait sur le sol inégal et déformé.

Coup d'œil dans le rétro. Sans surprise, la voiture de flics les avait pris en chasse le long du front de mer. Alice parcourut les quais sur une centaine de mètres jusqu'à ce qu'elle aperçoive une rue sur la droite. Elle s'y engouffra. Le bitume retrouvé et une longue ligne droite lui permirent d'écraser l'accélérateur pour remonter à plein régime vers le nord. À cette heure de la journée, la circulation commençait à être dense dans cette partie de Brooklyn. Alice grilla deux feux consécutifs, manquant de peu de provoquer un accident, mais sans parvenir pour autant à semer l'Interceptor de la police, qui venait encore d'accélérer.

La Mini n'était pas une référence en termes de confort, mais elle tenait la route. Bien lancée, la guimbarde négocia un virage à toute allure, pneus crissants, pour récupérer l'artère principale du quartier.

Alice aperçut dans le rétroviseur la calandre menaçante de la Taurus qui se rapprochait.

— Ils sont juste derrière nous ! alerta Gabriel en tournant la tête.

Alice s'apprêtait à s'engager dans le tunnel qui menait à la voie rapide. La tentation était grande de se fondre dans la circulation, mais sur l'autoroute la Mini Morris ne serait pas de taille à lutter contre le V8 de l'Interceptor.

Se fiant à son instinct, Alice freina et donna un brusque coup de volant qui déporta la voiture sur la rampe piétonnière permettant aux ouvriers de maintenance d'accéder au toit du passage souterrain.

— Vous allez nous tuer ! hurla Gabriel en serrant de toutes ses forces l'attache de sa ceinture.

Une main accrochée à la direction, l'autre crispée

sur le levier de vitesses, Alice roula une vingtaine de mètres sur les graviers. La voiture commençait à s'enliser lorsqu'elle parvint à l'extraire en se déportant sur la bretelle bétonnée qui partait vers Cobb Hill.

Il était moins une...

Coup de volant à gauche, à droite, changement de vitesse.

La voiture déboucha sur une rue commerçante bordée de boutiques aux couleurs vives : boucherie, épicerie italienne, pâtisserie, et même un barbier en pleine activité !

Trop de monde ici.

Leur poursuivant était toujours dans leur sillage, mais Alice profitait de la taille de la Cooper pour slalomer entre les voitures afin de quitter rapidement cette rue trop passante et de rejoindre la zone résidentielle.

*

À présent, le paysage avait changé. Les décors industriels de Red Hook avaient laissé place à une banlieue paisible : petite église, petite école et petits jardins devant des enfilades de maisons en grès rouge, toutes identiques.

Malgré l'étroitesse des rues, Alice n'avait pas

réduit sa cadence, conduisant toujours pied au plancher, la tête collée au pare-brise, à l'affût d'une idée. Derrière la vitre, le paysage défilait à toute allure. La boîte de la Mini était assez rustique. À cette vitesse, chaque fois qu'Alice changeait de rapport, on entendait un craquement qui laissait penser que la boîte allait lâcher.

Elle pila soudain alors qu'ils venaient de dépasser une ruelle. Elle fit une brusque marche arrière et s'engouffra dans le passage à vive allure.

— Pas par là, c'est un sens interdit !

Pour ne rien arranger, un fourgon de livraison bloquait toute circulation à partir du milieu de la voie.

— Ralentissez ! On va emboutir le camion UPS !

Sourde à l'injonction, Alice accéléra de plus belle pour propulser la Mini sur le trottoir. Déjà fatigués, les amortisseurs lâchèrent. Alice bloqua son Klaxon et força le passage en jetant un œil dans le rétro extérieur. Incapable de les suivre, la voiture de police se trouva nez à nez avec la camionnette.

Quelques secondes de répit !

Toujours sur le trottoir, la petite auto remonta la rue et retrouva le bitume en virant à droite sur les chapeaux de roues.

Ils se dirigèrent vers un jardin à l'anglaise entouré d'une clôture en fonte : Cobble Hill Park.

— Vous savez où l'on est ? demanda Alice en roulant au ralenti le long des grilles.

Gabriel déchiffrait les panneaux de circulation.

— Prenez à droite, on va rejoindre Atlantic Avenue.

Elle fit ce qu'il disait et ils débouchèrent sur une quatre-voies : l'artère qui traversait New York d'est en ouest depuis les alentours de JFK jusqu'aux berges de l'East River. Alice reconnut la route tout de suite. C'était par là que passaient parfois les taxis pour aller à l'aéroport.

— On est proches du Manhattan Bridge, c'est ça ?

— Il est dans notre dos.

Elle fit demi-tour et rejoignit l'Interstate. Bientôt, elle aperçut le nœud autoroutier qui menait à Manhattan. Les pylônes grisâtres du pont suspendu se profilaient au loin. Deux tours d'acier tiraillées par un enchevêtrement de câbles et de filins.

— Derrière nous !

La voiture de flics revenait dans leur sillage.

Trop tard pour changer de direction.

À ce stade, ils n'avaient que deux solutions : partir vers Long Island ou retourner à Manhattan. Ils prirent la sortie 29A pour rejoindre le pont. Sept couloirs de circulation, quatre voies de métro et une piste cyclable : le Manhattan Bridge était un ogre qui avalait les voyageurs et les véhicules à Brooklyn pour les recracher sur les berges de l'East River.

Tout à coup, la chaussée se rétrécit. Avant d'atteindre l'entrée du pont, il fallait emprunter une passerelle de béton qui dessinait une longue boucle.

L'endroit était engorgé, obligeant les voitures à rouler pare-chocs contre pare-chocs. Engluée dans le trafic, Alice alluma ses warnings comme le faisaient les autres voitures. Les flics étaient à une centaine de mètres derrière eux. Ils avaient beau avoir leur sirène, sur cette portion de la route le passage était trop étroit pour que les voitures s'écartent et les laissent passer. Mais le couple de fugitifs n'avait pas plus de chances de s'en sortir.

— C'est foutu, jugea Gabriel.

— Non, on peut traverser le pont.

— Réfléchissez trois minutes : ils possèdent déjà notre signalement et à présent ils connaissent notre voiture. Même si on réussit à passer, d'autres bagnoles de patrouille vont nous cueillir à la sortie du pont !

— Baissez d'un ton, OK ? Je vous signale que c'est à cause de vous qu'on nous a retrouvés ! Je vous avais dit de balancer ce foutu téléphone.

— OK, j'ai merdé, concéda-t-il.

Elle ferma les yeux quelques secondes. Elle ne

pensait pas que les flics connaissaient déjà leur identité et peu importait, après tout. En revanche, Keyne disait juste : ce qui posait problème, c'était leur véhicule.

— Vous avez raison.

En voyant que la circulation se fluidifiait un peu plus loin, elle déboucla sa ceinture et ouvrit la porte.

— Prenez le volant, ordonna-t-elle à Gabriel.

— Quoi, mais… comment ça, j'ai raison ?

— Notre bagnole n'est pas assez discrète. Je vais tenter quelque chose.

Surpris, il se contorsionna pour changer de place. Sur la rocade qui menait au pont, les voitures continuaient à rouler au pas. Il plissa les yeux pour ne pas perdre Alice de vue. Les ressources de cette fille ne cessaient de le surprendre. Insaisissable, elle se faufilait dans les embouteillages. Tout à coup, il fut pris de panique en la voyant sortir le calibre de son blouson. Elle s'était portée à la hauteur d'une Honda Accord vieillissante de couleur beige.

La voiture de Monsieur Tout-le-monde, comprit-il soudain.

Arme au poing, elle pointa son flingue en direction de la vitre. La passagère sortit sans demander son reste. Elle prit la fuite en enjambant la barrière et en dévalant le talus gazonné qui descendait sur plus de vingt mètres.

Gabriel ne put retenir un sifflement d'admiration. Il se retourna. La voiture de flics était à l'opposé, au bas de la rocade. À cette distance, impossible qu'ils aient pu distinguer quoi que ce soit.

À son tour, il abandonna la Mini et rejoignit Alice dans la Honda au moment où la circulation redémarrait.

*

Gabriel lui fit un clin d'œil et feignit de se plaindre pour détendre l'atmosphère :

— Je commençais à m'attacher à la petite anglaise, moi ! Elle avait plus d'allure que ce tacot.

Sous l'effet du stress, les traits d'Alice s'étaient durcis.

— Au lieu de faire le clown, jetez un œil dans la boîte à gants.

Il s'exécuta et découvrit ce qui lui avait le plus manqué depuis son réveil : un paquet de cigarettes et un briquet.

— Dieu soit loué ! dit-il en s'allumant une clope.

Il en prit deux longues bouffées et la tendit à Alice. Sans lâcher le volant, elle tira à son tour sur la cigarette. Le goût âcre du tabac lui monta à la tête. Il fallait d'urgence qu'elle mange quelque chose ou elle allait s'évanouir.

Elle ouvrit la fenêtre pour respirer un peu d'air frais. À droite, les gratte-ciel de Midtown brillaient de mille feux, tandis qu'à sa gauche les barres d'immeubles du Lower East Side lui faisaient penser aux décors des vieux polars que dévorait Paul, son mari.

Paul...

Elle repoussa ses souvenirs et regarda sa montre. Déjà plus d'une heure qu'ils s'étaient réveillés inconscients dans le parc. Depuis, leur enquête n'avait pas avancé d'un pouce. Non seulement le mystère demeurait entier, mais d'autres questions s'étaient ajoutées pour rendre cette situation encore plus opaque. Et plus dangereuse.

Leur investigation devait passer à la vitesse supérieure et sur ce point Gabriel n'avait pas tort : ils ne pouvaient pas faire grand-chose sans argent.

— Filez-moi l'adresse de votre prêteur sur gages, réclama-t-elle tandis que la voiture arrivait à Manhattan.

6

Chinatown

Vieillir n'est au fond pas autre chose
que n'avoir plus peur de son passé.

Stefan ZWEIG

La voiture dépassa le Bowery et tourna dans Mott Street. Alice trouva une place devant une herboristerie chinoise. L'espace n'était pas large, mais elle réussit un créneau impeccable pour s'insérer entre une camionnette de livraison et un *food truck* qui vendait des *dim sum*.

— Si je me souviens bien, le prêteur sur gages se situe un peu plus bas dans la rue, précisa Gabriel en claquant la portière de la Honda.

Alice lui emboîta le pas après avoir verrouillé la voiture.

Sans perdre de temps, ils remontèrent l'artère principale du quartier. Mott Street était une rue étroite qui grouillait de monde et bourdonnait d'animation ; un corridor d'immeubles en brique sombre, bardés d'escaliers en fonte, qui traversait Chinatown du nord au sud.

Au niveau du trottoir, c'était une enfilade de boutiques les plus diverses aux vitrines couvertes d'idéogrammes : salons de tatouage et d'acupuncture, bijouteries, boutiques de faux produits de luxe, épiceries et traiteurs, dont les étals proposaient des carcasses de tortues éventrées, au-dessus desquelles pendaient une armée de canards laqués suspendus à des crochets.

Bientôt, ils arrivèrent devant une façade grise surmontée d'un néon gigantesque en forme de dragon. L'enseigne Pawn Shop – Buy – Sell – Loan clignotait dans la lumière du matin.

Gabriel poussa la porte du prêteur sur gages. Alice le suivit le long d'un couloir lugubre qui déboucha sur une grande salle sans fenêtre, à l'éclairage glauque. Il y flottait des relents de sueur rance.

Sur les rayonnages d'étagères métalliques étaient empilés des centaines d'objets hétéroclites : des téléviseurs à écran plat, des modèles griffés de sacs à main, des instruments de musique, des animaux empaillés, des tableaux abstraits.

— Votre montre, réclama Gabriel en tendant la main.

Au pied du mur, Alice hésita. À la mort de son mari, elle s'était débarrassée, sans doute trop vite, de tous les effets – vêtements, livres, meubles – qui lui rappelaient l'homme qu'elle avait tant aimé. À présent, il ne lui restait plus que sa montre : une Patek Philippe en or rose avec calendrier perpétuel et phases de lune que Paul tenait de son grand-père.

Au fil des mois, le garde-temps était devenu une sorte de talisman, un lien invisible qui la reliait à la mémoire de Paul. Alice portait le chronomètre tous les jours, répétant chaque matin les gestes que faisait autrefois son mari : serrer la boucle du bracelet de cuir autour de son poignet, remonter le bouton-poussoir, essuyer le cadran. L'objet l'apaisait, lui donnait le sentiment – un peu artificiel, certes, mais tellement sécurisant – que Paul était encore avec elle, quelque part.

— S'il vous plaît, insista Gabriel.

Ils avancèrent en direction d'un comptoir protégé par une cloison en verre blindé derrière laquelle se tenait un jeune Asiatique à l'allure androgyne et à l'apparence soignée : coupe de cheveux structurée, jean slim, lunettes de geek, veste cintrée ouverte sur un tee-shirt fluo d'où s'échappaient des personnages de Keith Haring.

— Que puis-je pour vous ? demanda le Chinois

en lissant une mèche de cheveux derrière son oreille.

Son air apprêté contrastait avec l'ambiance crasseuse qui se dégageait du lieu. Alice retira la montre avec regret et la posa sur le comptoir.

— Combien ?

Le prêteur sur gages s'empara du bijou et l'examina sous toutes les coutures.

— Vous avez un document prouvant l'authenticité de l'objet ? Un certificat d'origine, par exemple ?

— Pas sur moi, marmonna la jeune femme en le fusillant du regard.

L'employé manipula le chronographe un peu brusquement, jouant avec les aiguilles, triturant le bouton-poussoir.

— C'est très fragile, gronda-t-elle.

— Je règle la date et l'heure, se justifia-t-il sans lever la tête.

— Elle est à l'heure ! Bon, ça suffit, maintenant ! Vous la prenez ou pas ?

— Je vous en offre 500 dollars, proposa l'Asiatique.

— Vous êtes malade ! explosa Alice en lui reprenant la montre des mains. C'est une pièce de collection ! Elle en vaut cent fois plus !

Elle s'apprêtait à quitter le magasin lorsque Gabriel la retint par le bras.

— Calmez-vous ! ordonna-t-il en la prenant à part. Il ne s'agit pas de *vendre* la montre de votre mari, d'accord ? C'est simplement une mise en dépôt. Nous reviendrons la récupérer dès que nous aurons résolu notre affaire.

Elle secoua la tête.

— Pas question. On va trouver une autre solution.

— Il n'y a pas d'autre solution et vous le savez ! martela-t-il en élevant la voix. Écoutez, le temps presse. Il faut qu'on mange quelque chose pour reprendre des forces et on ne va rien pouvoir entreprendre sans argent. Allez m'attendre dehors et laissez-moi négocier avec ce type.

Avec amertume, Alice lui tendit la montre-bracelet et sortit de la boutique.

À peine dans la rue, elle fut prise à la gorge par une odeur d'épices, de poisson fumé et de champignons fermentés qu'elle n'avait pas remarquée quelques minutes plus tôt. Ces effluves lui donnèrent une nausée soudaine. Une convulsion la plia en deux, la forçant à se pencher en avant pour vomir un filet de bile jaune et acide rejeté par son estomac vide. Prise d'un léger vertige, elle se redressa en s'appuyant contre le mur.

Gabriel avait raison. Il fallait absolument qu'elle mange quelque chose.

Elle se frotta les yeux et prit conscience que des larmes roulaient sur ses joues. Elle se sentait perdre pied. Ce quartier l'oppressait, son corps menaçait de lâcher. Elle payait les efforts fournis un peu plus tôt. Son poignet cisaillé était en feu, ses adducteurs horriblement endoloris.

Surtout, elle se sentait très seule, envahie par le chagrin et le désarroi.

Des flashs aveuglants crépitèrent dans son esprit. L'épisode de la montre faisait ressurgir un passé douloureux. Elle repensa à Paul. À leur première rencontre. À l'éblouissement qu'elle avait ressenti alors. À cette violence que l'amour portait en lui : une force capable d'anéantir toutes les peurs.

Les souvenirs remontaient à la surface, jaillissant dans son esprit avec la puissance d'un geyser.

Les souvenirs de jours heureux qui ne reviendraient plus.

Je me souviens…

Trois ans plus tôt

Paris
Novembre 2010

Des trombes d'eau, des hallebardes.

— Prends à droite, Seymour, c'est là : rue Saint-Thomas-d'Aquin.

Les va-et-vient continus des essuie-glaces peinent à chasser les torrents de pluie qui s'abattent sur Paris. Malgré les coups de balai des lames en caoutchouc, le rideau translucide se reconstitue presque immédiatement sur le pare-brise.

Notre voiture banalisée quitte le boulevard Saint-Germain pour s'enfoncer dans l'étroite artère qui débouche sur la place de l'église.

Le ciel est noir. Depuis la veille au soir, l'orage noie tout. Devant nous, le paysage semble se liquéfier. Le fronton de l'église a disparu dans les nuages. Les ornements et les bas-reliefs s'estompent dans la brume. Seuls les anges de pierre abrités dans les écoinçons se distinguent encore sous le déluge.

Seymour fait le tour de la placette et se gare sur une zone de livraison juste en face du cabinet gynécologique.

— Tu crois que tu en as pour longtemps ?

— Pas plus de vingt minutes, promets-je. La gyneco m'a confirmé le rendez-vous par mail. Je l'ai prévenue que j'étais à la bourre.

Il vérifie ses messages sur l'écran de son téléphone.

— Écoute, il y a une brasserie un peu plus haut. Je vais m'acheter un sandwich en t'attendant et j'appellerai le service pour savoir où en sont Savignon et Cruchy dans leur interrogatoire.

— OK, balance-moi un SMS si tu as du nouveau. À tout à l'heure, et merci de m'avoir accompagnée, dis-je en claquant la porte derrière moi.

L'averse me prend de plein fouet. Je soulève mon blouson au-dessus de ma tête pour m'abriter de la pluie et parcours au pas de course les dix mètres qui séparent la voiture du cabinet médical. La secrétaire met presque une minute à m'ouvrir. Lorsque je pénètre enfin dans le hall, je constate qu'elle est au téléphone. Elle m'adresse un petit signe pour s'excuser et m'oriente vers la salle d'attente. Je pousse la porte de la pièce et m'écroule dans l'un des fauteuils de cuir.

Depuis le matin, je vis un cauchemar dû à une sale infection urinaire qui s'est déclarée brutalement. Un véritable calvaire : des douleurs dans le bas-ventre, l'envie de pisser qui vous prend toutes les cinq minutes, des brûlures insoutenables à chaque miction et même la présence flippante de sang dans les urines.

Pour ne rien arranger, on peut dire que ça tombe *vraiment* un mauvais jour. Ces dernières vingt-quatre heures, mon groupe a été sur tous les fronts. On rame pour obtenir les aveux d'un meurtrier contre lequel on n'a pas de preuves solides et on vient d'être saisi d'une nouvelle affaire : le meurtre d'une femme retrouvée assassinée chez elle, dans un immeuble bourgeois de la rue de la Faisanderie, dans le 16e arrondissement. Une jeune institutrice, sauvagement étranglée avec une paire de bas. Il est 15 heures. Seymour et moi sommes sur la scène de crime depuis 7 heures du matin. On s'est tapé nous-mêmes l'enquête de voisinage. Je n'ai rien mangé, j'ai la nausée et la sensation d'uriner des lames de rasoir.

J'attrape le poudrier qui traîne toujours dans mon sac et face au miroir je tente de remettre un peu d'ordre dans ma coiffure. J'ai une tête de zombie, mes vêtements sont trempés et j'ai l'impression de sentir le chien mouillé.

Je respire profondément pour me rassurer. Ce n'est pas la première fois que je souffre de ces douleurs. Même si c'est affreusement pénible, je sais que ça se soigne bien : une dose d'antibio et un jour plus tard tous les symptômes auront disparu. J'ai fait le siège de la pharmacie en face de chez moi, mais le préparateur n'a rien voulu me donner sans une ordonnance.

— Mademoiselle Schäfer ?

Une voix d'homme me fait lever la tête de mon poudrier vers une blouse blanche. À la place de ma gynéco se tient un beau mec à la peau mate, le visage carré encadré de cheveux blonds ondulés et éclairé par des yeux rieurs.

— Je suis le docteur Paul Malaury, se présente-t-il en ajustant ses lunettes d'écaille.

— Mais j'ai rendez-vous avec le docteur Poncelet…

— Ma consœur est en vacances. Elle a dû vous prévenir que je la remplaçais.

Je m'énerve.

— Pas du tout, au contraire : elle m'a confirmé notre rendez-vous par mail.

Je sors mon téléphone et je cherche le courrier sur mon écran comme preuve. En le relisant, je m'aperçois que le type a raison : je n'avais fait que parcourir le message, y notant la confirmation du rendez-vous, mais pas l'annonce de ses congés.

Merde.

— Entrez, je vous en prie, propose-t-il d'une voix douce.

Décontenancée, j'hésite. Je connais trop les hommes pour avoir jamais voulu en avoir un comme gynécologue. Il m'a toujours semblé évident qu'une femme était plus à même de comprendre une autre femme. Question de psychologie, de sensibilité, d'intimité. Tout en restant sur mes gardes, je le suis néanmoins dans le cabinet, bien décidée à ne pas faire traîner l'entretien.

— Très bien, dis-je. Je vais être directe, docteur : j'ai seulement besoin d'un antibiotique pour soigner une cystite. Généralement, le docteur Poncelet me donne un antibactérien monodose, le...

Il me regarde en fronçant les sourcils et me coupe dans ma tirade :

— Pardonnez-moi, mais vous ne voulez quand même pas rédiger l'ordonnance à ma place, n'est-ce pas ? Vous comprendrez que je ne peux pas vous prescrire un antibiotique sans vous examiner.

Je tente de contenir ma colère, mais j'ai compris que les choses allaient être plus compliquées que prévu.

— Je vous dis que j'ai une cystite chronique. Il n'y a pas d'autre diagnostic à faire.

— Sans aucun doute, mademoiselle, mais ici, le médecin, c'est moi.

— Effectivement, je ne suis pas médecin. Je suis flic et j'ai du travail par-dessus la tête ! Alors, ne me faites pas perdre mon temps avec un test à la con qui va prendre des plombes !

— C'est pourtant ce qui va se passer, dit-il en me tendant une bandelette urinaire. Et je vais vous prescrire également un examen cytobactériologique à faire dans un laboratoire.

— Vous êtes buté, ma parole ? Filez-moi ces antibiotiques, qu'on en finisse !

— Écoutez, soyez raisonnable et cessez de vous comporter comme une toxicomane ! Il n'y a pas que les antibiotiques dans la vie.

Soudain, je me sens à la fois lasse et idiote. Un nouvel élancement me tiraille le bas du ventre. La fatigue accumulée depuis que j'ai intégré la brigade criminelle remonte en moi comme la lave d'un volcan. Trop de nuits sans sommeil, trop de violence et d'horreur, trop de fantômes impossibles à chasser.

Je me sens au bout du rouleau, vidée. J'ai besoin de soleil, d'un bain chaud, d'une nouvelle coupe de cheveux, d'une garde-robe plus féminine et de deux semaines de vacances loin de Paris. Loin de moi.

Je regarde ce type, élégant, apprêté, serein. Son beau visage est reposé, son sourire est doux, sa moue charmante. Ses improbables cheveux blonds et bouclés m'exaspèrent. Même les petites rides autour de ses yeux sont craquantes. Et moi, je me sens moche et stupide. Une conne ridicule à lui parler de mes problèmes de vessie.

— Est-ce que vous vous hydratez suffisamment, d'ailleurs ? reprend-il. Savez-vous que la moitié des cystites peuvent être guéries simplement en buvant deux litres d'eau par jour ?

Je ne l'écoute plus. C'est ma force : mon découragement ne dure jamais très longtemps. Comme des flashs, des images explosent dans ma tête. Le cadavre de cette femme sur la scène de crime ce matin : Clara Maturin, sauvagement étranglée avec un bas en nylon. Ses yeux révulsés, son visage figé dans l'effroi. Je n'ai pas le droit de perdre du temps. Pas le droit de me laisser distraire. Je dois coincer l'assassin avant qu'il ne risque de tuer de nouveau.

— Et la phytothérapie ? demande le beau blond. Vous savez que les plantes peuvent être très utiles, notamment le jus de canneberge.

D'un mouvement aussi brusque que soudain, je passe derrière son bureau et détache une ordonnance vierge de son bloc.

— Vous avez raison, je vais rédiger l'ordonnance moi-même !

Il est tellement stupéfait qu'il n'esquisse aucun geste pour m'en empêcher.

Je tourne les talons et pars en claquant la porte.

*

Paris, 10e arrondissement.
Un mois plus tard
décembre 2010

7 heures du matin.

L'Audi file à travers la nuit et débouche sur la place du Colonel-Fabien. Les lumières de la ville se reflètent sur l'imposante vague de béton et de verre du siège du Parti communiste. Il fait un froid polaire. Je pousse le chauffage à fond et m'engage dans le rond-point pour attraper la rue Louis-Blanc. J'allume la radio en traversant le canal Saint-Martin.

— France Info, il est 7 heures, le journal vous est présenté par Bernard Thomasson.

— Bonjour Florence, bonjour à tous. En cette veille de Noël, ce sont encore les intempéries qui risquent de monopoliser l'actualité aujourd'hui. Météo France vient en effet

de lancer une alerte orange, redoutant un important épisode neigeux qui devrait toucher Paris en fin de matinée. L'arrivée de la neige perturbera fortement la circulation en Île-de-France...

Putain de réveillon. Putain d'obligations familiales. Heureusement que Noël ne tombe qu'une fois par an. Mais pour moi, une fois par an, c'est encore trop.

À cette heure matinale, Paris est préservé de la tempête qui s'annonce, mais le répit sera de courte durée. Je profite de la fluidité de la circulation pour passer en trombe devant la gare de l'Est et m'engage dans le boulevard Magenta, traversant à vive allure le 10e arrondissement du nord au sud.

Je déteste ma mère, je déteste ma sœur, je déteste mon frère. Et je hais ces retrouvailles annuelles qui se transforment toujours en cauchemar. Bérénice, ma sœur cadette, habite à Londres où elle tient une galerie d'art sur New Bond Street. Fabrice, l'aîné, travaille dans la finance à Singapour. Chaque année, avec conjoints et enfants, ils font une halte de deux jours dans la villa de ma mère, près de Bordeaux, pour y passer Noël avant de s'envoler vers des destinations exotiques et ensoleillées : les Maldives, l'île Maurice, les Caraïbes.

(...) Bison Futé recommande ainsi fortement d'éviter de prendre sa voiture en région parisienne ainsi que dans les départements limitrophes de l'Ouest. Une précaution qui semble difficile à tenir en cette journée de réveillon. La préfecture se montre elle aussi très alarmiste, craignant que la neige ne laisse la place au verglas dès le début de soirée, lorsque les températures deviendront négatives.

Rue Réaumur, puis rue Beaubourg : je traverse le Marais par l'ouest et débouche devant la place de l'Hôtel-de-Ville, qui ploie sous les illuminations. Au loin, la silhouette des deux tours massives et de la flèche de Notre-Dame se découpent dans la nuit.

Chaque année, à quelques variations près, c'est la même pièce de théâtre qui se joue pendant ces deux jours : ma mère va faire l'éloge de la réussite de Bérénice et de Fabrice, de leur choix de vie, de leur carrière. Elle va se pâmer devant leurs mioches, vanter leur bonne éducation et leur réussite scolaire. Les conversations rouleront toujours sur les mêmes thèmes : l'immigration, le ras-le-bol fiscal, le *french bashing*.

Pour elle, pour eux, je n'existe pas. Je ne suis pas des leurs. Je suis une sorte de garçon manqué, sans élégance, sans distinction. Une ratée de fonctionnaire. Je suis la fille de mon père.

Les difficultés de circulation risquent de s'étendre à certaines lignes de métro et de RER. Même punition dans les airs. Aéroports de Paris voit se profiler une journée noire, avec des milliers de passagers qui devraient se retrouver bloqués au sol.
Ces fortes chutes de neige devraient en revanche préserver la vallée du Rhône ainsi que le pourtour méditerranéen. À Bordeaux, Toulouse et Marseille, les températures varieront entre 15 °C et 18 °C. Tandis qu'à Nice et à Antibes, vous pourrez déjeuner en terrasse, le mercure flirtant en effet avec les 20 °C.

Marre d'être jugée par ces cons. Marre de leurs remarques aussi prévisibles que récurrentes : « Tu n'as toujours pas de mec ? » « Tu n'es pas près d'être enceinte… » « Pourquoi t'habilles-tu comme un sac ? » « Pourquoi vis-tu encore comme une adolescente ? » Marre de leurs repas végétariens pour garder la ligne et être en bonne santé : leurs graines pour oiseaux, leur quinoa dégueulasse, leurs galettes de tofu, leur purée de chou-fleur.

Je m'enfonce rue de la Coutellerie pour traverser les quais par le pont Notre-Dame. L'endroit est magique : à gauche, les bâtiments historiques de l'Hôtel-Dieu, à droite, la façade de la Conciergerie et le toit de la tour de l'Horloge.

Chacun de ces retours dans la maison familiale me donne l'impression de revenir trente ans en arrière, réactive les blessures de l'enfance et les fractures de l'adolescence, fait ressurgir des conflits fratricides, ravive une solitude absolue.

Chaque année, je me dis que c'est la dernière fois, et chaque année je replonge. Sans vraiment savoir pourquoi. Une part de moi me pousse à couper les ponts définitivement, mais l'autre donnerait tellement cher juste pour voir leur tête le jour où je me pointerai habillée en princesse, avec un mec bien sous tous rapports.

Rive gauche. Je file le long des quais, puis tourne à gauche rue des Saints-Pères. Je ralentis, allume mes feux de détresse et me gare à l'angle de la rue de Lille. Je claque la portière de ma voiture, enfile mon brassard orange d'intervention et sonne à l'interphone d'un bel immeuble récemment ravalé.

Je laisse mon pouce appuyé sur le bouton pendant une trentaine de secondes. L'idée a germé dans ma tête en début de semaine et m'a demandé quelques recherches. Je sais que je suis en train de faire une folie, mais en avoir conscience n'est pas suffisant pour m'en dissuader.

— Oui, qu'est-ce que c'est ? demande une voix mal réveillée.

— Paul Malaury ? Police judiciaire, veuillez ouvrir, s'il vous plaît.

— Hein, mais…

— C'est la police, monsieur, ouvrez !

L'un des lourds battants de l'entrée se débloque dans un clic. Je délaisse l'ascenseur et monte les escaliers quatre à quatre jusqu'au troisième étage, où je tambourine à la porte.

— Ça va, ça va !

L'homme qui m'ouvre est bien mon beau gynéco, mais ce matin il n'en mène pas large : en caleçon et vieux tee-shirt, les boucles blondes rebelles, le visage marqué par la surprise, la fatigue et l'inquiétude.

— Hé, mais je vous connais, vous êtes…

— Capitaine Schäfer, brigade criminelle. Monsieur Malaury, je vous informe de votre placement en garde à vue à partir de maintenant, jeudi 24 décembre à 7 h 16 du matin. Vous avez le droit de…

— Pardon, mais ça ne peut être qu'une erreur ! Quel est le motif, je vous prie ?

— Faux et usage de faux. Veuillez me suivre, s'il vous plaît.

— C'est une plaisanterie ?

— Ne m'obligez pas à faire monter mes collègues, monsieur Malaury.

— Je peux enfiler un pantalon et une chemise, au moins ?

— Faites vite, alors. Et prenez aussi une grosse veste, le chauffage est en dérangement dans nos locaux.

Pendant qu'il s'habille, je jette un coup d'œil à l'intérieur. L'appartement haussmannien a été transformé en une sorte d'atelier à la décoration épurée. On a abattu quelques cloisons, blanchi le parquet en point de Hongrie, mais conservé les deux cheminées de marbre et les moulures.

Derrière une porte, enveloppée dans un drap, j'aperçois une jeune femme rousse d'une vingtaine d'années qui me regarde avec des yeux ronds. L'attente s'éternise.

— Grouillez-vous, Malaury ! crié-je en cognant contre la porte. Il ne faut pas dix minutes pour enfiler un futal !

Le médecin sort de la salle de bains tiré à quatre épingles. Il a indéniablement retrouvé de sa superbe et arbore une veste en tweed, un pantalon prince-de-galles, un trench en gabardine et une paire de bottines cirées. Il a quelques mots pour rassurer sa rouquine et me suit dans l'escalier.

— Où sont vos collègues ? demande-t-il une fois arrivé dans la rue.

— Je suis seule. Je n'allais quand même pas mobiliser le GIGN pour vous tirer du lit…

— Mais ce n'est pas une voiture de police, ça ?

— C'est une voiture banalisée. Ne faites pas d'histoire et montez à l'avant.

Il hésite, puis s'assoit finalement à côté de moi.

Je démarre et nous roulons en silence alors que le jour commence à se lever. Nous traversons le 6e et Montparnasse avant que Paul se décide à demander :

— Bon, sérieusement, c'est quoi, ce cirque ? Vous savez que j'aurais pu porter plainte contre vous le mois dernier pour vol d'ordonnance médicale ! Vous pouvez remercier ma consœur : c'est elle qui m'en a dissuadé en vous trouvant tout un tas de circonstances atténuantes. Pour tout vous dire, elle a même utilisé le mot « timbrée ».

— Moi aussi, je me suis renseignée sur vous, Malaury, dis-je en sortant de ma poche des documents photocopiés.

Il déplie la liasse et commence à lire en fronçant les sourcils.

— Qu'est-ce que c'est, au juste ?

— Des preuves que vous avez établi de fausses attestations d'hébergement au bénéfice de deux Maliennes sans papiers afin qu'elles puissent déposer une demande de titre de séjour.

Il ne cherche pas à nier.

— Et alors ? La solidarité, l'humanité, ce sont des crimes ?

— En droit, on appelle ça « faux et usages de faux ». C'est puni de trois ans d'emprisonnement et de 45 000 euros d'amende.

— Je pensais qu'on manquait de place en prison. Et depuis quand la brigade criminelle s'occupe-t-elle de ce genre d'affaire ?

On n'est plus très loin de Montrouge. Je coupe les Maréchaux, prends un bout de périph puis l'A6 pour rejoindre « l'Aquitaine », l'autoroute qui relie Paris à Bordeaux.

Lorsqu'il aperçoit l'échangeur de Wissous, Paul commence vraiment à s'inquiéter.

— Mais où me conduisez-vous au juste ?

— À Bordeaux. Je suis sûre que vous aimez le vin…

— Non, vous n'êtes pas sérieuse !

— On va passer le réveillon chez ma mère. Vous serez très bien reçu, vous verrez.

Il se retourne, regarde si on est suivis, tente une plaisanterie pour se rassurer.

— J'ai trouvé : il y a une caméra dans la voiture. Vous avez un programme de caméra cachée chez les flics, c'est ça ?

Tout en continuant à rouler, je prends quelques minutes pour lui expliquer crânement le marchandage que j'ai derrière la tête : je laisse tomber son histoire de faux certificats d'hébergement et, en échange, il accepte de se faire passer pour mon fiancé le temps du réveillon.

Pendant de longues secondes, il reste silencieux et ne me lâche pas des yeux. Il est d'abord totalement incrédule jusqu'à ce qu'il se rende compte :

— Oh mon Dieu, le pire, c'est que vous ne plaisantez pas, n'est-ce pas ? Vous avez vraiment monté tout ce traquenard parce que vous n'avez pas le courage d'assumer vos choix de vie devant votre famille. Mazette ! Ce n'est pas d'un gynéco que vous avez besoin, c'est d'un psychanalyste.

J'encaisse l'attaque et, après quelques minutes de silence, je reviens sur terre. Il a raison, bien sûr. Je ne suis qu'une lâche. Et puis je m'attendais à quoi, au juste ? À ce que ça l'amuse, de participer à mon petit jeu de rôles ? Tout à coup, je me sens la reine des gourdes. C'est ma force et ma faiblesse : écouter mon instinct plus que ma raison. C'est à ça que je dois d'avoir résolu certaines enquêtes difficiles qui m'ont permis d'intégrer la Crim à trente-quatre ans.

Mais, parfois, mes intuitions tombent à côté et me font dérailler. L'idée de présenter ce type à ma famille me paraît à présent aussi saugrenue qu'inappropriée.

Rouge de honte, je capitule :

— Vous avez raison. Je… je suis désolée. Je vais faire demi-tour et vous ramener chez vous.

— Arrêtez-vous d'abord à la prochaine station-service. Votre réservoir est presque vide.

*

Je fais le plein de super. J'ai les doigts qui collent et les vapeurs d'essence me font tourner la tête. Alors que je reviens vers la voiture, je découvre que Paul Malaury n'est plus sur le siège passager. Je lève la tête et l'aperçois à travers la vitre de l'espace de restauration en train de me faire de grands signes pour que je le rejoigne.

— Je vous ai commandé un thé, me dit-il en proposant de m'asseoir.

— Mauvaise pioche, je ne bois que du café.

— Ç'aurait été trop simple, sourit-il en se relevant pour aller me chercher ma boisson au distributeur.

Quelque chose chez ce type me désarçonne : un côté flegmatique, très gentleman anglais, une façon de garder une certaine classe en toutes circonstances.

Il revient deux minutes plus tard en posant devant moi un gobelet de café et un croissant enveloppé dans une serviette en papier.

— Ils ne valent pas ceux de Pierre Hermé, mais ils sont moins mauvais que leur apparence ne le laisse supposer, assure-t-il pour détendre l'atmosphère.

Comme pour appuyer son propos, il croque dans sa viennoiserie et écrase un bâillement discret.

— Dire que vous m'avez tiré du lit à 7 heures ! Pour une fois que je pouvais faire la grasse matinée !

— Je vous ai dit que j'allais vous raccompagner. Il sera toujours temps de vous remettre au lit avec votre dulcinée.

Il prend une gorgée de thé et demande :

— J'avoue que je ne vous comprends pas bien : pourquoi vouloir passer Noël avec des gens qui manifestement vous font plus de mal que de bien ?

— Laissez tomber, Malaury. Comme vous l'avez dit, vous n'êtes pas psy.

— Et votre père, que pense-t-il de tout ça ?

Je balaie la question.

— Mon père est mort depuis longtemps.

— Cessez de me raconter des histoires ! s'exclame-t-il en me tendant son smartphone.

Je regarde l'écran en sachant d'avance ce que je vais y trouver. Pendant que je prenais de l'essence,

Malaury s'est connecté à Internet. Sans surprise, ses recherches l'ont mené à une dépêche d'actualité vieille de plusieurs mois qui évoque les déboires de mon père.

L'ex-« superflic » Alain Schäfer condamné à deux ans de prison.

Il y a trois ans, son arrestation avait fait l'effet d'un séisme au sein de la police lilloise. Le 2 septembre 2007, le commissaire divisionnaire Alain Schäfer est cueilli chez lui au petit matin par les policiers de l'IGS venus lui demander des comptes sur ses pratiques et ses fréquentations.

Après une enquête de plusieurs mois, la police des polices avait mis au jour l'existence d'un système de corruption à grande échelle et de détournements instauré par ce haut gradé de la PJ du Nord.

Flic à l'ancienne, respecté, voire admiré par ses pairs, Alain Schäfer avait admis lors de sa garde à vue avoir glissé « du mauvais côté de la barrière » en entretenant des relations amicales avec plusieurs figures connues du grand banditisme. Une dérive qui l'aurait notamment conduit à détourner de la cocaïne et du cannabis avant leur placement sous scellés pour rémunérer des informateurs.

Hier, le tribunal correctionnel de Lille a reconnu l'ancien flic coupable de « corruption passive », d'« association de malfaiteurs », de « trafic de stupéfiants » et de « violation du secret professionnel »...

Mes yeux s'embuent et quittent rapidement l'écran. Je connais par cœur les turpitudes de mon père.

— Finalement, vous n'êtes qu'un petit fouineur !

— C'est vous qui dites ça ? Permettez, mais c'est l'hôpital qui se moque de la charité...

— Bon, mon père est en taule, et alors ?

— C'est peut-être lui que vous devriez aller voir pour Noël, non ?

— Mêlez-vous de vos affaires !

Il insiste.

— Puis-je vous demander où il est incarcéré ?

— Qu'est-ce que ça peut bien vous foutre ?

— À Lille ?

— Non, à Luynes, près d'Aix-en-Provence. Là où vit sa troisième femme.

— Pourquoi n'allez-vous pas le voir ?

Je soupire et je hausse le ton :

— Parce que je ne lui parle plus. C'est lui qui m'a donné envie de faire ce métier. C'était mon modèle, la seule personne en qui j'avais confiance, et il a trahi cette confiance. Il a menti à tout le monde. Jamais je ne le lui pardonnerai.

— Votre père n'a tué personne.

— Vous ne pouvez pas comprendre.

En colère, je me lève d'un bond, bien décidée à m'extirper du piège dans lequel je me suis moi-même fourrée. Il me retient par le bras.

— Vous voulez que je vous accompagne ?

— Écoutez, Paul, vous êtes très gentil, très poli et manifestement disciple du dalaï-lama, mais on ne se connaît pas. J'ai merdé avec vous et je m'en suis excusée. Mais le jour où j'aurai envie de revoir mon père, je me passerai de votre présence, OK ?

— Comme vous voulez. Pourtant, Noël, la période des fêtes… c'est peut-être le bon moment, non ?

— Vous m'emmerdez. On n'est pas dans un Disney, là.

Il esquisse un mince sourire. Contre ma volonté, je m'entends pourtant lui faire remarquer :

— Et même si je le voulais, je ne pourrais pas. On ne débarque pas comme ça dans le parloir d'une maison d'arrêt. Il faut une autorisation, il faut…

Il s'engouffre dans la brèche.

— Vous êtes flic. Vous pouvez peut-être régler cela par téléphone.

Je finis par entrer dans son jeu et décide de le tester.

— Soyons sérieux, Aix-en-Provence est à sept heures de bagnole. Avec la neige qui arrive sur Paris, on ne pourra pas revenir sur la capitale.

— Allez, on tente le coup ! lance-t-il. Je vais conduire.

Un feu s'allume dans ma poitrine. Déstabilisée, j'hésite quelques secondes. J'ai envie de céder à cette idée folle, mais je ne suis pas certaine de mes motivations. Suis-je vraiment stimulée par l'envie de revoir mon père ou par la perspective de passer quelques heures avec cet inconnu qui manifestement ne me jugera pas, quoi que je dise, quoi que je fasse ?

Je cherche ses yeux et j'aime ce que j'y vois.

Je lui lance mon porte-clés, qu'il attrape à la volée.

*

Évry, Auxerre, Beaune, Lyon, Valence, Avignon…

Nous poursuivons notre périple surréaliste le long de l'Autoroute du Soleil. Pour la première fois depuis longtemps, j'ai baissé la garde avec un homme. Je le laisse faire ; je me laisse porter. Nous écoutons des chansons à la radio en mangeant des petits-beurre et des Pépito. Il y a des miettes et du soleil partout. Comme un avant-goût de vacances, de Provence, de Méditerranée. De liberté.

Tout ce dont j'avais besoin.

*

Il est 13 h 30 lorsque Paul me dépose devant l'entrée de la maison d'arrêt de Luynes. Tout le long du trajet, j'ai repoussé l'idée de cette confrontation avec mon père. Immobile devant la façade austère parcourue de caméras de surveillance, je ne peux plus faire marche arrière.

Je ressors une demi-heure plus tard, en larmes, mais soulagée. D'avoir revu mon père. De lui avoir parlé. D'avoir planté la graine d'une réconciliation qui ne me paraît plus désormais impossible. Ce premier pas a sans doute été la meilleure chose que j'aie faite depuis des années. Et je le dois à un homme que je connais à peine. Quelqu'un qui a su voir en moi autre chose que ce que je voulais bien lui montrer.

Je ne sais pas ce que vous cachez, monsieur Malaury, si vous êtes aussi tordu que moi ou tout simplement un mec pas comme les autres, mais merci.

Libérée d'un poids, je m'endors dans la voiture.

*

Paul me sourit.

— Je t'ai dit que ma grand-mère possédait une maison sur la Côte amalfitaine ? Tu es déjà allée en Italie à Noël ?

Lorsque j'ai ouvert les yeux, nous venions de franchir la frontière italienne. À présent, nous sommes à San Remo et le soleil tire ses derniers feux. Loin de Paris, de Bordeaux, de la pluie et du 36.

Je sens ses yeux posés sur moi. J'ai l'impression de le connaître depuis toujours. Je ne comprends pas comment un lien aussi intime a pu se tisser si vite entre nous.

Il y a des moments rares dans l'existence où une porte s'ouvre et où la vie vous offre une rencontre que vous n'attendiez plus. Celle de l'être complémentaire qui vous accepte tel que vous êtes, qui vous prend dans votre globalité, qui devine et admet vos contradictions, vos peurs, votre ressentiment, votre colère, le torrent de boue sombre qui coule dans votre tête. Et qui l'apaise. Celui qui vous tend un miroir dans lequel vous n'avez plus peur de vous regarder.

*

Il suffit d'un instant. Un regard. Une rencontre. Pour bouleverser une existence. La bonne personne, le bon moment. Le caprice complice du hasard.

Nous avons passé le réveillon de Noël dans un hôtel à Rome.

Le lendemain, nous avons longé la Côte amalfitaine, traversé la vallée du Dragon jusqu'aux jardins perchés de Ravello.

Cinq mois après, nous étions mariés.

En mai, j'apprenais que j'attendais un enfant.

*

Il y a des moments dans l'existence où une porte s'ouvre et où votre vie dérape dans la lumière. De rares instants où quelque chose se déverrouille en vous. Vous flottez en apesanteur, vous filez sur une autoroute sans radar. Les choix deviennent limpides, les réponses remplacent les questions, la peur cède la place à l'amour.

Il faut avoir connu ces moments.

Ils durent rarement.

7

Mordre la poussière

On peut toujours plus que ce que l'on croit pouvoir.

Joseph KESSEL

Chinatown
Aujourd'hui
10 h 20

Le bourdonnement de la foule. Des effluves de poisson séché qui soulèvent le cœur. Le grincement d'une porte métallique.

Gabriel sortit de chez le prêteur sur gages et fit quelques pas sur Mott Street. En l'apercevant, Alice émergea brusquement de ses souvenirs.

— Vous allez bien ? demanda-t-il en devinant son trouble.

— Ça va, assura-t-elle. Alors, la montre de mon mari ?

— J'en ai tiré 1 600 dollars, affirma-t-il en agitant fièrement une liasse de billets. Et je vous promets qu'on la récupérera très vite. En attendant, je crois qu'on a bien mérité notre petit déjeuner.

Elle acquiesça et ils s'empressèrent de quitter Chinatown pour les trottoirs plus accueillants du Bowery. Ils remontèrent l'avenue vers le nord, en marchant du côté ensoleillé de la grande artère.

Dans un passé pas si lointain, cette partie de Manhattan était un quartier coupe-gorge, le rendez-vous des drogués, des prostitués et des sans-abri. Désormais, c'était devenu un endroit accueillant, chic et branché. L'artère était lumineuse et aérée, son architecture variée, ses devantures colorées. Au milieu des immeubles en grès, des petites boutiques et des restaurants se détachait la silhouette déroutante du New Museum. Ses sept étages ressemblaient à un empilement de boîtes de chaussures posées les unes sur les autres dans un équilibre précaire. Ses lignes tranchées et la couleur de sa façade – un blanc immaculé pris dans des filins argentés – détonnaient dans le décor patiné du Lower East Side.

Alice et Gabriel poussèrent la porte du Peppermill Coffee Shop, le premier café qui se présenta sur leur route.

Ils s'installèrent dans un box sur deux banquettes

en cuir crème qui se faisaient face. Murs carrelés de blanc, moulures, grande baie vitrée, parquet en chêne massif : à la fois cosy et raffiné, l'endroit était chaleureux et contrastait avec l'agitation de Chinatown. Transperçant une grande verrière, une belle lumière automnale illuminait la salle et faisait scintiller les machines à expresso derrière le comptoir.

Au centre de chaque table, encastrée dans une encoche, une tablette numérique permettait aux clients de consulter la carte, de surfer sur Internet ou d'avoir accès à une sélection de journaux et de magazines.

Alice parcourut le menu. La faim lui tordait tellement l'estomac qu'elle entendait des gargouillis courir dans son ventre. Elle commanda un cappuccino et un bagel au saumon ; Gabriel opta pour un *latte*, accompagné d'un sandwich Monte-Cristo.

Portant gilet, cravate et Stetson Fedora, un barista aux manières précieuses leur servit leur commande rapidement.

Ils se jetèrent sur leur en-cas et avalèrent leur café presque d'un trait. Alice dévora en quelques bouchées son petit pain accompagné de saumon, de crème fraîche, d'échalotes et d'aneth. Ayant retrouvé des forces, elle ferma les yeux et se laissa bercer par les vieux airs de blues que diffusait le poste de radio en bois laqué. Une tentative pour faire le vide et « se remettre les neurones dans le bon sens », comme disait sa grand-mère.

— Nous sommes forcément passés à côté de quelque chose, fit Gabriel en avalant les dernières miettes de son sandwich.

De loin, il fit signe au barman de renouveler les consommations. Alice ouvrit les yeux et abonda dans le sens de son compagnon.

— Il faut tout reprendre à zéro. Lister nos indices et essayer de les exploiter : le numéro de téléphone du Greenwich Hotel, la série de chiffres gravée sur votre avant-bras…

Elle s'arrêta dans son élan. Un serveur à la pilosité abondante venait de tiquer en apercevant les taches de sang sur son chemisier. Elle remonta discrètement la fermeture Éclair de son blouson.

— Je propose que nous partagions l'argent, suggéra Gabriel en sortant de sa poche les 1 600 dollars que lui avait remis le Chinois. Inutile de mettre tous nos œufs dans le même panier.

Il posa devant Alice huit billets de 100 dollars. La jeune femme les palpa et les rangea dans la poche briquet de son jean. C'est alors qu'elle sentit un petit rectangle cartonné plié au fond de la poche. Elle fronça les sourcils et le déplia sur la table.

— Regardez ça !

Il s'agissait de la souche d'un ticket de consigne comme on en donne dans les vestiaires des grands restaurants ou dans les dépôts de bagages des hôtels. Gabriel se pencha en avant : le ticket portait le numéro 127. En filigrane, les deux lettres G et H entremêlées formaient un logo discret.

— Le Greenwich Hotel ! s'écrièrent-ils d'une seule voix.

En une seconde, le découragement s'était envolé.

— On y va ! lança la jeune femme.

— Mais je n'ai même pas commencé mes frites !

— Vous boufferez plus tard, Keyne !

Déjà Alice consultait la tablette tactile pour trouver l'adresse de l'hôtel, tandis que Gabriel réglait leur note au comptoir.

— Intersection de Greenwich Street et North Moore Street, lui lança-t-elle alors qu'il revenait vers elle.

Elle attrapa le couteau qui traînait sur la table et le glissa subrepticement dans la poche de son blouson ; il jeta sa veste sur son épaule.

Et ils sortirent d'un même pas.

*

La Honda s'arrêta derrière deux taxis garés en double file. Au cœur de TriBeCa, le Greenwich

Hotel était une haute bâtisse de brique et de verre qui s'élevait à quelques mètres des rives de l'Hudson.

— Il y a un parking un peu plus bas, sur Chambers Street, affirma Gabriel en désignant un panneau. Je vais me garer et…

— Pas question ! trancha Alice. J'y vais seule et vous m'attendez ici, moteur allumé, pour me ménager une porte de sortie au cas où ça se passerait mal.

— Et si vous n'êtes pas de retour dans un quart d'heure, je fais quoi ? J'appelle la police ?

— La police, c'est moi ! répondit-elle en sortant de la voiture.

En la voyant se diriger vers l'entrée, un portier lui ouvrit le passage en souriant. Elle le remercia d'un signe de tête et pénétra dans le hall.

Alice s'avança dans un lobby au luxe discret qui se prolongeait par un élégant salon-bibliothèque baigné d'une lumière délicate. Un canapé Chesterfield et des fauteuils en tissu étaient disposés autour d'une grande cheminée dans laquelle se consumaient deux énormes bûches. Plus loin, une verrière laissait deviner une cour intérieure fleurie qui rappelait l'Italie.

— Bienvenue, Madame, que puis-je pour vous ? demanda une jeune femme dont la tenue se fondait dans le décor hétéroclite et trendy : lunettes d'écaille à monture épaisse, jupe pagne, chemisier à imprimé géométrique, frange auburn effilée et aérienne.

— Je viens récupérer un bagage, annonça Alice en lui tendant le ticket de consigne.

— Bien sûr. Un instant, je vous prie.

Elle tendit le ticket à son acolyte masculin, qui disparut dans une petite salle attenante pour en ressortir trente secondes plus tard avec un attaché-case en cuir noir, dont la poignée était entourée d'un bracelet autocollant portant le numéro 127.

— Voilà, Madame.

Trop beau pour être vrai, pensa Alice en s'emparant de la mallette.

Elle décida de provoquer la chance.

— J'aimerais connaître l'identité de la personne qui a laissé cette valise en dépôt.

La jeune femme derrière le comptoir d'accueil fronça les sourcils.

— Eh bien, Madame, je pensais que c'était vous, sinon jamais je ne vous l'aurais donnée. Si tel n'est pas le cas, je vous prierai de bien vouloir me la restituer…

— Police de New York, détective Schäfer ! lança Alice sans se démonter. J'enquête actuellement sur…

— Je trouve votre accent bien français pour un policier new-yorkais, l'interrompit l'employée. Montrez-moi votre carte, je vous prie.

— Le nom du client ! réclama Alice en haussant le ton.

— Ça suffit, j'appelle la direction !

Comprenant qu'elle avait perdu le duel, Alice battit en retraite. Serrant la poignée de la mallette, elle parcourut à pas rapides la distance qui la séparait de la sortie et passa sans encombre le barrage du portier.

Elle venait de mettre un pas sur le trottoir lorsque le hurlement d'une alarme se déclencha. Une sirène perçante de plus de 100 décibels, qui concentra sur Alice tous les regards des passants.

Paniquée, la jeune femme prit alors conscience que la sonnerie ne provenait pas de l'hôtel, comme elle l'avait d'abord cru, mais de… la mallette elle-même.

Elle courut quelques mètres sur le trottoir, cherchant des yeux Gabriel et la voiture. Elle s'apprêtait à traverser la rue lorsqu'une décharge électrique la foudroya sur place.

Étourdie, le souffle coupé, elle lâcha la mallette et s'écroula brutalement sur le bitume.

Deuxième partie

La mémoire de la douleur

8

La mémoire de la douleur

Notre vrai malheur, pourtant,
N'est pas ce que les ans nous volent
Mais ce qu'ils laissent en partant.

William WORDSWORTH

La sirène émit encore quelques hurlements puis s'arrêta aussi brusquement qu'elle avait débuté.

Écroulée sur l'asphalte, Alice peinait à reprendre ses esprits. Ses oreilles bourdonnaient. Sa vision était trouble, comme si quelqu'un avait tiré un voile devant ses yeux. Encore dans les vapes, elle distingua une ombre au-dessus d'elle.

— Debout !

Gabriel l'aida à se relever et l'accompagna jusqu'à la voiture. Il l'installa sur le siège passager et retourna ramasser la mallette, projetée un peu plus loin sur le trottoir.

— Vite !

Il mit le contact et démarra en trombe. Un coup de volant à droite, un autre à gauche, et ils avaient rejoint la West Side Highway, l'avenue la plus à l'ouest de la ville, qui longeait le fleuve.

— Bordel, on est repérés ! cria Alice en émergeant des brumes dans lesquelles l'avait plongée la décharge électrique.

Blanche comme un linge, elle avait la nausée et des palpitations. Ses jambes flageolaient et un reflux acide lui brûla la poitrine.

— Qu'est-ce qui vous est arrivé ?

— L'attaché-case était piégé, vous avez bien vu ! répondit-elle, exaspérée. Quelqu'un a su que nous étions à l'hôtel et a déclenché à distance l'alarme et le coup de jus.

— Vous virez parano, là…

— J'aurais aimé que vous receviez cette décharge à ma place, Keyne ! Ça ne sert à rien de fuir si quelqu'un suit tous nos mouvements à la trace !

— Mais à qui appartient cette mallette, au juste ?

— Je n'ai pas pu le savoir.

La voiture filait à vive allure vers le nord. Le soleil éclaboussait l'horizon. Du côté du fleuve, on pouvait voir les ferrys et les voiliers qui glissaient sur l'Hudson, les gratte-ciel de Jersey City, les portiques métalliques des anciens embarcadères.

Gabriel déboîta pour doubler un van. Lorsqu'il tourna la tête vers Alice, il constata que la jeune femme s'était emparée du couteau qu'elle avait volé dans le café et lacérait les doublures de son blouson en cuir.

— Arrêtez, vous êtes folle !

Se fiant à son instinct, elle ne prit même pas la peine de lui répondre. Emportée par sa fougue, elle se contorsionna pour ôter ses bottines et, à l'aide du tranchant, fit sauter le premier talon.

— Alice, à quoi vous jouez, bon sang ?

— Voilà ce que je cherchais ! répondit-elle en brandissant triomphalement un minuscule boîtier qu'elle venait d'extraire de sa seconde semelle.

— Un micro ?

— Non, un système GPS miniaturisé. C'est comme cela qu'on nous a localisés. Et je parie que vous avez la même dans l'une de vos pompes ou dans la doublure de votre veste. Quelqu'un nous suit en temps réel, Keyne. Il faut qu'on change tous les deux de fringues et de chaussures. Maintenant !

— D'accord, capitula-t-il, le regard inquiet.

Alice ouvrit la vitre et balança le mouchard par la fenêtre avant de s'emparer de l'attaché-case. C'était une mallette rigide en cuir lisse à double serrure à code. Intentionnellement ou non, l'électrification de la poignée était à présent désactivée.

Elle essaya de l'ouvrir, mais se retrouva bloquée par le système de protection.

— Le contraire m'aurait étonné, pesta Gabriel.

— On trouvera plus tard un moyen de casser les serrures. En attendant, trouvez-nous un endroit discret pour acheter de nouvelles frusques.

Les paupières lourdes, Alice se massa les tempes. La migraine revenait ; ses yeux la brûlaient. Elle fouilla dans la boîte à gants pour s'emparer d'une vieille paire de lunettes de soleil qu'elle avait repérée un peu plus tôt. Elle chaussa la monture en œil-de-chat et aux branches pailletées. La diversité architecturale de ce coin de la ville l'hypnotisait et lui donnait le tournis. Au loin, comme un gigantesque livre ouvert posé sur pilotis, elle reconnut la silhouette bleutée de l'hôtel Standard, qui s'élevait au-dessus de la *High Line*. Les lignes géométriques des constructions modernes de verre et d'aluminium et celles des petits immeubles en brique marron du vieux New York qui macéraient encore dans leur jus s'entrechoquaient de manière chaotique.

Au loin, tel un iceberg de nacre, un bâtiment translucide aux formes irrégulières brisait la *skyline* et éclaboussait le paysage d'une lumière irréelle.

*

Ils vadrouillèrent un moment entre le Meatpacking District et Chelsea, jusqu'à dénicher une petite boutique dans la 27ᵉ Rue qui tenait davantage du surplus américain que de la friperie. Toute en longueur, l'unique pièce était un joyeux capharnaüm où les tenues militaires coexistaient avec quelques ensembles de créateurs dégriffés.

— Grouillez-vous, Keyne, ordonna Alice en entrant dans le magasin. On n'est pas là pour faire du shopping, compris ?

Ils farfouillèrent parmi les vêtements et les chaussures : rangers, pataugas en toile, bombers, sweat-shirts polaires, parkas de camouflage, ceinturons, keffiehs…

Rapidement, Alice trouva un pull à col roulé noir, un tee-shirt ajusté, un jean, une nouvelle paire de bottines et une veste de treillis couleur mastic.

Gabriel paraissait plus circonspect.

— Bon, décidez-vous ! le pressa-t-elle. Tenez, prenez ça et ça, dit-elle en lui lançant un pantalon kaki et une chemise en coton délavée.

— Mais ce n'est pas *exactement* ma taille, ni vraiment mon style !

— On n'est pas samedi soir et vous n'allez pas draguer les minettes, Keyne, répliqua-t-elle en déboutonnant son chemisier pour se déshabiller.

Le jazzman compléta sa tenue avec une paire de brodequins et un trois-quarts orné d'un col en mouton. Alice repéra également un sac musette en toile épaisse fermé par deux lanières en cuir et un vieux holster pour porter son Glock de manière plus discrète. Comme il n'y avait pas de cabine d'essayage, ils se changèrent à quelques mètres à peine l'un de l'autre. Gabriel ne put s'empêcher de jeter un regard oblique vers Alice.

— N'en profitez pas pour vous rincer l'œil, sale pervers ! le réprima-t-elle en couvrant son ventre avec son pull en laine.

La jeune femme ayant surjoué le badinage, Gabriel afficha une mine contrite et se retourna comme pris en faute. Une vision venait pourtant de le glacer : en regardant le corps d'Alice, il avait entr'aperçu une cicatrice impressionnante qui semblait partir du pubis pour remonter jusqu'au nombril.

*

— Je vous fais le tout pour 170 dollars, annonça le propriétaire des lieux, un colosse chauve et trapu à la barbe démesurée façon ZZ Top.

Pendant que Gabriel finissait de mettre ses chaussures, Alice sortit dans la rue et jeta dans un conteneur l'intégralité de leurs vêtements. Elle ne garda qu'un bout d'étoffe de son chemisier taché de sang.

Un indice qui pourrait se révéler précieux, pensa-t-elle en le glissant dans son sac militaire.

Elle avisa une supérette de l'autre côté du trottoir. Elle traversa la chaussée et entra dans le libre-service. Elle trouva des lingettes de toilette pour se débarbouiller, de l'Ibuprofène pour son mal de tête et une petite bouteille d'eau minérale. Alors qu'elle se rapprochait de la caisse, une idée traversa son esprit. Elle revint sur ses pas, parcourut les rayons et finit par dénicher un petit espace consacré à la téléphonie. Elle examina les différents produits d'un opérateur téléphonique qui proposait des modèles sans abonnement. Elle choisit l'appareil le plus basique contenu dans un pack à 14,99 dollars et acheta également une carte prépayée de cent vingt minutes de conversation utilisable dans les quatre-vingt-dix jours.

Lorsqu'elle ressortit avec ses emplettes, elle fut surprise par un coup de vent. Malgré le soleil éclatant, des bourrasques violentes balayaient la rue, faisant s'envoler les feuilles mortes et charriant des nuages de poussière. Elle porta sa main au visage pour se protéger. Accoudé contre le capot de la voiture, Gabriel l'observait.

— Vous attendez quelqu'un ? le taquina-t-elle.

Il agita l'une de ses anciennes chaussures devant son visage.

— En tout cas, vous aviez raison : il y avait aussi une puce dans ma godasse.

Comme un basketteur, il projeta la Converse dans une poubelle publique. Elle ricocha et tomba dans le conteneur.

— Panier à trois points, pérora-t-il.

— Ça y est, vous avez fini vos enfantillages ? On peut y aller ?

Un peu vexé, il remonta le col de sa veste et haussa les épaules, comme un gamin qui venait de se faire engueuler.

Alice s'installa au volant et posa le sac en kraft de la supérette ainsi que sa besace en toile sur le siège arrière, à côté de l'attaché-case.

— Il faut qu'on trouve un moyen d'ouvrir cette mallette.

— Ça, j'en fais mon affaire, assura Gabriel en bouclant sa ceinture.

*

Pour mettre le plus de distance possible entre eux et leurs vêtements équipés de mouchards, ils roulèrent plusieurs kilomètres vers le nord, traversant

Hell's Kitchen jusqu'à la 48e Rue. Ils s'arrêtèrent dans une impasse qui donnait sur un jardin communautaire dans lequel un groupe d'enfants cueillait des potirons et des citrouilles sous l'œil de leur maîtresse d'école.

Le quartier était calme. Pas de touriste ni d'agitation. À tel point qu'il était difficile de croire qu'ils se trouvaient à New York. Ils se garèrent sous le feuillage jauni d'un érable. Filtrés par les branchages, les rayons de soleil orangés renforçaient cette impression de tranquillité.

— C'est quoi, votre idée, pour la mallette ? demanda Alice en serrant le frein à main.

— On va faire sauter les deux serrures avec le couteau que vous avez volé. Ça n'a pas l'air très solide.

— Vous êtes un grand rêveur, vous, soupira-t-elle.

— Vous avez une meilleure idée, peut-être ?

— Non, mais la vôtre ne marchera jamais.

— C'est ce qu'on va voir ! dit-il d'un air de défi en se retournant pour attraper l'attaché-case sur le siège arrière.

Elle lui donna son couteau et regarda, en spectatrice dubitative, ses tentatives pour insérer la lame entre les mâchoires de la valise. Toutes furent vaines. Au bout d'un moment, Gabriel perdit patience, s'énerva et voulut passer en force, mais le couteau ripa et lui écorcha légèrement la paume de la main.

— Aïe !

— Bon sang, concentrez-vous un peu ! s'agaça Alice.

Gabriel capitula. Il était redevenu plus grave. Visiblement, quelque chose le perturbait.

— C'est quoi, votre problème ? l'attaqua-t-elle.

— C'est vous.

— Moi ?

— Tout à l'heure, dans la friperie, j'ai vu la cicatrice sur votre ventre… Qu'est-ce qui vous est arrivé, bon sang ?

Le visage d'Alice s'assombrit soudain. Elle ouvrit la bouche pour riposter mais, gagnée par une profonde lassitude, elle détourna la tête et se frotta les paupières en soupirant. Ce type n'allait lui causer que des problèmes. Elle l'avait deviné dès la première seconde…

Lorsqu'elle rouvrit les yeux, sa lèvre tremblait. La douleur se réveillait. Les souvenirs étaient là. À vif.

— Qui vous a fait ça, Alice ? insista-t-il.

Gabriel sentit qu'il avait pénétré en territoire miné.

Il justifia sa curiosité.

— Comment voulez-vous que l'on se sorte de ce pétrin si on ne se fait pas un peu confiance ?

Alice prit une gorgée d'eau minérale. Le refus de se confronter au passé s'estompa.

— Tout a débuté en novembre 2010, commença-t-elle. Par le meurtre d'une jeune institutrice qui s'appelait Clara Maturin…

Je me souviens…

Deux ans et demi plus tôt
Une année de sang et de fureur

Nouveau meurtre de femme dans l'Ouest parisien

(Le Parisien, 11 mai 2011)

Nathalie Roussel, une hôtesse de l'air de vingt-six ans, a été retrouvée ce matin étranglée à son domicile de la rue Meissonnier, une artère tranquille du 17e arrondissement. Vivant seule, la jeune femme est décrite par son entourage comme « *une personne calme, sans histoires, souvent absente de son domicile du fait de sa profession* ». Son voisin de palier l'a croisée quelques heures avant le meurtre : « *Elle était de bonne humeur et se réjouissait d'avoir eu des places pour le concert de Sting prévu le lendemain à l'Olympia. Je ne l'ai pas sentie menacée du tout.* »

Selon des sources proches de l'enquête, plusieurs témoins affirment avoir vu un homme quitter les lieux précipitamment et s'enfuir sur un scooter à trois roues de marque Piaggio. L'auteur des faits serait un homme de taille moyenne, à la silhouette mince et élancée, portant un casque de moto sombre. La direction centrale de la police judiciaire a été saisie de l'enquête. Selon les premières constatations, le vol ne serait pas le mobile premier de l'assassinat, même si le téléphone portable de la victime semble avoir été dérobé.
Ce meurtre rappelle étrangement celui de Clara Maturin, une jeune institutrice du 16e arrondissement, sauvagement étranglée avec un bas en nylon en novembre 2010. Interrogé à ce sujet, le procureur de la République a indiqué qu'à ce stade les enquêteurs ne négligeaient aucune piste.

*

Meurtres dans l'Ouest parisien : la police redoute un tueur en série.

(*Le Parisien*, 13 mai 2011)

Selon les confidences d'un enquêteur, les analyses scientifiques auraient montré que le bas en nylon avec lequel a été étranglée l'hôtesse de l'air Nathalie Roussel appartiendrait à

Clara Maturin, la jeune institutrice assassinée en novembre 2010.
Jusqu'à présent tenu secret par la police, ce fait établirait une chaîne macabre entre les victimes. Une piste qui orienterait les enquêteurs sur les traces d'un tueur fétichiste adoptant un mode opératoire consistant à tuer en utilisant les sous-vêtements de sa victime précédente.
Du côté de la préfecture de police, on se refuse pour l'instant à valider ce nouvel élément.

*

Un nouveau meurtre de femme dans le 16e arrondissement

(*Le Parisien*, 19 août 2011)

Maud Morel, une infirmière de l'Hôpital américain de Neuilly, a été assassinée avant-hier soir dans son appartement de l'avenue de Malakoff. C'est la concierge de l'immeuble qui a retrouvé ce matin le corps de la jeune femme sauvagement étranglée avec une paire de bas. Bien que la police se refuse à le conclure officiellement, cette précision laisse à penser qu'il y a un lien évident entre cet homicide et ceux commis en novembre 2010 et mai dernier dans les 16e et 17e arrondissements. Si le mobile des meurtres reste mystérieux, les enquêteurs sont persuadés que les trois femmes connaissaient suffisamment leur agresseur pour ne pas s'être méfiées de lui. Les victimes ont en effet été retrouvées à l'intérieur de leur appartement sans qu'aucune trace d'effraction ait pu être constatée. Autre point troublant : les téléphones portables de chacune des victimes restent pour l'instant introuvables.

*

Meurtres de l'Ouest parisien : la piste d'un tueur en série se précise.

(*Le Parisien*, 20 août 2011)

Après le meurtre sauvage de Maud Morel, l'infirmière de l'Hôpital américain de Neuilly assassinée il y a trois jours, les enquêteurs n'ont plus aujourd'hui le moindre doute sur le lien entre cet homicide et les deux autres meurtres commis dans le même périmètre depuis le mois de novembre 2010.

Interrogé sur l'éventualité de l'action d'un tueur en série, le procureur de la République a été obligé de reconnaître que *« les trois meurtres présentent en effet des similitudes quant au mode opératoire utilisé »*. La paire de bas avec laquelle a été assassinée Mme Morel appartenait bien à Nathalie Roussel, l'hôtesse de l'air assassinée au printemps dernier, elle-même étranglée avec une paire de collants appartenant à l'institutrice Clara Maturin. Cet élément a conduit à revoir le traitement judiciaire de ces crimes. Les affaires ont été regroupées et sont désormais sous l'autorité d'un même juge d'instruction. Interrogé hier soir au journal télévisé de France 2, le ministre de l'Intérieur a assuré que *« tous les moyens humains et matériels sont et seront mobilisés pour retrouver le ou les auteurs de ces crimes »*.

*

Meurtres de l'Ouest parisien : un suspect en garde à vue

(*Le Parisien*, 21 août 2011)

Un chauffeur de taxi considéré comme un suspect sérieux dans l'enquête sur la série de meurtres commis depuis novembre dans les beaux quartiers de la capitale a été interpellé et mis en garde à vue vendredi dans la soirée. Une perquisition à son domicile a permis de retrouver le téléphone portable de Maud Morel, la dernière victime.

*

Le chauffeur de taxi relâché !

(*Le Parisien*, 21 août 2011)

(...) L'homme a pu fournir un alibi pour tous les meurtres.
Aux policiers qui l'ont interrogé, il a affirmé qu'il avait bien pris en charge Maud Morel quelques jours plus tôt et que la jeune femme avait simplement perdu son téléphone dans son taxi.

*

Un nouveau meurtre de femme traumatise l'Ouest parisien

(*Le Parisien*, 9 octobre 2011)

Virginie André, une employée de banque divorcée, mère d'un petit garçon, a été retrouvée ce matin étranglée dans son appartement de l'avenue de Wagram. Le corps a été découvert par son ex-mari qui venait lui ramener leur fils de trois ans dont ils partagent la garde.

*

Peur sur la ville : des centaines de policiers traquent le tueur de l'Ouest parisien

(*Le Parisien*, 10 octobre 2011)

C'est une enquête hors norme qui mobilise des centaines de policiers lancés aux trousses d'un assassin qui n'a pour l'instant ni nom ni visage, mais qui terrorise depuis onze mois les femmes seules résidant dans les 16e et 17e arrondissements.

Quel lien y a-t-il entre Clara Maturin, institutrice, étranglée le 12 novembre 2010, Nathalie Roussel, hôtesse de l'air, tuée le 10 mai 2011, Maud Morel, infirmière, retrouvée morte le 18 août, et Virginie André, employée de banque, assassinée dimanche dernier ? Des jeunes femmes célibataires ou divorcées dont le passé et le réseau de relations ont été examinés de près par les enquêteurs sans qu'ils aient pour l'instant trouvé de piste sérieuse.

Quatre homicides obéissant au même mode opératoire. Quatre victimes sans lien apparent, mais qui semblaient toutes suffisamment intimes avec leur assassin pour lui ouvrir la porte de leur appartement.

Cette série de meurtres suscite incompréhension et effroi de la part des habitants de deux des arrondissements de la capitale.

Pour rassurer la population, la préfecture a multiplié les patrouilles et les interventions, incitant les citoyens à signaler tout comportement suspect.

Je me souviens…

Deux ans plus tôt

Paris
21 novembre 2011

Métro Solferino, 7e arrondissement.

Le souffle court, je monte péniblement les marches de la station. En haut des escaliers, je reçois en plein visage une rafale humide. J'ouvre mon parapluie face au vent pour éviter qu'il ne se retourne. Je suis enceinte de sept mois et demi et j'ai rendez-vous à la clinique avec Rose-May, la sage-femme qui doit m'accompagner lors de mon accouchement.

Le mois de novembre n'a été qu'un long tunnel sombre et pluvieux. Ce début d'après-midi ne fait pas exception. Je presse le pas. Les façades blanches de la rue de Bellechasse brillent sous l'averse.

J'ai les pieds gonflés, le dos en compote, des douleurs dans les articulations. Je vis difficilement la prise de poids qu'occasionne la grossesse. Je suis devenue tellement grosse que j'ai besoin que Paul m'aide à attacher mes chaussures ! Les pantalons me cisaillent le bas du ventre, je suis condamnée à ne porter que des robes. Mes nuits sont courtes et, chaque fois que je veux sortir du lit, je suis obligée de rouler sur le côté avant de poser mes pieds par terre. Pour ne rien arranger, depuis quelques jours, j'ai de nouveau des nausées et des coups de fatigue me terrassent à l'improviste.

Heureusement, il n'y a que deux cents mètres entre la sortie du métro et la rue Las Cases. En moins de cinq minutes, j'ai rejoint la clinique. Je pousse la porte, me signale à l'accueil et, sous le regard désapprobateur des autres patients, m'offre un café au distributeur de la salle d'attente.

Je suis fourbue. Mon ventre sursaute, comme si de grosses bulles éclataient, comme si de petites vagues déferlaient à l'intérieur. Ce qui amuse beaucoup Paul lorsque ça arrive à la maison.

Pour ma part, c'est plus compliqué. La grossesse est un état incroyable, magique, mais je n'arrive pas à m'y abandonner. Mon excitation est toujours contrariée par une inquiétude sourde, un mauvais pressentiment et des interrogations douloureuses :

je ne sais pas si je vais être une bonne mère, j'ai peur que mon enfant ne soit pas en bonne santé, je crains de ne pas savoir m'en occuper...

Depuis une semaine, je suis théoriquement en congé maternité. Paul a accompli sa part du travail en montant la chambre du bébé et en installant le cosy dans ma voiture. Moi, j'avais prévu de faire plein de choses – acheter les premiers vêtements, une poussette, une baignoire, des produits de soin et de toilette –, mais j'ai sans cesse remis ces projets à plus tard.

La vérité, c'est que je n'ai jamais vraiment arrêté de travailler sur l'enquête. *Mon enquête* : celle de ces quatre femmes étranglées dans l'ouest de Paris. C'est mon groupe qui avait été chargé de résoudre le premier meurtre, mais nous avons échoué. Depuis, l'affaire est devenue trop importante et nous a échappé. J'ai été mise sur la touche, mais je reste bloquée sur ces visages figés dans l'horreur. J'y pense tout le temps. Une obsession qui pollue ma grossesse et m'empêche de me projeter vers demain. Je ressasse toujours les mêmes images, mouline les mêmes hypothèses, me perds en conjectures, reprends inlassablement le fil de l'affaire.

*

Le fil…

Trouver le fil invisible qui relie Clara Maturin, Nathalie Roussel, Maud Morel et Virginie André. Même si personne ne l'a encore repéré, le lien existe forcément. Ces quatre femmes ont quelque chose en commun qui pour l'instant a échappé à tous les enquêteurs.

Même à moi.

Surtout à moi.

Je sais qu'une évidence se cache sous mes yeux et cette certitude me bousille la vie. Si on ne l'arrête pas, l'homme va continuer à tuer. Une fois, deux fois, dix fois… Il est prudent, invisible, insaisissable. Il ne laisse aucune trace, ni empreinte ni ADN. Personne ne peut expliquer pourquoi les quatre victimes lui ont ouvert la porte sans se méfier, à une heure déjà bien avancée de la soirée. Nous n'avons rien à part un vague témoignage évoquant un individu portant un casque noir et s'enfuyant à scooter à trois roues comme il en existe des milliers en région parisienne.

Nouveau café au distributeur. Il y a des courants d'air, il fait froid. Mes mains entourent le gobelet, à la recherche d'un peu de chaleur. Les yeux dans le vague, je me repasse pour la millième fois le film des événements, me récitant l'enchaînement des faits comme un mantra.

Quatre victimes : quatre femmes vivant seules. Trois célibataires et une mère de famille divorcée. Un même périmètre géographique. Un même mode opératoire.

Pendant longtemps, les journaux ont surnommé le meurtrier « le tueur voleur de téléphones ». Les flics eux-mêmes pensaient au début qu'il dérobait le cellulaire de ses victimes pour effacer certaines traces compromettantes : des appels, des films, des photos... Mais cette hypothèse ne tenait pas la route. Certes, les smartphones de la deuxième et de la troisième victime étaient restés longtemps introuvables. Mais, contrairement à ce qu'avait raconté la presse, ce n'était le cas ni pour la première victime ni pour la dernière. Et si l'appareil de l'hôtesse de l'air n'avait jamais été localisé, celui de l'infirmière avait simplement été oublié dans un taxi.

*

Je regarde mon propre téléphone. J'y ai téléchargé des centaines de photos des quatre victimes. Pas celles morbides des scènes de crime, mais des images de leur vie quotidienne, récupérées sur leurs ordinateurs.

Je fais défiler les clichés pour toujours revenir

à ceux de Clara Maturin. La première victime, l'institutrice : celle dont peut-être je me sens la plus proche. L'une des poses me touche particulièrement : c'est une traditionnelle photo de classe datée d'octobre 2010, prise dans la cour de récréation de l'école. Tous les élèves de la grande section de maternelle de l'école Joliot-Curie sont regroupés autour de leur maîtresse. L'image est pleine de vie. Les bouilles des enfants me fascinent. Certains sont très sérieux, tandis que d'autres font les pitres : fous rires, doigts dans le nez, oreilles d'âne… Au milieu d'eux, Clara Maturin arbore un sourire franc. C'est une jolie femme que l'on devine discrète, aux cheveux blonds coupés au carré. Elle porte un imperméable mastic ouvert sur un tailleur-pantalon assez élégant et un carré de soie Burberry dont on reconnaît le célèbre imprimé. Une tenue qu'elle devait particulièrement apprécier puisqu'on la retrouve sur d'autres clichés : lors du mariage d'une copine en mai 2010 en Bretagne, lors d'un séjour à Londres en août de la même année et même sur sa dernière photo, capturée quelques heures avant sa mort par une caméra de surveillance de la rue de la Faisanderie. Je passe d'une pose à l'autre pour y retrouver chaque fois la même tenue fétiche : imper, tailleur de *working girl*, foulard Burberry enroulé comme un chèche. Alors que je m'arrête plus longuement sur la dernière, un détail me saute aux yeux pour la première fois : le foulard n'est pas le même. Avec trois doigts, je zoome sur l'écran tactile pour m'en assurer. La résolution de la caméra de surveillance a beau être mauvaise, je suis pratiquement certaine que l'imprimé est différent.

Le jour de sa mort, Clara ne portait pas son foulard fétiche.

Je sens un léger frisson me traverser.

Un détail sans importance ?

Mon cerveau se met pourtant en marche, essayant de rationaliser la chose. Pourquoi Clara Maturin avait-elle changé de foulard ce jour-là ? Peut-être l'avait-elle prêté à une amie ? Peut-être l'avait-elle déposé au pressing ? Peut-être l'avait-elle perdu ?

Peut-être l'avait-elle perdu...

Maud Morel, la deuxième victime, avait également *perdu* quelque chose : son téléphone, que l'on avait finalement retrouvé dans un taxi. Et le portable de Nathalie Roussel – que l'on avait toujours cru volé –, peut-être l'avait-elle perdu, elle aussi ?

Perdu.

Deux téléphones, un foulard….

Et Virginie André ? Qu'avait-elle perdu ?

La vie.

Mais encore ? Je quitte les albums photo de mon téléphone pour basculer en mode appel et compose le numéro de Seymour.

— Salut, c'est moi. Concernant le meurtre de Virginie André, tu sais si, quelque part dans la procédure, il est fait mention d'un objet qu'elle aurait égaré récemment ?

— Alice ! Tu es en congé, bordel ! Occupe-toi de préparer la venue de ton bébé !

J'ignore ses reproches.

— Tu t'en souviens ou pas ?

— Non, je n'en sais rien, Alice. On ne bosse plus sur cette affaire.

— Tu pourrais chercher le numéro de son ex-mari ? Balance-le-moi sur mon portable. Je lui poserai moi-même la question.

— D'accord, soupire-t-il.

— Merci, vieux.

Trois minutes après avoir raccroché, un SMS de Seymour s'affiche sur mon écran. J'appelle Jean-Marc André dans la foulée et laisse un message sur son répondeur, lui demandant de me contacter le plus vite possible.

*

— Madame Schäfer ! Vous êtes encore venue à pied ! m'interpelle Rose-May en me faisant les gros yeux.

C'est une Réunionnaise corpulente au fort accent créole qui, chaque fois que je viens la voir, me passe un savon comme si j'étais une petite fille.

— Mais non, voyons ! dis-je en la suivant dans l'une des salles du troisième étage où elle donne ses cours de préparation à l'accouchement.

Elle me demande de m'allonger, puis prend le temps de m'examiner, m'assure que le col est toujours bien fermé, qu'il n'y a pas de risque d'accouchement prématuré. Elle est satisfaite de constater que le bébé s'est retourné et qu'il n'est plus en siège.

— La tête est bien positionnée en bas et le dos du bébé est à gauche. C'est la position idéale ! Il a même commencé à descendre un peu.

Avec deux sangles, elle installe des capteurs sur mon ventre nu et branche le monitoring qui enregistre le rythme cardiaque du bébé et les contractions utérines.

J'entends les battements du cœur de mon fils.

Je suis émue, mes yeux s'embuent, mais en même temps un frisson d'angoisse me serre la poitrine. Puis Rose-May m'explique la marche à suivre lorsque je commencerai à ressentir des contractions, normalement d'ici quatre à cinq semaines.

— Si elles ont lieu toutes les dix minutes, prenez du Spasfon et attendez une demi-heure. Si la douleur est passée, c'est qu'il s'agissait d'une fausse alerte. Si elle persiste et que…

Je sens mon téléphone vibrer dans la poche de ma parka, non loin de moi. J'interromps la sage-femme, me redresse et me penche pour me saisir du cellulaire.

— Jean-Marc André, annonce la voix dans l'appareil. En interrogeant mon répondeur, j'ai…

— Merci de me rappeler, monsieur. Je suis le capitaine Schäfer, l'un des officiers de police chargés de l'enquête sur le meurtre de votre ex-femme. Vous souvenez-vous si, dans les jours qui précédaient sa mort, elle avait perdu quelque chose ?

— Perdu quoi ?

— Je ne sais pas, justement. Un vêtement ? Un bijou ? Un portefeuille ?

— Quel rapport avec son meurtre ?

— Peut-être aucun, mais il faut exploiter toutes les pistes. Une histoire d'objet égaré, ça ne vous dit rien ?

Il marque un temps de réflexion, puis :

— Eh bien si, justement…

Il s'interrompt au milieu de sa phrase. Je sens

que sa voix est saisie par l'émotion, mais il se reprend et explique :

— C'est d'ailleurs l'une des raisons pour lesquelles nous nous sommes disputés la dernière fois qu'elle m'a laissé notre fils. Je lui reprochais d'avoir égaré l'ours en peluche de Gaspard, un doudou sans lequel il ne parvient pas à s'endormir. Virginie prétendait avoir perdu le jouet au parc Monceau. Elle m'a parlé du service des objets trouvés, mais…

Les Objets trouvés…

Je sens mon cœur s'accélérer dans ma poitrine. De l'adrénaline pure.

— Attendez, monsieur André, je veux être certaine de bien comprendre : Virginie s'est rendue elle-même aux Objets trouvés ou elle comptait s'y rendre ?

— Elle m'a dit qu'elle y était *déjà* allée et qu'elle avait rempli une fiche pour qu'on la prévienne si la peluche était retrouvée.

Je n'en crois pas mes oreilles.

— D'accord, merci. Je vous rappelle si j'ai du nouveau.

Je retire les électrodes, me lève et me rhabille dans la précipitation.

— Je suis désolée, Rose-May, mais je suis obligée de partir.

— Non ! Ce n'est pas sérieux, Mme Schäfer. Dans votre état, vous ne…

J'ai déjà poussé les battants de la porte et je suis dans l'ascenseur. Je décroche mon téléphone pour appeler un taxi. Je l'attends dans le hall en trépignant.

C'est mon enquête.

Mon orgueil refait surface. Je pense à ces dizaines de flics à la Criminelle qui ont épluché les emplois du temps de toutes les victimes et qui sont peut-être passés à côté de quelque chose de primordial.

Quelque chose que moi, je viens de trouver…

*

36, rue des Morillons, 15e arrondissement, juste derrière le parc Georges-Brassens

Le taxi me dépose devant les locaux des Objets trouvés : un bel immeuble des années 1920 en brique rose et pierre blanche. Même si le service dépend de la Préfecture de police de Paris, c'est une structure administrative dans laquelle ne travaille aucun flic, et je n'y ai jamais mis les pieds.

Je montre ma carte à l'accueil et demande à être reçue par le responsable. Pendant que je patiente, je jette un coup d'œil autour de moi. Derrière les guichets, une dizaine d'employés reçoivent indifféremment ceux venus déposer un objet qu'ils ont trouvé sur la voie publique et ceux venus récupérer leur bien ou signaler leur perte.

— Stéphane Dalmasso, enchanté.

Je lève la tête. Moustaches broussailleuses, bajoues pendantes, petites lunettes rondes en plastique coloré : le patron de la rue des Morillons a une tête sympathique et un fort accent de Marseille.

— Alice Schäfer, de la Criminelle.

— Enchanté. C'est pour bientôt ? demande-t-il en regardant mon ventre.

— Un mois et demi, peut-être avant.

— Un enfant, ça vous grandit un homme ! lance-t-il en m'invitant à le suivre dans son bureau.

Je débarque dans une pièce spacieuse aménagée comme un petit musée où sont exposés les objets les plus insolites récupérés par le service : une Légion d'honneur, une prothèse de jambe, un crâne humain, un éclat de métal provenant du World Trade Center, une urne contenant des cendres de chat, un sabre de yakusa et même… une robe de mariée.

— C'est un chauffeur de taxi qui nous l'a rapportée il y a quelques années. Il avait pris en charge un couple qui venait de se passer la bague au doigt. Les mariés se sont disputés et ont rompu pendant le trajet, explique Stéphane Dalmasso.

— Vous êtes à la tête d'une véritable caverne d'Ali Baba…

— La plupart du temps, on nous rapporte surtout des portefeuilles, des lunettes, des clés, des téléphones et des parapluies.

— Impressionnant, dis-je en jetant un coup d'œil à ma montre.

— J'ai des anecdotes à la pelle, mais j'imagine que vous êtes pressée, devine-t-il en m'invitant à m'asseoir. Alors ? Qu'est-ce qui me vaut la visite de la Crim ?

— Je travaille sur une affaire de meurtres. Je voudrais savoir si une certaine Virginie André s'est rendue chez vous ces derniers jours.

— Pour nous demander quoi ?

— Pour savoir si vous aviez retrouvé l'ours en peluche de son fils perdu au parc Monceau.

Assis sur un fauteuil à roulettes, Dalmasso se rapproche de son bureau et appuie sur une touche de clavier pour activer son ordinateur.

— Virginie André, vous dites ? demande-t-il en frisant sa moustache.

J'approuve de la tête. Il lance la requête dans son logiciel.

— Non, désolé, nous n'avons reçu aucune demande à ce nom au cours du dernier mois.

— Elle a peut-être fait une déclaration de perte en ligne ou par téléphone.

— Je l'aurais trouvée. Toutes les demandes sont obligatoirement consignées dans nos bases de données. Nos employés remplissent les formulaires directement sur informatique.

— Bizarre, son mari m'a affirmé qu'elle avait déposé un dossier chez vous. Pouvez-vous vérifier trois autres personnes, s'il vous plaît ?

J'écris les noms sur le Filofax à spirale posé sur le bureau et retourne l'agenda.

Dalmasso déchiffre mon écriture et entre successivement les trois requêtes : « Clara Maturin », « Nathalie Roussel », « Maud Morel ».

— Non, négatif pour les trois.

Je ressens une immense déception. Il me faut plusieurs secondes pour admettre mon erreur.

— Bon, tant pis. Merci pour votre aide.

Alors que je me lève pour partir, je ressens des picotements et porte la main à mon abdomen. Le bébé bouge toujours énormément. Il pousse très fort dans mon ventre, comme s'il voulait l'étirer. À moins que ce ne soit des contractions…

— Ça va ? s'inquiète Dalmasso. Vous voulez que je vous appelle un taxi ?

— Je veux bien, dis-je en me rasseyant.

— Claudette ! lance-t-il à sa secrétaire. Trouvez-moi une voiture pour Mlle Schäfer.

La mine sévère et contrariée, une petite femme à l'horrible teinture rousse débarque dans le bureau deux minutes plus tard, une tasse fumante à la main.

— Le taxi arrive d'un moment à l'autre, assure-t-elle. Vous voulez un peu de thé sucré ?

J'accepte le breuvage et reprends progressivement mes esprits. Sans que je sache pourquoi, la petite femme me regarde toujours d'un air mauvais. Venue de nulle part, une question traverse subitement mon esprit.

— Monsieur Dalmasso, j'ai oublié de vous demander : un de vos employés posséderait-il un scooter à trois roues ?

— Pas que je sache. C'est plutôt un truc de mec, non ? Et, comme vous avez pu le constater, la plupart de nos employés sont des femmes.

— Erik vient avec un de ces engins, nous interrompt la secrétaire.

Je regarde Dalmasso dans les yeux.

— Qui est Erik ?

— Erik Vaughn est un intérimaire. Il travaille chez nous pendant les vacances, les périodes de pointe ou lorsque l'arrêt maladie d'un de nos employés se prolonge.

— Il est présent aujourd'hui ?

— Non, mais nous le réembaucherons sans doute pour Noël.

À travers la paroi de verre cannelé du bureau, je devine le taxi qui m'attend sous la pluie.

— Vous avez son adresse ?

— On va vous trouver ça, assure-t-il en tendant un Post-it vierge à sa secrétaire.

Ce nouvel élément a ravivé les braises en moi. Je ne veux pas perdre de temps. Je griffonne à la hâte mon numéro de téléphone et mon mail sur l'agenda de Dalmasso.

— Recherchez les périodes pendant lesquelles Vaughn a travaillé chez vous ces deux dernières années et envoyez-les-moi sur mon portable ou ma messagerie, s'il vous plaît.

J'attrape le papillon adhésif que me tend « Claudette », claque la porte derrière moi et m'engouffre dans la voiture.

*

L'habitacle du taxi empeste la transpiration. La radio est à fond et le compteur affiche déjà 10 euros. Je donne l'adresse au chauffeur – un immeuble de la rue Parent-de-Rosan, dans le 16e – et lui demande fermement de baisser le volume de son poste. Il le prend de haut jusqu'à ce que je lui montre ma carte de flic.

Je suis fébrile, agitée de tremblements, submergée par des bouffées de chaleur.

Il faut que je me calme. Je déroule dans mon esprit un scénario bâti sur des hypothèses improbables, mais auxquelles j'ai envie de croire. Erik Vaughn, un employé du service des objets trouvés, se sert de son poste pour repérer ses prochaines victimes. Clara Maturin, Nathalie Roussel, Maud Morel et Virginie André ont toutes les quatre croisé sa route, mais il n'a jamais entré leur fiche dans le logiciel du service. C'est pour cela que leurs noms n'y figurent pas. Il est parvenu à les mettre en confiance, à les faire parler, collectant le maximum de renseignements : il connaît leur adresse, il sait qu'elles vivent seules. Après cette première rencontre, il laisse passer quelques jours puis se rend chez sa proie, en prétendant lui rapporter son objet. Pour leur malheur, les quatre femmes ont trouvé normal de le laisser entrer. On ne se méfie jamais du porteur d'une bonne nouvelle. On est soulagé d'avoir retrouvé son foulard préféré, son téléphone portable ou l'ours en peluche de son fils. Alors on ouvre sa porte, même s'il est déjà 21 heures passées.

Non, je divague. Combien de chances que ça tienne la route ? Une sur mille ? Quoique...

Le trajet est rapide. Après avoir remonté le boulevard Victor-Hugo, la voiture passe devant l'hôpital Georges-Pompidou et traverse la Seine, non loin de la porte de Saint-Cloud.

Ne la joue pas en solitaire...

Je sais comme personne que la résolution d'une enquête criminelle n'est pas un travail individuel. C'est une procédure cadrée et très codifiée, fruit d'un long travail d'équipe. C'est pour ça que j'ai très envie d'appeler Seymour et de lui faire part de mes découvertes. J'hésite, puis je décide d'attendre de recevoir les dates pendant lesquelles Erik Vaughn a travaillé aux Objets trouvés.

Mon téléphone vibre. Je consulte ma messagerie. Dalmasso m'a envoyé l'emploi du temps de Vaughn sous Excel. Je clique sur mon écran, mais le fichier refuse de s'ouvrir.

Format incompatible.

Et merde...

— Vous êtes arrivée.

Aimable comme une porte de prison, le chauffeur me débarque au milieu d'une petite artère à sens unique, coincée entre la rue Boileau et l'avenue Mozart. La pluie s'est encore intensifiée. L'eau ruisselle dans mon cou. Je sens le poids du bébé, très bas et très dense, si bien que j'ai de plus en plus de mal à marcher.

Fais demi-tour.

Au milieu des maisons de ville et des petits immeubles, je repère un bâtiment grisâtre au numéro que m'a indiqué la secrétaire. Une construction typique des années 1970 : une barre de béton sinistre tout en longueur qui défigure la rue.

Je repère le nom « Vaughn » sur la sonnette et appuie sur le bouton.

Pas de réponse.

Dans la rue, sur l'emplacement réservé aux deux-roues, il y a une moto, un vieux Chappy Yamaha et un scooter à trois roues.

J'insiste encore sur la sonnette et appuie sur tous les boutons jusqu'à ce qu'un habitant de l'immeuble m'ouvre la porte.

Je note l'étage où habite Vaughn, puis monte par les escaliers sans me presser. Je recommence à sentir comme des coups de pied dans mon ventre. Des coups de pied d'alerte.

Je sais que je suis en train de faire une connerie, mais quelque chose me pousse à continuer à avancer. *Mon enquête.* Je n'allume pas de lumière. Je monte les marches une à une dans le noir.

6e étage.

La porte de Vaughn est entrouverte.

Je sors mon calibre de mon sac tout en me félicitant mentalement d'avoir eu l'intuition de le prendre avec moi. Je serre la crosse des deux mains.

Je sens la sueur mélangée à la pluie qui coule dans mon dos jusqu'à l'échine.

Je crie :

— Erik Vaughn ? Police. Je vais entrer.

Je pousse la porte, les deux mains toujours bien serrées autour de la crosse. J'avance dans le corridor. J'appuie sur l'interrupteur, mais l'électricité a été coupée. Dehors, la pluie tambourine sur le toit.

L'appartement est quasi vide. Pas de lumière, presque aucun meuble, quelques cartons posés à même le sol dans un salon. Visiblement, l'oiseau s'est envolé.

Mon angoisse descend d'un cran. Ma main droite quitte mon calibre pour attraper mon téléphone. Alors que je compose le numéro de Seymour, je sens une présence derrière moi. Je lâche mon téléphone et fais volte-face pour apercevoir un homme, le visage dissimulé par un casque de moto.

J'ouvre la bouche pour hurler, mais avant que le moindre cri ne sorte, je sens la lame d'un couteau s'enfoncer dans ma chair.

La lame qui est en train de tuer mon fils.

Vaughn frappe mon ventre encore et encore.

Mes jambes se dérobent et je m'écroule sur le sol.

Confusément, je sens qu'il est en train de retirer

mes bas. Puis je me sens partir, emportée dans un fleuve de haine et de sang. Ma dernière pensée est pour mon père. Plus précisément pour cette phrase qu'il s'est fait tatouer sur l'avant-bras :

La plus belle des ruses du diable est de vous persuader qu'il n'existe pas.

9

Riverside

Forever is composed of nows.

Emily DICKINSON

Hell's Kitchen, New York
Aujourd'hui
11 h 15

Alice avait terminé son récit depuis une minute. Encore sous le choc, Gabriel se taisait. Il chercha une parole de réconfort, mais, par crainte d'une maladresse, préféra garder le silence.

Les yeux plissés, la jeune femme regardait dans le vague les feuilles jaunies emportées par le vent. Le bourdonnement de la ville paraissait lointain. On pouvait presque entendre le chant des oiseaux ou le murmure de la fontaine qui trônait au centre du petit jardin. Raviver le passé devant cet inconnu avait été douloureux, mais cathartique. Comme une séance chez un psy. Soudain, venue de nulle part, une évidence la fit tressaillir.

— Je sais comment ouvrir la mallette ! s'écria-t-elle en faisant sursauter son voisin.

Elle attrapa l'attaché-case et le posa à plat sur ses genoux.

— Deux serrures sécurisées par un double code de trois chiffres, constata-t-elle.

— Certes, admit-il en ouvrant de grands yeux. Et alors ?

Elle se pencha vers lui pour remonter la manche de sa chemise, faisant apparaître la série de chiffres gravés au cutter :

141197

— On ouvre les paris ?

Elle testa la combinaison en jouant sur les différentes molettes puis elle tira les deux loquets en même temps. Il y eut un clic sonore et la mallette s'ouvrit.

Vide.

Du moins en apparence. Alice repéra une cloison amovible séparée par une fermeture Éclair. Elle fit coulisser la glissière pour accéder au double fond et découvrit une petite trousse en cuir d'alligator marron-ocre.

Enfin !

Les mains tremblantes, elle ouvrit la pochette de voyage en tirant sur la languette. Dans un écrin capitonné, derrière un ruban élastique, était fixée une seringue médicale de grande taille, munie d'une aiguille protégée par un capuchon.

— C'est quoi, ce truc ? demanda Gabriel.

Sans retirer la seringue de son étui, Alice l'examina de plus près. Dans le corps épais de la pompe cylindrique, un liquide bleu très clair étincelait au soleil.

Un médicament ? Une drogue ? Vingt millilitres d'un sérum inconnu…

Frustrée, elle remonta la fermeture zippée en laiton. Si elle s'était trouvée à Paris, elle aurait pu faire analyser la substance, mais ici, c'était impossible.

— Pour connaître les effets de ce machin, il faudrait avoir le courage de se l'injecter… lança Gabriel.

— L'inconscience de se l'injecter, rectifia Alice.

Il attrapa sa veste et mit sa main en visière pour se protéger du soleil.

— Il y a un téléphone public au bout de la rue, dit-il en pointant son index. Je vais essayer de rappeler mon ami saxophoniste à Tokyo.

— OK, je vous attends dans la voiture.

Alice regarda Gabriel s'éloigner jusqu'à la borne

de téléphone. De nouveau, elle eut cette impression décourageante que son cerveau moulinait dans le vide, soumis au feu d'un bombardement de questions sans réponse.

Pourquoi Gabriel et elle n'avaient-ils aucun souvenir de ce qui s'était passé la nuit dernière ? Par quels moyens avaient-ils pu se retrouver à Central Park ? À qui appartenait le sang sur son chemisier ? Où s'était-elle procuré ce pistolet ? Pourquoi manquait-il une balle dans le chargeur ? Qui avait écrit au creux de sa main le numéro de téléphone de l'hôtel ? Qui avait lacéré au cutter le bras de Gabriel ? Pourquoi avait-on électrifié cette mallette ? Que contenait cette seringue ?

Ce flot d'interrogations lui donna le vertige.

Alice au pays des emmerdes...

Elle eut la tentation de rappeler Seymour pour savoir s'il avait trouvé quelque chose sur les caméras de surveillance du parking et des aéroports parisiens, mais elle savait que son ami avait besoin de plus de temps pour mener ses investigations. En attendant, il fallait qu'elle prenne une initiative. Qu'elle fasse ce qu'elle savait faire de mieux : enquêter.

Enquêter avec les moyens du bord.

Une voiture de patrouille déboucha au croisement et remonta la rue au ralenti. Alice baissa les yeux en priant pour ne pas être repérée. La Ford Crown passa devant elle sans s'arrêter. Un avertissement sans frais qu'elle ne prit pas à la légère. Plus d'une heure s'était écoulée depuis le braquage de la Honda. Sa propriétaire avait eu tout le temps de déclarer le vol et ne tarderait pas à transmettre aux flics la description et l'immatriculation. C'était courir trop de risques que de la conserver.

Décision prise, Alice rassembla ses affaires – le couteau volé dans le café, le pack de téléphonie, le tube d'Ibuprofène, les lingettes, la trousse contenant la seringue, le morceau de chemisier taché de sang – et fourra le tout dans le sac besace. Elle enfila le holster, glissa le Glock à l'intérieur puis sortit de la voiture en abandonnant les clés sur le siège.

Enquêter avec les moyens du bord.

Que ferait-elle si elle était à Paris ? Elle commencerait par lancer un relevé d'empreintes sur la seringue qu'elle balancerait dans le FAED[1].

Mais que pouvait-elle faire *ici* ? Alors qu'elle traversait le trottoir pour rejoindre Gabriel, une idée insolite germa dans sa tête.

— J'ai pu joindre Kenny, annonça-t-il avec un large sourire. Si on en a besoin, mon ami est d'accord pour nous prêter son appartement à Astoria,

1. Fichier automatisé des empreintes digitales.

dans le Queens. Ce n'est pas la porte à côté, mais c'est mieux que rien.

— Allez, Keyne, en route ! On a assez perdu de temps. Et j'espère que vous aimez la marche à pied, parce qu'on abandonne la voiture.

— Pour aller où ?

Elle lui sourit.

— Dans un endroit qui devrait vous plaire, vous qui avez gardé votre âme d'enfant.

— Vous m'en dites plus ?

— Noël approche, Gabriel. Je vous emmène acheter des jouets !

10

Empreintes

Votre ennemi est votre meilleur professeur.

Lao TSEU

Alice et Gabriel se faufilèrent parmi les touristes sur le parvis du General Motors Building, à l'angle de la Cinquième Avenue et de la 59e Rue.

Habillés en soldats de plomb, les deux portiers de l'enseigne FAO Schwartz accueillaient avec un grand sourire les visiteurs de cette vieille institution new-yorkaise.

Dans le plus grand magasin de jouets de Manhattan, la foule était déjà compacte. Presque entièrement dévolu aux peluches, le rez-de-chaussée reconstituait un chapiteau avec des animaux grandeur nature s'évadant d'un cirque : lion rugissant, tigre sautant à travers un cercle en flammes, éléphant supportant trois singes en uniforme de groom.

Plus loin, un espace reproduisait l'intérieur d'une nursery. Déguisées en infirmières, des employées portaient dans leurs bras des poupons joufflus ressemblant à s'y méprendre à de vrais bébés.

— Vous allez enfin me dire ce que l'on fiche ici ? se plaignit Gabriel.

Alice ignora la question et prit l'escalator. Tandis que la jeune femme traversait l'étage au pas de course, le jazzman parcourait les espaces le nez en l'air, observant les gamins avec un certain amusement. Des enfants sautillaient sur les touches d'un piano gigantesque posé à même le sol, d'autres demandaient à leurs parents de les prendre en photo à côté de personnages de *Star Wars* construits en briques de Lego et hauts de deux mètres. D'autres encore assistaient à un spectacle de marionnettes façon *Muppet Show*.

Toujours dans le sillage d'Alice, Gabriel furetait dans les rayons, s'autorisant un bref instant un retour en enfance : figurines de dinosaures, puzzles Ravens-burger de cinq mille pièces, Playmobil, petites voitures en métal, trains électriques, circuits labyrinthiques.

Un véritable paradis pour mômes.

Dans l'espace des déguisements, il s'affubla d'une fausse moustache à la Groucho Marx, se coiffa du chapeau d'Indiana Jones et rejoignit Alice dans le rayon « éducation et science ». Très concentrée, la flic examinait patiemment les boîtes de jeux : microscopes, télescopes, coffrets de chimiste, squelettes en plastique avec organes à positionner, etc.

— Si, par hasard, vous trouvez un fouet…

Elle leva la tête vers lui et regarda son accoutrement avec consternation.

— Vous n'arrêtez jamais de faire le pitre, Keyne ?

— Comment puis-je vous aider ?

— Laissez tomber, le rabroua-t-elle.

Vexé, il s'éloigna avant de revenir quelques instants plus tard.

— Je parie que c'est ça que vous cherchez, fit-il en lui montrant une boîte cartonnée, illustrée par la photo d'une célèbre série télévisée.

Elle jeta un œil d'abord distrait au jouet qu'il lui tendait – *Toi aussi, joue les Experts, kit d'initiation à la police scientifique*, 29,99 dollars – puis s'empara du coffret pour en détailler le contenu : un rouleau jaune de scène de crime, une loupe, une carte de détective, de l'adhésif, du plâtre pour relever les traces de pas, des sachets de prélèvements, de la poudre noire, un pinceau magnétique…

— C'est bien ce qu'il nous faut, admit-elle, surprise.

Pour régler son achat, Alice rejoignit une longue

queue à la caisse du premier étage. Ce n'est que lorsqu'elle redescendit par l'escalator vers le rez-de-chaussée qu'elle retrouva Gabriel. Le jazzman avait troqué son feutre d'Indiana Jones contre le haut-de-forme du magicien Mandrake. Drapé dans une cape noire, il multipliait les tours devant un public dont la moyenne d'âge ne dépassait pas six ans. Alice le regarda pendant quelques secondes, aussi déconcertée que fascinée par ce drôle de bonhomme. Avec dextérité et un plaisir évident, il faisait jaillir de son chapeau toutes sortes d'animaux en peluche : lapin, toucan, chaton, hérisson, bébé tigre…

Son regard bienveillant ne tarda pourtant pas à se voiler. La présence d'enfants était encore difficilement supportable pour Alice, lui envoyant en pleine figure que jamais elle ne donnerait de biberon à son fils, jamais elle ne le conduirait à l'école, au foot ou au judo, jamais elle ne lui apprendrait à se défendre et à affronter le monde.

Elle cligna les paupières plusieurs fois pour dissiper les larmes qui lui montaient aux yeux et fit quelques pas en direction de Gabriel.

— Cessez de faire le clown, Keyne ! lui ordonna-t-elle en le tirant par le bras. Je vous rappelle qu'on a la police aux trousses !

D'un geste ample, le « magicien » retira sa cape

et envoya son haut-de-forme sur l'étagère des déguisements.

— Mandrake vous salue bien bas ! lança-t-il en tirant sa révérence sous les rires et les applaudissements des gamins.

*

Situé sur Madison Avenue, à l'arrière de la cathédrale St Patrick, le Pergolese Cafe était l'un des plus vieux *diners* de Manhattan. Avec ses tables en Formica et ses banquettes en Skaï vert, il paraissait tout droit sorti des années 1960. Si, de l'extérieur, l'estaminet ne payait pas de mine, il régalait ses nombreux habitués de salades croquantes, de hamburgers savoureux, d'œufs Benedict ou de pastrami à l'huile de truffe.

Paolo Mancuso, le vieux propriétaire, apporta lui-même sur un plateau la commande que venaient de passer la jeune femme à l'accent français et son compagnon : deux *lobster rolls*[1], deux cornets de frites maison et deux bouteilles de Budweiser.

À peine servi, Gabriel se jeta sur la nourriture et s'empara d'une pleine poignée de ses pommes frites : elles étaient croustillantes et salées à souhait.

Assise devant lui, Alice se contenta de quelques

1. Pain à hot-dog garni de salade de homard.

bouchées de son sandwich avant de faire de la place sur la table. Elle posa son sac besace devant elle et en détacha les deux lanières avant de s'emparer de la petite trousse trouvée dans la mallette. Avec une serviette en papier, elle manipula précautionneusement la seringue pour l'extraire de sa gangue de cuir, puis elle se mit au travail.

Après avoir déchiré l'emballage plastique du kit de police scientifique, elle s'empara de la poudre, du pinceau et d'un sachet de prélèvement.

— Vous avez conscience que ce sont de simples jouets ? objecta le jazzman.

— Ce sera amplement suffisant.

Après s'être nettoyé les mains à l'aide d'une lingette, Alice examina la qualité de chaque composant. La poudre noire à base de carbone et de fines particules de fer ferait largement l'affaire. Elle plongea l'extrémité du pinceau magnétique dans le petit bocal contenant la poudre et en badigeonna le corps de la seringue. La poudre s'accrocha aux acides aminés laissés par les pores de la peau qui avait été en contact avec le support lisse du plastique et révéla progressivement plusieurs empreintes nettes. Alice tapota l'instrument médical avec son ongle pour faire tomber l'excédent de poudre. Elle examina chacune des traces, visiblement récentes. L'une d'elles se détachait particulièrement : l'empreinte quasi complète d'un index ou d'un majeur.

— Découpez-moi un morceau de Scotch, demanda-t-elle.

Gabriel s'empara du rouleau.

— De cette taille ?

— Un peu plus long. Et faites gaffe à ne pas saloper la surface collante !

Elle attrapa le bout d'adhésif et en recouvrit la trace digitale en prenant garde de ne pas laisser de bulles d'air. Puis elle décolla le Scotch pour fixer l'empreinte, attrapa le sous-bock publicitaire sur lequel était posée sa bière, le retourna et appliqua le ruban adhésif sur la surface cartonnée et vierge. Avec son pouce, elle appuya fortement pour transférer la marque sur le carton.

Lorsqu'elle retira l'adhésif, une empreinte nette et noire se découpait sur la surface blanche du dessous de verre. Alice plissa les yeux pour examiner l'enchevêtrement des sillons. Des lignes et des crêtes superposées dessinaient le même motif atypique : des empreintes en forme d'arches, interrompues par une minuscule cicatrice en forme de croix.

Elle montra le résultat à Gabriel et, satisfaite, glissa le sous-bock dans une pochette.

— D'accord, c'est bien joli, tout ça, admit-il, mais à quoi ça va nous servir ? Il faudrait pouvoir scanner l'empreinte, et surtout l'injecter dans une base de données, non ?

Alice picora quelques frites en pensant tout haut :

— L'appartement de votre ami dans le Queens…

— Oui ?

— On y trouvera probablement un ordinateur avec une connexion Internet.

— Internet, peut-être. Mais s'il a une bécane, c'est probablement un ordinateur portable qu'il a dû emporter avec lui à Tokyo. Donc, ne comptez pas trop là-dessus…

La déception se peignit sur le visage de la jeune femme.

— Comment on s'y rend ? Taxi, métro, train…

Gabriel leva les yeux.

Sur le mur au-dessus de leur table, au milieu de nombreuses photos de célébrités posant en compagnie du patron, il repéra un vieux plan de la ville punaisé à un panneau de liège.

— On est à côté de Grand Central, dit-il en pointant son index sur la carte.

Grand Central Station… Alice se souvenait de cette gare hors norme que Seymour lui avait fait découvrir lors d'un de leurs séjours à New York. Son coéquipier l'avait emmenée manger des huîtres et des langoustines à l'Oyster Bar, un fabuleux restaurant de fruits de mer installé dans une grande salle voûtée du sous-sol. En se remémorant cette visite, une idée inattendue germa dans son esprit. Elle regarda le plan ; Gabriel avait raison : Grand Central était à moins de deux blocs du *diner*.

— On y va ! lança-t-elle en quittant son siège.

— Quoi, déjà ? On ne prend pas de dessert ? Vous avez vu leur *cheesecake* !

— Vous m'agacez, Keyne.

*

Ils pénétrèrent dans la gare par l'entrée située à l'angle de Park Avenue et de la 42e Rue et débouchèrent sur l'immense hall principal où étaient alignés guichets et distributeurs automatiques.

Au centre, surmontant la guérite du bureau d'information, la célèbre horloge à quatre cadrans en cuivre et en opale servait de point de rencontre aux amoureux depuis plus de cent ans.

Bien qu'elle ne fût pas là pour jouer les touristes, Alice ne put s'empêcher de considérer l'endroit avec admiration.

C'est sûr, rien à voir avec la gare du Nord ou Saint-Lazare, pensa la jeune flic en levant la tête. Une lumière automnale, douce et apaisante, se déversait par de grands vitraux latéraux colorant le hall de tons jaunes et ocre.

Sous l'immense voûte, à près de quarante mètres de hauteur, des milliers d'étoiles peintes au plafond donnaient l'impression de se trouver sous les constellations d'une nuit sereine. C'est d'ici que Cary Grant s'enfuyait pour Chicago dans *La Mort aux trousses*, ici que De Niro rencontrait Meryl Streep dans *Falling in Love*.

— Suivez-moi, ordonna-telle d'une voix suffisamment forte pour dominer le brouhaha ambiant.

Elle fendit la foule avec Gabriel dans son sillage pour monter les marches qui mènent au balcon est du *Main Concourse*. D'ici, au premier étage, on avait une vue panoramique sur tout le hall, qui semblait encore plus monumental.

C'est dans ce cadre majestueux, presque à ciel ouvert, qu'une grande enseigne informatique avait installé l'une de ses boutiques. Alice se faufila entre les tables en bois clair sur lesquelles étaient présentés les produits phares de la marque : téléphones, baladeurs numériques, ordinateurs, tablettes. Bien que sécurisée par des antivols, une bonne partie du matériel était en libre accès. Les visiteurs – pour la plupart des touristes – consultaient leurs mails, surfaient sur le Web ou écoutaient de la musique sur des casques high-tech.

Il s'agissait de faire vite ; il y avait des flics et des agents de sécurité partout. Alice évita de se faire alpaguer par la myriade d'employés vêtus de tee-shirts rouges qui parcouraient l'espace d'exposition et s'approcha d'une des tables de démonstration.

Elle tendit son sac besace à Gabriel.

— Sortez-moi le sous-bock, ordonna-t-elle.

Pendant qu'il s'exécutait, elle appuya sur une touche du clavier d'un MacBook Pro semblable à celui qu'elle possédait chez elle. D'un clic, elle lança un programme permettant d'activer la caméra située en haut, au centre de l'appareil, puis attrapa le sous-verre que lui tendait Gabriel. En se plaçant face à l'écran, elle capta plusieurs plans fixes de l'empreinte. À l'aide du logiciel de retouche installé sur l'ordinateur, elle joua sur le contraste et la luminosité pour obtenir la photo la plus exploitable possible, puis elle se connecta au compte de sa messagerie.

— Vous vous occupez de nos tickets ? proposa-t-elle. Elle attendit que Gabriel s'éloigne en direction des distributeurs automatiques pour commencer à rédiger un mail à Seymour. Portée par l'urgence, elle laissa ses doigts courir sur le clavier.

À : Seymour Lombart
Objet : Help
De : Alice Schäfer

Seymour,

J'ai plus que jamais besoin de ton aide. J'essaie de t'appeler dans moins d'une heure, mais d'ici là il faut absolument que tu mettes un coup d'accélérateur à tes recherches.

1. As-tu eu accès aux caméras de surveillance du parking et des aéroports ?
2. As-tu retrouvé ma voiture ? Tracé mon portable ? Consulté les derniers mouvements sur mon compte bancaire ?
3. Où en es-tu de tes investigations sur Gabriel Keyne ?
4. Je te joins en fichier attaché la photo d'une empreinte. Peux-tu la passer au FAED en urgence ?

Je compte sur toi.

Ton amie,

Alice.

11

Little Egypt

(...) je ne sais garder les gens que lorsqu'ils sont partis.

Didier VAN CAUWELAERT

Astoria
Nord-ouest du Queens
Midi

La lumière automnale éclaboussait le parvis de la gare.

Alice et Gabriel quittèrent l'esplanade ensoleillée pour se fondre parmi les clients du marché installé sous les structures métalliques du métro aérien. Le couple avait pris une rame à Grand Central, jusqu'à Lexington Avenue, puis le RER local jusqu'à Astoria Boulevard. Le trajet n'avait duré qu'une vingtaine de minutes, mais le dépaysement était total. Des petits immeubles de brique traditionnels avaient remplacé les buildings de verre et d'acier, tandis que l'énergie et la vie trépidante de Manhattan avaient laissé place à une douceur de vivre quasi provinciale.

L'air était saturé d'odeurs exquises d'huile d'olive, d'ail pilé et de menthe fraîche. Les étals débordaient de calamars et de poulpes grillés, de moussaka, de souvlakis, de baklavas, de feuilles de vigne et de chaussons à la feta. Des spécialités appétissantes qui ne laissaient aucun doute : Astoria était bien le quartier grec historique de New York.

— Vous connaissez l'adresse, au moins ? demanda Alice en voyant Gabriel hésiter sur la direction à prendre.

— Je ne suis venu ici qu'une fois ou deux, se défendit le jazzman. Je me souviens que les fenêtres de l'appartement donnent sur Steinway Street.

— Un nom de rue prédestiné pour un musicien, s'amusa Alice.

Ils se renseignèrent auprès d'un vieil homme qui vendait des brochettes de bœuf aux feuilles de laurier qu'il faisait griller sur un brasero.

Suivant ses indications, ils parcoururent une longue artère bordée d'arbres et de maisons de ville mitoyennes qui rappelaient certains quartiers de Londres. Ils prirent ensuite une rue commerçante qui bourdonnait d'animation. Dans une ambiance cosmopolite, traiteurs grecs, *delis* végétariens, comptoirs à kebabs, *kaiten-zushis* japonais et épiceries coréennes cohabitaient harmonieusement. Un véritable melting-pot gastronomique concentré le long de quelques pâtés de maisons.

Lorsqu'ils arrivèrent dans Steinway Street, les frontières s'étaient encore déplacées. Cette fois de l'autre côté de la Méditerranée, en Afrique du Nord, plus exactement.

— Depuis quelques années, les gens surnomment le quartier Little Egypt ou Little Morocco, précisa Gabriel.

De fait, avec un peu d'imagination, on pouvait facilement se croire téléporté en plein monde arabe, dans un souk du Caire ou de Marrakech. Des odeurs délicieuses de miel et de tajine flottaient partout dans la rue, et dans cette partie du quartier les bars à chicha se faisaient plus nombreux que les tavernes grecques. Ils passèrent devant une mosquée aux tons dorés, une boucherie halal, une librairie religieuse. Dans les conversations, l'arabe et l'anglais se mêlaient presque naturellement.

— Je pense que c'est ici, dit Gabriel en arrivant devant une *brownstone* à la façade claire et aux fenêtres à guillotine qui s'élevait au-dessus de l'échoppe d'un barbier.

L'accès à l'immeuble n'était protégé par aucun

digicode. Pas d'ascenseur. Ils montèrent les escaliers d'un pas vif, s'arrêtant au troisième étage pour récupérer les clés chez Mme Chaouch, la propriétaire de l'immeuble, que Kenny avait prévenue par téléphone.

— Plutôt chicos, ici, n'est-ce pas ? lança Gabriel en pénétrant dans le loft.

La garçonnière de Kenny était un vaste duplex aux volumes largement ouverts, traversés de poutrelles métalliques. Alice s'avança à son tour, contempla les murs en brique, les hauts plafonds, le sol en béton ciré et tomba en arrêt devant la grande baie vitrée qui offrait un point de vue hypnotisant sur l'Hudson.

Elle contempla le fleuve une bonne minute puis jeta sa gibecière sur une grande table en chêne massif, encadrée d'un banc en métal brossé et de deux fauteuils dépareillés.

— Je suis morte, lâcha-t-elle en se laissant tomber dans l'un des sièges.

— Vous savez quoi ? Je vais vous faire couler un bain ! proposa Gabriel.

— Pardon ? Non, ce n'est pas la peine. Nous avons autre chose à faire que…

Mais, sourd à ses protestations, le jazzman avait déjà disparu à l'étage.

Alice soupira et resta un long moment immobile, lovée dans les coussins. La fatigue refaisait surface soudainement. Il lui fallut plusieurs minutes pour encaisser le contrecoup du stress et des efforts physiques déployés depuis ce réveil hallucinant au milieu du parc. Lorsqu'elle se sentit mieux, elle se leva et fouilla dans les placards de la cuisine à la recherche d'une théière. Elle mit de l'eau à bouillir et en attendant, déambula dans le salon, regardant machinalement les titres des livres de la bibliothèque (Harry Crews, Hunter Thompson, Trevanian…), les magazines posés sur la table basse, les peintures abstraites et minimalistes accrochées aux murs.

Lumineux et spacieux, l'endroit baignait dans des tonalités minérales égrenant mille nuances du gris au beige. Un bon compromis entre le style industriel et le « tout-bois suédois ». La proximité du fleuve, la décoration ascétique et dépouillée, la lumière douce contribuaient à créer l'atmosphère protectrice d'un cocon.

Elle chercha des yeux un ordinateur, une box ou un téléphone fixe.

Rien.

Au centre d'une coupelle, elle repéra une clé de voiture accrochée à un porte-clés orné d'un cheval argenté en pleine course.

Une Mustang… ? se demanda-t-elle en s'emparant du trousseau.

De retour à la cuisine, elle trouva dans une armoire du genmaicha, un thé vert japonais mélangé à des grains de riz grillés et soufflés. Elle s'en prépara une tasse. Le breuvage était original – les notes fraîches du thé vert contrastaient avec l'arôme de noisette et de céréale du riz –, mais imbuvable. Elle jeta le contenu de la théière dans l'évier, puis ouvrit la porte en verre de l'armoire à vin, encastrée à côté du frigo. Visiblement, leur hôte était un amateur de bonnes bouteilles. Outre quelques pinots noirs californiens, il collectionnait les grands crus français. Grâce à son père, Alice avait de bonnes connaissances en œnologie. Elle repéra un Château-Margaux 2000, un Cheval-Blanc 2006, un Montrose 2005… Elle allait ouvrir le saint-estèphe lorsqu'elle se ravisa en apercevant un bourgogne : un La Tâche 1999 du domaine de la Romanée-Conti. Une bouteille hors de prix d'un cru qu'elle n'avait jamais goûté. Elle repoussa tous les motifs rationnels pour ne pas boire le nectar, ouvrit la bouteille et se servit un grand verre qu'elle observa avant de le porter à sa bouche. Belle robe grenat, nez puissant qui partait sur des notes de rose, de baies rouges et de chocolat.

Plus que d'une tasse de thé, c'est de ça que j'ai besoin !

Elle prit une gorgée de bourgogne, en apprécia chaque nuance de fruits rouges et d'épices. Le vin lui flatta le palais et lui réchauffa le ventre. Elle vida le verre et s'en resservit un autre dans la foulée.

— Si Madame veut bien se donner la peine, son bain est prêt, annonça Gabriel avec emphase du haut de la mezzanine.

— Je vous sers un verre ?

— Quoi ! Vous avez ouvert une bouteille ? s'alarma-t-il en descendant à toute allure les marches de l'escalier en colimaçon.

Il regarda la bouteille de côte-de-nuits et explosa de colère.

— Vous êtes vraiment inconsciente, madame Sans-Gêne ! Vous savez combien coûte ce vin ?

— Oh ça va, Keyne, gardez vos leçons de savoir-vivre !

— Drôle de façon de remercier mon ami de son hospitalité ! insista-t-il.

— Ça va, je vous dis ! Je le rembourserai, votre foutu vin !

— Avec quoi ? Votre salaire de flic ?

— Parfaitement ! À propos, vous savez si votre copain possède une voiture ?

— Kenny est propriétaire d'une vieille bagnole, ouais. Je crois qu'il l'a gagnée au poker.

— Vous avez une idée de l'endroit où elle se trouve ?

— Aucune.

Pris d'une soudaine inspiration, Gabriel traversa le salon pour se pencher à l'une des fenêtres qui donnaient sur une cour recouverte de gravier. Une dizaine de voitures étaient garées autour d'un îlot central bétonné. Il plissa les yeux pour distinguer les différents modèles.

— C'est peut-être celle-ci, fit-il en désignant une Shelby de couleur blanche rehaussée de deux bandes bleues.

— Eh bien, allez vérifier, demanda-t-elle en lui lançant les clés.

Il se rebiffa.

— Eh, arrêtez de me donner des ordres ! Je ne suis pas l'un de vos sous-fifres !

— Dépêchez-vous, Keyne, on a *vraiment* besoin d'une voiture.

— Et vous, allez prendre votre bain, ma vieille, vous avez *vraiment* besoin de vous détendre !

Elle haussa le ton.

— Ne vous avisez plus jamais de m'appeler ma v…

Elle ne put même pas terminer sa phrase : Keyne venait de sortir en claquant la porte.

*

À l'étage, la salle de bains était accolée à une *« master bedroom »* organisée dans l'esprit d'une suite d'hôtel. Alice s'assit sur le lit et ouvrit sa sacoche en toile. Elle s'empara du kit de téléphonie et défit la coque de protection en plastique. L'ensemble contenait un cellulaire, un chargeur, un équipement mains libres ainsi qu'un mode d'emploi. Au fond de la boîte, elle trouva une carte plastifiée avec le numéro de série de l'appareil.

Elle connecta le téléphone au courant. Une icône s'afficha sur l'écran, indiquant un crédit de dix minutes. En appuyant sur le bouton d'appel, elle bascula sur un numéro préenregistré : celui d'une boîte vocale qui lui demanda d'entrer le numéro de série de son appareil.

Elle s'exécuta. La voix métallique du répondeur lui demanda ensuite de taper le code de la zone dans laquelle elle comptait utiliser le téléphone. Se souvenant de ce que lui avait dit Gabriel, elle composa le 212, le code de New York. Presque instantanément, on lui assigna un numéro de téléphone qu'elle reçut par SMS. Une fois son appareil activé, elle en termina le paramétrage en entrant le numéro de la carte prépayée, ce qui lui octroya immédiatement cent vingt minutes de communication.

Elle inaugura son crédit en appelant Seymour sur son portable, mais tomba sur son répondeur.

— *Rappelle-moi sur ce numéro dès que tu le pourras, Seymour. J'ai vraiment besoin d'aide. Fais vite, je t'en prie.*

*

Alice passa ensuite dans la salle de bains séparée de la chambre par une cloison en pavés de verre. La pièce était décorée dans un style rétro qui évoquait les années 1950 : sol à damier noir et blanc, baignoire en fonte sur pieds en cuivre, lavabo à l'ancienne, robinetterie vintage en céramique, meubles en bois peint mouluré.

Keyne avait tenu parole : sous un épais nuage de mousse l'attendait un bain fumant parfumé à la lavande.

Quel drôle de mec...

Alice se déshabilla devant un grand miroir inclinable en fer forgé et se glissa dans l'eau. La chaleur augmenta son flux sanguin et réveilla tous les pores de sa peau. Ses muscles se relâchèrent, les élancements douloureux dans ses articulations s'atténuèrent. La jeune femme respirait à pleins poumons. Elle avait l'impression agréable d'être emportée par une onde brûlante et bienfaitrice, et pendant quelques secondes s'abandonna totalement à la langueur voluptueuse du bain.

Puis elle bloqua sa respiration et plongea la tête sous l'eau.

L'alcool qui passait dans son sang et la température du bain la faisaient flotter entre somnolence et engourdissement. Des pensées contradictoires traversaient son esprit. Sa perte de mémoire la rendait fébrile. Une fois de plus, Alice essaya de reconstituer sa soirée de la veille. Toujours ce même trou noir qui l'empêchait d'accéder à ses souvenirs. Au départ, les pièces du puzzle se mettaient en place facilement : les bars, les cocktails, les copines, le parking de l'avenue Franklin-Roosevelt. Puis son trajet jusqu'à sa voiture. L'éclairage artificiel vert bleuâtre du souterrain. Elle se sent vaseuse, titube. Elle se voit distinctement ouvrir la portière de la petite Audi et s'installer au volant… Il y a quelqu'un à côté d'elle ! Elle s'en souvient à présent. Un visage qui émerge de l'ombre par surprise. Un homme. Elle tente de discerner ses traits, mais ils disparaissent sous un brouillard de nacre.

Soudain, le flot de souvenirs remonte plus loin dans le temps, porté par le courant d'un fleuve qui prend sa source au cœur de la douleur.

Je me souviens...

Deux ans plus tôt

Je me souviens.

Ou plutôt, j'imagine.

21 novembre 2011.

Une fin d'après-midi pluvieuse dans le cabinet médical de mon mari. Sa consultation interrompue par un coup de téléphone :

« Docteur Paul Malaury ? Ici le service de chirurgie thoracique de l'Hôtel-Dieu. Votre femme vient d'être conduite chez nous. Elle est dans un état grave et... »

*

Paniqué, Paul attrape son manteau, bafouille quelques mots d'explication à sa secrétaire et quitte son cabinet précipitamment. Il récupère sa vieille Giulietta, garée comme tous les jours à cheval sur un bout de trottoir devant le bâtiment de la Régie immobilière de la ville de Paris. La pluie a réduit en bouillie la contravention qu'il récolte quotidiennement pour stationnement gênant. Il met le contact, fait le tour de la place pour rejoindre la rue du Bac.

La nuit est déjà tombée. C'est une sale journée d'automne qui vous fait détester Paris, enfer métastasé, pollué, surpeuplé, englué dans la bouillasse et la tristesse. Boulevard Saint-Germain, les voitures avancent au ralenti. Avec sa manche, Paul essuie la buée qui s'accumule sur le pare-brise de l'Alfa Romeo. Avec sa manche, Paul essuie les larmes qui coulent sur ses joues.

Alice, le bébé... Dites-moi que ce n'est pas vrai.

Depuis qu'il a appris qu'il allait devenir père, il vit sur son nuage. Il s'est déjà tellement projeté dans l'avenir : les premiers biberons, les balades au jardin du Luxembourg, les châteaux de sable sur la plage, le premier jour d'école, les terrains de foot le dimanche matin... Une série d'instantanés qui est en train de se dissoudre dans son esprit.

Il repousse ses pensées morbides et essaie de garder son calme, mais l'émotion est trop forte et son corps est secoué de sanglots. La colère se mêle à la douleur. Il chiale comme un gosse. Coincé à un feu, il donne un coup de poing rageur sur son volant. Dans sa tête résonnent encore les paroles de l'interne décrivant une réalité effroyable : *« Je ne vous cache pas que c'est grave, docteur : une agression à l'arme blanche, des plaies au couteau dans l'abdomen... »*

Le feu passe au vert. Il démarre en trombe et donne un brusque coup de volant afin d'emprunter la file des bus. Il se demande comment tout cela a pu arriver. Pourquoi son épouse, avec qui il a déjeuné ce midi dans un petit troquet de la rue Guisarde, a été retrouvée poignardée dans un appartement sordide de l'Ouest parisien alors qu'elle était censée passer l'après-midi avec une sage-femme pour préparer son accouchement ?

Des images défilent de nouveau dans sa tête : Alice baignant dans une mare de sang, l'équipe du Samu qui arrive en urgence, le médecin transporteur qui dresse le premier constat : *« Patiente instable, tension systolique à 9, pouls filant rapide à 100/min, conjonctives décolorées. On va l'intuber et poser les voies veineuses. »*

Paul lance des appels de phares, double deux taxis et s'apprête à prendre à gauche. Sauf que le boulevard Saint-Michel est bloqué par les flics à cause d'une manif. Il contracte sa mâchoire de toutes ses forces.

Bordel, mais c'est pas vrai !

Il baisse sa fenêtre pour parler aux agents, cherche à forcer le passage, mais se heurte à leur inflexibilité et repart nerveusement en les insultant.

Le coup de Klaxon furieux d'un autobus le cueille alors qu'il reprend le boulevard Saint-Germain sans mettre son clignotant.

Il faut qu'il se calme. Qu'il mobilise son énergie pour sauver sa femme. Qu'il lui trouve un médecin capable de faire des miracles. Il se demande s'il connaît un confrère à l'Hôtel-Dieu.

Pralavorio, peut-être ? Non, il bosse à Bichat. Jourdin ? Il est à Cochin, mais il a un carnet d'adresses long comme le bras. C'est lui qu'il faut appeler.

Il cherche son téléphone dans son manteau posé sur le siège passager, mais l'appareil est introuvable.

La vieille Alfa file dans le corridor étroit de la rue des Bernardins et s'engage sur le pont de l'Archevêché, la « passerelle des amoureux », dont les deux rambardes grillagées sont recouvertes de milliers de cadenas qui brillent dans la nuit.

Paul plisse les yeux, allume le plafonnier et finit par repérer le portable qui a glissé sur le plancher. Il garde une main sur le volant, se baisse pour le ramasser. Lorsqu'il se relève, il est ébloui par un phare et aperçoit, stupéfait, une moto qui fonce sur lui alors que le pont est à sens unique. Trop tard pour freiner. Paul donne un brusque coup de volant pour éviter la collision. L'Alfa Roméo est déportée sur la droite, ripe contre le trottoir, décolle et percute de plein fouet un lampadaire, avant d'aller éventrer les grilles métalliques du pont.

Paul est déjà mort lorsque sa voiture bascule dans la Seine.

*

Je me souviens
Que ce même jour,
Le 21 novembre 2011,
Par orgueil, par vanité, par aveuglement,
J'ai tué mon bébé.
Et j'ai tué mon mari.

12

Free jazz

La vie est un état de guerre.

SÉNÈQUE

Étouffée par l'eau du bain, la sonnerie du téléphone mit du temps à parvenir jusqu'au cerveau d'Alice. La jeune femme sortit de son apnée en sursautant. Elle s'empara d'une serviette et se drapa dans le linge en attrapant son cellulaire.

— Schäfer, annonça-t-elle en décrochant.

— Alice ? C'est moi.

— Seymour, enfin !

— Tu vas bien ?

— Ça va, mais j'ai besoin de tes infos pour progresser. Tu as trouvé quelque chose ?

— J'ai bien reçu ton empreinte. Joli travail. Je pense que le résultat est exploitable. J'ai mis Savignon sur le coup. Il est en train de le passer au FAED. On aura les résultats dans la demi-heure.

— OK. Tu as autre chose ? Les caméras de surveillance du parking ?

— J'ai fait un saut à Franklin-Roosevelt et j'ai pu visionner leurs bandes, mais on ne voit pas grand-chose. Ta voiture pénètre dans le parc de stationnement à 20 h 12 et ressort à 0 h 17.

— On m'aperçoit sur les images ?

— Non, on ne te distingue pas vraiment…

La poisse !

— Est-ce que j'étais seule au moment de sortir ? Est-ce que c'est moi qui conduisais ?

— Ce n'est pas certain. La caméra a filmé ta plaque d'immatriculation, mais l'habitacle de la voiture est plongé dans la pénombre.

— Putain, c'est pas vrai ! Tu as essayé de retravailler les images ?

— Ouais, mais on ne voit rien. Leur matos est minable. Et je préfère t'avertir tout de suite, je n'ai rien du côté des aéroports. Sans flagrant délit ou commission rogatoire, impossible d'accéder à leurs bases de données ou à leurs images. Ce serait vraiment plus simple si on prévenait Taillandier…

— Surtout pas. Tu as interrogé mes copines ?

— Oui, toutes les trois. Tu avais beaucoup picolé, Alice. Elles se sont inquiétées pour toi.

Malika et Karine ont proposé de te raccompagner, mais tu ne voulais rien entendre…

— Dis-moi que tu as autre chose, Seymour…

— Oui, je t'ai gardé le meilleur pour la fin. Tu es seule ?

— Oui, pourquoi ?

— C'est à propos de ton copain, Gabriel Keyne… Castelli a fait des recherches sur lui. Il n'existe aucune trace, nulle part, d'un pianiste de jazz qui porterait ce nom.

— Je n'ai pas dit que c'était Ray Charles ou Michel Legrand non plus. S'il a une audience confidentielle, c'est normal que…

— Écoute, tu connais Castelli. C'est le meilleur documentaliste de la Crim. S'il y avait quelque chose, il l'aurait trouvé, tu le sais. Là, il n'y a rien. Nada ! Il existe des dizaines de Gabriel Keyne, mais aucun musicien de ce nom, ni sur Internet, ni dans le milieu des jazzmen amateurs. Et accroche-toi, parce que ce n'est pas le plus intéressant…

Seymour laissa sa phrase en suspens comme pour ménager ses effets.

Accouche, bordel !

— Tu m'as bien dit qu'il prétend avoir joué sur la scène du Brown Sugar Club à Dublin hier soir ? demanda-t-il.

— C'est ce qu'il m'a dit.

— Eh bien, c'est faux. Castelli a appelé le patron de l'établissement : hier soir, c'était soirée salsa, mambo et cha-cha-cha au Sugar Club. Les seuls qui sont montés sur scène sont les membres d'un grand orchestre de musique cubaine arrivés le matin même de La Havane.

Stupéfaite, Alice eut du mal à encaisser l'information. Dans sa tête, elle se surprit à chercher des explications pour défendre Gabriel : peut-être se produisait-il sous un nom de scène ? Peut-être appartenait-il à un groupe ? Peut-être…

— Je ne sais pas qui est vraiment ce type, reprit Seymour. Je continue à chercher, mais en attendant qu'on ait découvert sa véritable identité, méfie-toi de lui.

Elle raccrocha et resta immobile quelques secondes. Non, ses hypothèses ne tenaient pas la route. Elle s'était fait rouler dans la farine comme une débutante. Elle ne s'était pas assez méfiée et Keyne lui avait menti dès le début de leur rencontre.

Mais pour quelle raison ?

Elle se rhabilla en quatrième vitesse et rassembla ses affaires dans son sac. À présent, elle sentait la peur s'emparer d'elle. Le cœur palpitant, elle descendit l'escalier, arme au poing.

— Keyne ? cria-t-elle en avançant dans le salon.

Elle rasa les murs et avança à pas de loup jusqu'à la cuisine, en crispant sa main autour de la crosse. Rien, le loft était vide.

En évidence sur la table, près de la bouteille de vin, elle trouva un mot griffonné au dos d'une enveloppe :

Alice,
J'ai trouvé la voiture, mais le réservoir était presque à sec.
Je suis parti faire le plein d'essence.
Je vous attends dans le bar à narguilé de l'autre côté de la rue.
PS : J'espère que vous aimez les pâtisseries orientales.
Gabriel

13

Shisha Bar

En réalité, il existe deux sortes de vies (...) : celle que les gens croient que vous menez, et l'autre. Et c'est l'autre qui pose des problèmes, et que nous désirons ardemment voir.

James SALTER

Alice déboula dans la rue. Elle avait remisé son flingue dans son holster et portait son sac en bandoulière. Le vent frais charriait des effluves d'épices, d'abricot et de sucre glace. Elle repéra la Shelby garée devant le bar à chicha : carrosserie couleur crème, chromes miroitants, bandes bleues sportives, lignes agressives. Un tigre endormi prêt à rugir.

Sur ses gardes, la jeune femme traversa la rue et poussa la porte du Néfertiti.

L'endroit était un savoureux mélange d'influences arabes et occidentales, jouant d'une décoration éclectique : on y trouvait pêle-mêle des tables basses, des grands fauteuils, des coussins brodés d'or, mais également une bibliothèque débordant de livres, un piano bastringue, un vieux comptoir en zinc et en chêne patiné, un jeu de fléchettes venu d'un pub anglais…

L'ambiance était agréable. Celle d'un début d'après-midi d'automne tranquille et ensoleillé. Des étudiants au look hipster, planqués derrière l'écran de leur ordinateur portable, cohabitaient en bonne intelligence avec les vieux Égyptiens et Maghrébins du quartier, qui refaisaient le monde en tirant sur leurs pipes à eau. Les saveurs sucrées qui émanaient de la fumée des chichas se mêlaient à celles du thé à la menthe, contribuant à créer une bulle olfactive harmonieuse et enveloppante.

Assis à une table, Gabriel avait entamé une partie d'échecs avec un geek chevelu, vêtu d'un improbable col roulé jaune fluo en élasthanne et d'une doudoune sans manches violacée.

— Keyne, il faut qu'on parle.

Le jeune joueur d'échecs leva la tête et se plaignit d'une voix fluette :

— Enfin, madame, vous voyez bien que nous sommes en pleine…

— Toi, le Fluokid, dégage ! ordonna-t-elle en envoyant valser les pièces du jeu d'échecs.

Avant qu'il ait pu réagir, elle empoigna l'étudiant par les pans de sa veste en duvet et le souleva de sa chaise. Le gosse prit peur. Il s'empressa de ramasser les pièces qui jonchaient le sol et s'éloigna sans demander son reste.

— On dirait que votre bain ne vous a pas calmée, déplora Gabriel. Peut-être qu'une délicieuse pâtisserie orientale y parviendra mieux. Il paraît que leurs beignets au miel et aux fruits secs sont délicieux. À moins que vous ne préfériez un riz au lait ? Ou une tasse de thé ?

Elle prit calmement place en face de lui, bien décidée à le confronter à ses contradictions.

— Vous savez ce qui me ferait *vraiment* plaisir, Keyne ?

Il haussa les épaules, souriant.

— Dites toujours. Si c'est dans mes cordes…

— En parlant de cordes, vous voyez le piano droit là-bas, près du comptoir ?

Il se retourna et une ombre inquiète passa sur son visage.

— Je serais heureuse que vous me jouiez quelque chose, reprit Alice. Après tout, ce n'est pas tous les jours que j'ai la chance de prendre le thé avec un pianiste de jazz !

— Je ne pense pas que ce soit une bonne idée. Ça gênera les clients et…

— Allons, ne dites pas de bêtises, ils seront ravis au contraire. Tout le monde aime écouter de la musique en tirant sur son narguilé.

Gabriel se déroba une nouvelle fois.

— Le piano n'est sûrement pas accordé.

— C'est un détail, ça. Allez, Keyne, jouez-moi quelques standards : *Les Feuilles mortes, Blue Monk, April in Paris*… Ou mieux encore : *Alice in Wonderland !* Une « spéciale dédicace » : vous ne pouvez pas me refuser ça !

Embarrassé, il se tortilla sur sa chaise.

— Écoutez, je pense que…

— Et moi je pense que vous n'êtes pas plus pianiste de jazz que je ne suis bonne sœur !

Gabriel se frotta les paupières et poussa un long soupir de résignation. Comme soulagé, il renonça à nier.

— D'accord, je vous ai menti, admit-il, mais uniquement sur ce point précis.

— Et je suis censée vous croire, Keyne ? Mais peut-être que « Keyne » n'est pas votre véritable nom ?

— Tout le reste est vrai, Alice ! Je m'appelle Gabriel Keyne, j'étais à Dublin hier soir et je me suis réveillé ce matin, menotté à vous, sans comprendre ce qui m'avait amené là.

— Mais pourquoi m'avoir raconté un tel bobard ?

Il poussa un nouveau soupir, conscient que les minutes qui allaient suivre ne seraient pas faciles.

— Parce que je suis comme vous, Alice.

Elle fronça les sourcils.

— Comme moi ?

— Je suis flic moi aussi.

*

Un silence pesant s'installa.

— Vous êtes quoi ? demanda Alice au bout de plusieurs secondes.

— Un agent spécial du FBI affecté au bureau régional de Boston.

— Vous vous foutez de moi, là ?! explosa-t-elle.

— Pas du tout. Et j'étais bien à Dublin, hier soir, dans ce club de Temple Bar situé en face de mon hôtel. J'y étais allé boire quelques verres pour me détendre après ma journée de travail.

— Et qu'est-ce que vous foutiez en Irlande ?

— J'avais fait le voyage pour rencontrer un de mes collègues de la Garda Siochana[1].

— Dans quel cadre ?

— Celui d'une coopération internationale sur une enquête.

1. Les forces de police de la République d'Irlande.

— Une enquête sur quoi ?

Gabriel prit une gorgée de thé, comme pour ralentir le flot des questions et se donner du temps.

— Sur une série de crimes, lâcha-t-il enfin.

— Sur un tueur en série ? insista Alice pour le pousser dans ses retranchements.

— Peut-être, admit-il en détournant la tête.

Le téléphone de la jeune femme vibra dans la poche de sa veste. Elle regarda l'écran sur lequel s'affichait le numéro de Seymour. Elle hésita. Emportée par les révélations de Keyne, elle ne voulait pas prendre le risque d'interrompre ses confidences.

— Vous devriez répondre, conseilla Gabriel.

— Qu'est-ce que ça peut vous foutre ?

— C'est votre copain flic, n'est-ce pas ? Vous n'êtes pas curieuse de savoir à qui appartiennent les empreintes relevées sur la seringue ?

Elle obtempéra.

— Allô.

— C'est moi, Alice, répondit Seymour d'un timbre tourmenté.

— Tu as passé l'empreinte au FAED ?

— Où l'as-tu trouvée, Alice ?

— Sur une seringue. Je t'expliquerai plus tard. Elle a matché, oui ou non ?

— Oui, on a un résultat, mais on est dans la merde.

— Pourquoi ?

— Le fichier nous indique que l'empreinte appartiendrait à…

— Appartiendrait à qui, bordel ?

— À Erik Vaughn, répondit-il d'une voix blanche.

— Erik Vaughn…

L'information cueillit Alice par surprise, à la façon d'un uppercut.

— Oui, l'homme qui a cherché à te tuer et…

— Je sais qui est Erik Vaughn, putain !

Elle ferma les yeux, se sentit vaciller, mais une force de rappel l'empêcha de sombrer.

— C'est impossible, Seymour, trancha-t-elle d'une voix calme.

Un soupir de l'autre côté de la ligne.

— Je sais que c'est difficile à croire, mais on a vérifié dix fois nos résultats. Il y a plus de trente points de concordance. Cette fois, je suis obligé de prévenir Taillandier.

— Laisse-moi encore quelques heures, s'il te plaît.

— Impossible, Alice. Désormais, tout ce qui touche à Vaughn nous fait entrer en terrain miné. Tu nous as déjà mis dans la merde une fois avec cette affaire.

— C'est très délicat de ta part de me le rappeler.

Elle regarda la vieille horloge publicitaire Pepsi Cola placée derrière le comptoir.

13 h 15, heure de New York.

— Il est 19 h 15 à Paris, c'est ça ? Laisse-moi jusqu'à minuit.

Silence.

— Je t'en prie !

— Ce n'est pas raisonnable…

— Et creuse encore du côté de l'empreinte. Je suis *certaine* que ce n'est pas Vaughn.

Nouveau soupir.

— Et moi je suis certain que Vaughn est à New York, Alice. Qu'il te cherche et qu'il a décidé de te tuer.

14

Two people

Les monstres existent vraiment, les fantômes aussi... Ils vivent en nous, et parfois ils gagnent...

Stephen KING

De fines particules multicolores dansaient dans la lumière.

Les volets de bois des persiennes entrouvertes filtraient les rayons du soleil. Le bar à chicha ronronnait. Des arômes puissants d'orange, de datte et de noisette flottaient dans la grande salle où une clientèle clairsemée tirait nonchalamment sur le narguilé ou croquait des cornes de gazelle.

Alice et Gabriel se faisaient face en silence. Un jeune homme s'approcha de leur table pour leur servir de nouveau du thé à la menthe. Un service à la marocaine, en levant la théière avec application très haut au-dessus des verres pour faire se former à la surface une collerette de mousse.

Les deux coudes posés sur la table, Gabriel croisa les mains sous son menton. Son visage s'était durci. L'heure des explications était venue.

— L'empreinte sur la seringue appartient à Erik Vaughn, je me trompe ?

— Comment connaissez-vous son nom ?

— C'est lui que je traquais en Irlande.

Alice planta son regard dans le sien et ne le lâcha plus des yeux.

— Pourquoi en Irlande ?

— C'est une longue histoire. Il y a dix jours, l'antenne du FBI de Boston a été alertée par la police d'État du Maine à propos d'un meurtre atypique commis dans le comté de Cumberland. C'est moi que l'on a envoyé sur la scène de crime avec mon coéquipier, l'agent spécial Thomas Krieg.

— Qui était la victime ? demanda la flic.

— Elizabeth Hardy, trente et un ans, une infirmière travaillant au Sebago Cottage Hospital. Retrouvée assassinée chez elle, étranglée…

— … avec un bas en nylon, devina Alice.

Keyne confirma d'un signe de tête.

Le cœur d'Alice s'emballa, mais elle essaya de canaliser son émotion. C'était peut-être la même signature que celle de Vaughn, mais un même *modus operandi* ne signifiait pas forcément un même criminel.

— Après le meurtre, continua Keyne, on a consulté sans succès les bases de données Vicap. Je ne devrais pas vous le dire, mais nos hackers ont aussi la possibilité de s'introduire dans les bases de données des polices européennes : le Vicias allemand, le Salvac français...

— Vous plaisantez, j'espère ?

— Ne jouez pas les effarouchées, à la guerre comme à la guerre, éluda-t-il. Bref, c'est comme ça que je suis tombé sur la série de meurtres et d'agressions commis par Erik Vaughn à Paris de novembre 2010 à novembre 2011.

— Et vous avez fait le lien ?

— J'ai sollicité un rendez-vous pour en parler avec votre patronne, la directrice de la Brigade criminelle.

— Mathilde Taillandier ?

— Je devais la rencontrer la semaine prochaine à Paris, mais d'abord je me suis rendu en Irlande. La consultation des bases de données internationales m'avait signalé un autre meurtre ayant eu lieu huit mois plus tôt à Dublin.

— Même type de victime, même signature ?

— Mary McCarthy, vingt-quatre ans, une étudiante de troisième cycle au Trinity College.

Retrouvée étranglée dans sa chambre universitaire avec un collant.

— Et vous pensez que c'est Vaughn ?

— C'est évident, non ?

— Non.

— On a perdu la trace de Vaughn à Paris lorsqu'il vous a agressée. Depuis, c'est un fantôme. La police française n'a pas avancé d'un pouce sur l'enquête.

— Et alors ?

— Je vais vous dire ce que je pense. Vaughn est un tueur caméléon, capable de changer d'identité lorsqu'il se sent menacé. Je pense qu'il a quitté Paris depuis belle lurette, qu'il a fait une halte en Irlande et qu'il se trouve à présent aux États-Unis.

— Tout ça parce que vous avez deux meurtres sur les bras avec des modes opératoires a priori similaires ?

— Parfaitement similaires, corrigea Keyne.

— Enfin, Vaughn n'est pas le premier tueur à étrangler ses victimes avec un bas en nylon !

— Ne jouez pas au con, Schäfer : Vaughn a tué toutes ces femmes avec les sous-vêtements de la *précédente* victime. C'est cela qui fait la spécificité de sa signature. Vous le savez bien !

— Et votre victime de Boston, avec quoi a-t-elle été étranglée ?

— Un collant rose et blanc. Exactement le même que celui porté par l'étudiante irlandaise le jour de sa mort !

— Vous vous enflammez trop vite. Votre tueur en Irlande ou aux États-Unis est un simple imitateur. Un complice, un homme de paille, une sorte d'admirateur qui reproduit ses crimes avec minutie.

— Un *copycat*, c'est ça ? On en voit tous les soirs dans les séries télé, mais, en quinze ans de métier, je n'en ai jamais croisé. Ça n'existe pas dans la réalité.

— Bien sûr que si ! Le Zodiac new-yorkais, l'affaire Hance...

Il leva la main pour l'interrompre.

— Des cas vieux de trente ans qu'on trouve dans des manuels de criminologie...

Alice n'en démordait pas.

— Je pensais que le FBI était un peu plus rigoureux. Vous foncez toujours tête baissée dans les pièges que l'on vous tend ?

Gabriel s'énerva.

— Écoutez, je voulais vous ménager, Alice, mais si vous voulez une preuve irréfutable, j'en ai une à votre disposition.

— Ah oui ?

— Vous savez quel type de bas portait la jeune Irlandaise ?

— Dites-moi.

— Une paire de collants de grossesse en dentelle, avec des motifs en serpentin bleu-vert. La paire que vous portiez il y a deux ans lorsque Vaughn a failli vous tuer.

Un silence. Cette révélation lui glaça l'échine. La police n'avait jamais révélé ce détail à la presse. Comment un imitateur aurait-il pu connaître la marque et l'apparence de ses collants ?

Elle se massa les tempes.

— Bon, OK, admettons. Quelle est votre thèse ?

— Je pense que Vaughn nous a réunis pour nous défier. Et le fait de trouver une de ses empreintes me conforte dans cette analyse. Vous, d'abord : la flic française qui le connaît le mieux pour l'avoir traqué avec acharnement. Vous, dont il a tué l'enfant à naître. Vous, avec votre colère et votre haine envers lui. Moi, ensuite : l'agent du FBI chargé de l'enquête et qui a retrouvé sa trace aux États-Unis. Deux flics contre lui. Deux flics déterminés à avoir sa peau, mais deux flics avec leurs failles et leurs démons, qui basculent tout à coup de la position du chasseur à celle de la proie.

Alice considéra cette possibilité avec un mélange d'effroi et d'excitation. Cette perspective avait quelque chose d'effrayant.

— Que Vaughn soit ou non derrière ces meurtres,

il a forcément un disciple ou un homme de paille, affirma-t-elle. Hier soir, vous étiez à Dublin et j'étais à Paris. D'une façon ou d'une autre, il a fallu nous mettre dans un avion, et ce type n'a pas le don d'ubiquité.

— Je vous l'accorde.

Alice se tint la tête dans les mains. L'affaire prenait une tournure inattendue qui, depuis quelques heures, faisait rejaillir des traumatismes et des souffrances contre lesquels elle luttait pied à pied depuis des années.

— Une chose me chiffonne, Keyne : pourquoi avez-vous attendu tout ce temps pour me révéler votre identité ?

— Parce que je me devais d'en savoir plus sur vous, sur votre implication et vos motivations. Surtout, j'avais intérêt à rassembler suffisamment d'informations pour éviter que le Bureau ne me retire l'enquête. Et puis, de vous à moi, je déteste par-dessus tout être humilié, et sur ce coup-là je me suis fait avoir comme un bleu…

— Mais pourquoi avez-vous inventé ce personnage de jazzman ?

— Ça m'est venu comme ça, sur le moment. J'ai toujours aimé le jazz et Kenny, mon meilleur ami, est bien saxophoniste.

— Qu'est-ce que vous proposez maintenant ?

— D'abord, on passe au laboratoire d'hématologie médico-légale de l'Upper East Side pour y déposer l'échantillon de sang présent sur votre chemisier. Le FBI travaille fréquemment avec cette structure. Ils sont affreusement chers, mais ils ont un matériel et des équipes très performantes. Avec eux, on pourra avoir un profil génétique dans les deux heures.

— Bonne idée. Et ensuite ?

— On rentre à Boston en bagnole, on accorde nos violons, on va voir le FBI et on leur raconte tout ce que l'on sait en priant pour qu'ils ne me dessaisissent pas de l'enquête.

Elle regarda Gabriel et constata que sa physionomie avait changé depuis qu'il s'était découvert. Le côté jovial du jazzman avait laissé la place à la gravité du flic. Un regard plus sombre, des traits plus durs, un visage figé par l'inquiétude. C'était comme s'ils faisaient connaissance une nouvelle fois.

— Je vous suis, acquiesça-t-elle. Mais à une condition : une fois à Boston, je veux être associée à l'enquête.

— Ça, ce n'est pas de mon ressort, vous le savez.

— Officiellement ou officieusement, on fait équipe : vous me donnez vos infos et je vous donne les miennes. Sinon, nos chemins se séparent ici et adieu le morceau de chemisier. C'est à prendre ou à laisser.

Gabriel sortit une cigarette du paquet entamé qu'il avait récupéré dans la Honda. Il l'alluma et en tira quelques bouffées nerveuses pour se laisser le temps de la réflexion.

Alice le regardait du coin de l'œil. À présent, elle le reconnaissait enfin comme l'un des siens : un flic monomaniaque, prêt à tout pour conserver une affaire. Un flic qui devait passer une bonne partie de ses nuits à se mettre dans la tête des criminels pour appréhender leurs motivations. Un flic pour qui arrêter les assassins avait quelque chose de sacré.

Il sortit les clés de la Shelby et les posa sur la table.

— C'est d'accord, on y va, acquiesça-t-il en écrasant sa cigarette dans une coupelle.

15

Para bellum

Si vis pacem, para bellum
Si tu veux la paix, prépare la guerre.

VÉGÈCE

Un Rubik's Cube de vingt mètres de haut posé sur le côté est de la Cinquième Avenue.

Coincé entre les bâtiments du Mount Sinai Hospital et le musée de la ville de New York, le laboratoire d'hématologie médico-légale occupait le dernier étage d'un bâtiment ultramoderne dont la façade cristalline – constituée de panneaux de verre carrés multicolores – rappelait le célèbre casse-tête géométrique à trois dimensions.

Il avait fallu à Gabriel et Alice moins d'un quart d'heure pour rejoindre la frontière de l'Upper East Side et de Spanish Harlem. Par chance, ils débarquaient à l'heure du déjeuner et de nombreuses places de parking s'étaient libérées. Ils garèrent la Shelby dans l'une des rues qui bordaient l'immense enceinte comprenant l'hôpital et le campus de l'école de médecine.

— Vous m'attendez dans la voiture, OK ?

— Vous rigolez ? Pas question : je viens avec vous.

— D'accord, soupira Gabriel. Mais vous me laissez parler. C'est moi qui mène l'enquête, compris ?

— Compris, chef, se moqua-t-elle en ouvrant la portière.

Il sortit à son tour.

— Et on ne perd pas de temps, d'accord ? lança-t-il en regardant l'heure à l'horloge d'un parcmètre.

Alice hocha la tête en silence et le suivit dans le hall, puis dans l'ascenseur. À ce moment de la journée, l'étage du laboratoire était presque vide. Derrière le comptoir d'accueil, une hôtesse terminait une salade de crudités dans une barquette en plastique.

Gabriel se présenta et demanda à voir Éliane Pelletier, la directrice adjointe du labo.

— Elle est française ? s'étonna Alice en tiquant sur la consonance du nom.

— Non, québécoise. Et je vous préviens, elle est un peu spéciale, confia-t-il en haussant un sourcil.

— C'est-à-dire ?

— Je vous laisse la surprise.

Éliane Pelletier apparut immédiatement au bout du couloir :

— Gaby, mon grand, tu es venu me présenter ta fiancée ?! lui cria-t-elle de loin.

C'était une petite femme robuste aux cheveux gris coupés court. Elle portait des lunettes carrées et une blouse blanche ouverte sur une ample tunique noire. Rond et doux, son visage évoquait celui d'une poupée russe.

— Je suis heureuse que tu sois enfin casé, le taquina-t-elle en lui donnant une accolade.

Il se garda bien d'entrer dans son jeu.

— Éliane, je te présente le capitaine Schäfer, de la Brigade criminelle de Paris.

— Bonjour, ma jolie, lança-t-elle en étreignant Alice. Maudits Français, va !

Ils la suivirent dans son bureau.

— Nous avons peu de temps, Éliane. Peux-tu lancer une analyse ADN à partir de cet échantillon de sang ? Nos labos sont surchargés.

Alice sortit de sa besace le morceau d'étoffe de son chemisier et le tendit à la Québécoise.

— Je vais mettre l'un de mes biologistes sur le coup, promit-elle en s'emparant du sachet de prélèvement. Tu cherches quoi, exactement ?

— Une empreinte génétique exploitable. Tu peux le faire rapidement ?

— Six heures, ça te va ? proposa-t-elle en rajustant ses lunettes.

— Tu plaisantes ?

— Je peux utiliser des sondes miniatures et réduire ainsi le temps d'extraction de l'ADN et son amplification, mais ça te coûtera plus cher…

— Fais aussi vite que tu peux. Dès que tu as les résultats, envoie-les à Thomas Krieg en même temps que ta facture. J'aimerais l'appeler pour le prévenir. Je peux utiliser ta ligne ?

— Fais comme chez toi, Gaby. Je me mets au travail tout de suite.

Elle s'éclipsa, les laissant seuls dans le bureau.

— Quel est le numéro de votre portable ? Si ça ne vous fait rien, j'aimerais le communiquer à Thomas pour qu'il puisse nous joindre facilement.

Alice acquiesça et lui griffonna ses nouvelles coordonnées sur un papillon autocollant qui traînait sur le bureau.

Pendant que Gabriel appelait son coéquipier, elle sortit dans le couloir. Elle activa son téléphone, composa le numéro de son père, mais tomba directement sur l'annonce lapidaire de sa boîte vocale.

« Alain Schäfer. Pas dispo pour l'instant. Laissez

message après bip », demandait une voix bourrue d'ours mal léché.

— Papa, c'est Alice. Rappelle-moi dès que tu peux. C'est urgent. Très urgent.

Elle raccrocha. Réfléchit quelques secondes puis se décida à rappeler Seymour.

— C'est encore moi.

— Je me faisais du souci, bon sang. Tu as parlé à Keyne ?

— Oui, il prétend être un agent spécial du FBI, de l'antenne de Boston.

— Tu plaisantes ? Ce type te mène en bateau, Alice !

— Tu peux essayer de vérifier, mais je pense que cette fois il dit la vérité. Il enquête sur un meurtre qui présente des ressemblances avec ceux d'Erik Vaughn.

— Je passerai un coup de fil à Sharman, le type de Washington qu'on avait aidé sur l'affaire Petreus.

— Merci, Seymour. Tu es toujours au bureau ? J'ai encore un service à te demander.

Le flic parisien ne put retenir un soupir.

— Alice, je ne fais que ça depuis ce matin !

— Je voudrais que tu prennes ta voiture et...

— Maintenant ? C'est impossible. J'ai du boulot jusqu'à 23 heures !

Elle ignora ses protestations.

— Prends l'autoroute de l'Est jusqu'à Metz puis continue jusqu'à Sarreguemines.

— Alice, il y a au moins 350 bornes !

Elle poursuivit sans l'écouter :

— Il y a une ancienne usine sucrière désaffectée, entre Sarreguemines et Sarrebourg. Je ne sais pas exactement où elle se trouve, mais demande à Castelli de la localiser : il ne doit pas y en avoir des masses dans la région.

— Je t'ai dit non, Alice !

— Emporte avec toi une torche, une grosse pince et des tubes fluo. Appelle-moi lorsque tu seras là-bas. Je voudrais que tu vérifies quelque chose.

— Ça fait huit heures de route aller-retour !

— Je ne te le demanderais pas si ce n'était pas important. Fais-le au nom de notre amitié ! supplia-t-elle. Il n'y a qu'à toi que je puisse faire confiance, putain !

Au bout du fil, Seymour sentit la détresse de son amie et capitula.

— Dis-moi au moins ce que je suis censé trouver, soupira-t-il.

— Un cadavre, je l'espère.

*

La route.

La vitesse.

Le paysage qui défile.

Le grondement brut du moteur V8.

Dans l'autoradio, la voix éternelle d'Otis Redding.

Un énorme compte-tours greffé au centre de l'antique tableau de bord.

Et les reflets d'ambre et de miel de la chevelure d'Alice.

Ils avaient quitté Manhattan à 14 heures, taillé la route pendant près de deux heures, traversant une bonne partie du Connecticut : d'abord l'Interstate 95, qui longeait la côte, puis la 91, qui remontait vers le nord. La circulation était fluide, l'autoroute ensoleillée, bordée tantôt de sapins, tantôt de ginkgos, d'ormes et de chênes blancs.

L'esprit ailleurs, ils n'avaient presque pas parlé de tout le trajet, perdus dans leurs pensées. Chacun ruminait ses propres tourments.

La Shelby GT filait comme une flèche. Au volant du bolide, Gabriel s'imagina un bref instant dans la peau d'un jeune homme des sixties, fier de sa Mustang, qui emmenait sa *girlfriend* voir le dernier Steve McQueen en écoutant les tubes de Roy Orbison ou des Everly Brothers et redoutait la prochaine conscription, qui l'enverrait peut-être au Vietnam.

Il tourna la tête vers Alice. Visage dur et fermé, elle était plongée dans sa réflexion, la main crispée sur son téléphone, dans l'attente d'un appel. Avec sa veste de treillis, son visage clair, ses pommettes hautes et ses cheveux tirés en arrière, elle dégageait une beauté sauvage, presque martiale. C'était une évidence : Alice Schäfer était en guerre. Mais, derrière la dureté de ses traits, on devinait par intermittence l'esquisse d'une autre femme, plus douce et plus paisible.

Il se demanda alors comment elle était *avant*. Avant le drame. Souriante, apaisée, heureuse ? Aurait-il pu tomber amoureux d'une telle femme s'il l'avait croisée dans les rues de Paris ? L'aurait-il abordée ? L'aurait-elle regardé ? Il se joua mentalement la scène, prenant plaisir à faire traîner cette divagation.

Puis, dans l'autoradio, The Clash, U2 et Eminem remplacèrent Otis Redding. Le charme se rompit. Goodbye les années 1960 et les digressions romantiques. Retour à la réalité.

Gabriel cligna des yeux et baissa la visière pour se protéger de la luminosité.

Nouveau coup d'œil dans le rétro pour accrocher le regard d'Alice en train de resserrer son chignon.

— C'est la route qu'il faut regarder, Keyne.

— J'aimerais que vous m'expliquiez quelque chose…

Il laissa sa phrase en suspens. Elle soutint son regard dans le miroir.

— Comment pouvez-vous être *certaine* que les empreintes sur la seringue ne sont pas celles de Vaughn ?

Elle haussa les épaules, agacée.

— C'est une supposition, je vous l'ai dit. Pas une certitude.

— Ne vous foutez pas de moi : alors que tous nos indices l'accusent, pas une fois vous n'avez cru à la présence d'Erik Vaughn aux États-Unis. J'ai des milliers d'heures d'interrogatoire au compteur. Je sais quand quelqu'un me ment, et c'est ce que vous faites en ce moment.

Elle se défendit mollement.

— Rien ne vous permet de…

— Je vous signale que c'est moi le seul flic autorisé à enquêter sur cette affaire ! la coupa-t-il en haussant le ton. J'ai été réglo avec vous, je vous ai donné toutes mes informations alors que rien ne m'y obligeait.

Elle soupira. Il poursuivit :

— Vous m'avez demandé de faire équipe avec moi et de plaider votre cause auprès de ma hiérarchie pour être associée à l'enquête. Très bien, j'accepte, même si pour ça je mets ma crédibilité dans la balance. Mais si on est partenaires, on se dit tout, OK ?

Elle hocha la tête. C'était le genre de discours qu'elle aimait.

— Donc je vous repose la question, Alice : comment pouvez-vous être certaine que les empreintes sur la seringue ne sont pas celles de Vaughn ?

Elle se massa les tempes et prit une longue respiration avant de confier :

— Parce que Vaughn est mort, Keyne. Vaughn est mort depuis longtemps.

Je me souviens...

Moins de deux ans plus tôt

Je me souviens.

5 décembre 2011.

La clarté blafarde d'une chambre d'hôpital.

Un soleil d'hiver qui décline et peine à percer à travers les stores.

L'odeur écœurante des antiseptiques et des plateaux-repas.

L'envie de mourir.

*

Trois semaines se sont écoulées depuis mon agression par Erik Vaughn et la mort de Paul. Je suis prostrée sur mon lit, les yeux fixes, perdus dans le vague. Une perfusion d'antibiotiques est plantée dans mon avant-bras. Malgré les antidouleur, le moindre mouvement me cisaille le bas du ventre. Malgré les anxiolytiques et les antidépresseurs, la moindre pensée me déchire le cœur.

Lorsque le Samu m'a conduite à l'hôpital, j'avais déjà perdu beaucoup de sang. On m'a fait une échographie abdominale pour confirmer la mort du bébé et établir un bilan des lésions. Les coups de couteau ont perforé la paroi de l'utérus, sectionné une artère, provoqué des lésions digestives et atteint mon intestin grêle.

Jamais je n'aurais eu plus besoin de Paul à mes côtés qu'à cet instant-là. Un besoin vital de sentir sa présence, de pleurer toute notre peine ensemble, soudés l'un à l'autre, et de lui demander pardon, pardon, pardon…

On m'a annoncé sa mort juste avant de m'amener au bloc. Juste avant qu'on m'ouvre l'abdomen pour en extraire mon bébé assassiné. Les derniers liens qui me retenaient à la vie se sont alors rompus. J'ai hurlé de rage et de douleur, frappant les médecins qui essayaient de me calmer, avant de sombrer sous l'effet de l'anesthésie.

*

Plus tard, après l'opération, un connard de docteur m'a dit que, d'une certaine façon, j'avais eu « de la chance ». Au terme de ma grossesse, le fœtus occupait tellement d'espace dans mon ventre qu'il repoussait mes organes vers l'arrière. Mon bébé a donc pris à ma place les coups qui auraient dû m'être fatals. Mon bébé m'a sauvé la vie.

Et cette idée m'est insupportable.

On a suturé toutes mes plaies internes, enlevé un morceau de mon intestin. On m'a même dit qu'on était parvenu à préserver mon utérus pour une éventuelle prochaine grossesse.

Comme si, après ça, il pouvait y avoir un jour un autre amour, une autre grossesse, un autre bébé.

*

Ma mère a pris le train pour venir me voir, mais n'est restée que vingt minutes. Mon frère m'a laissé un message sur mon répondeur. Ma sœur s'est contentée d'un SMS. Heureusement, Seymour passe deux fois par jour et fait ce qu'il peut pour me réconforter. Les gars du 36 défilent aussi, mais dans leurs silences, je devine leur déception, leur colère : non seulement je les ai doublés, mais j'ai fait foirer l'une des enquêtes les plus importantes que le service ait eu à résoudre ces dernières années.

Du fond de mon lit, je surprends ces regards qui ne trompent pas et où transparaissent l'amertume et le reproche. Je sais très bien ce que tout le monde pense : qu'à cause de moi Erik Vaughn est toujours en liberté.

Et que, si horrible que soit ce qu'il m'est arrivé, je ne peux, au fond, m'en prendre qu'à moi-même.

*

Je nage dans les vapeurs médicamenteuses des pilules que me fait avaler le personnel hospitalier. Anesthésier mon cerveau, insensibiliser mon cœur est la seule parade qu'ils ont trouvée pour m'empêcher de m'ouvrir les veines ou de sauter par la fenêtre.

Malgré mon esprit engourdi, j'entends le grincement aigu de la porte qui s'ouvre sur la silhouette massive de mon père. Je tourne la tête pour le regarder avancer lentement vers mon lit. Alain Schäfer dans toute sa splendeur : crinière poivre et sel, traits tirés, barbe de trois jours. Il porte son inusable « uniforme » de flic – un trois-quarts en cuir avec une doublure en fourrure ouvert sur un pull à col roulé, un jean élimé, des boots à bouts carrés. À son poignet, une vieille Rolex Daytona en acier – la même que celle de Belmondo dans *Peur sur la ville* –, que lui a offerte ma mère un an avant ma naissance.

— Tu tiens le coup, championne ? demande-t-il en tirant une chaise pour s'asseoir à côté de moi.

Championne. Un surnom qui remonte à l'enfance. Il ne m'a plus appelée comme ça depuis au moins vingt-cinq ans. Un souvenir émerge : lorsqu'il m'accompagnait, enfant, sur les tournois de tennis le week-end. C'est vrai qu'on en a gagné ensemble, des coupes et des trophées, moi sur le court et lui dans les tribunes. Il avait toujours le bon mot au bon moment. Le regard rassurant et la parole juste. L'amour de la victoire, à n'importe quel prix.

Mon père vient me voir tous les jours. Le plus souvent le soir ; il reste avec moi jusqu'à ce que je m'endorme. C'est le seul qui me comprenne un peu et qui ne me juge pas. Le seul qui me défende, parce qu'il aurait sans doute agi de la même façon : accro à l'adrénaline, lui aussi aurait pris tous les risques, lui aussi y serait allé seul, arme au poing, tête baissée.

— Je suis passé voir ta mère à l'hôtel, me dit-il en ouvrant un porte-documents en cuir. Elle m'a donné quelque chose que je lui réclamais depuis longtemps.

Il me tend un album photo à la reliure en tissu fané qu'il vient de sortir de sa serviette. Je fais un effort pour me redresser, allume la lampe au-dessus de mon lit et tourne les pages séparées par du papier cristal.

L'album date de 1975, l'année de ma naissance. Sur des pages cartonnées, des clichés fixés à l'aide de gommettes adhésives surmontent des annotations au stylo-bille qui ont traversé le temps.

Les premières photos remontent au printemps 1975. J'y découvre ma mère enceinte de six mois. J'avais oublié combien je lui ressemblais. Oublié aussi combien mes parents avaient pu s'aimer, au début. En feuilletant l'album, c'est toute une époque qui prend vie à travers les photos jaunies. J'y retrouve le petit studio qu'ils partageaient alors, rue Delambre, à Montparnasse. Le papier peint psychédélique orange du salon où trône un fauteuil en forme d'œuf ; des étagères cubes sur lesquelles sont classés des 33-tours de Dylan, de Hendrix et de Brassens ; un téléphone en Bakélite ; un poster de l'AS Saint-Étienne de la grande époque.

Sur chacun des clichés, mon père et ma mère ont le sourire aux lèvres et débordent visiblement de bonheur à l'idée de devenir parents. Ils avaient tout gardé, tout photographié du grand événement : l'analyse de sang qui annonçait ma naissance, la première échographie, les idées de prénoms griffonnées sur un bloc sténo à spirale : Emma ou Alice pour une fille, Julien ou Alexandre pour un garçon.

Je tourne une nouvelle page, et l'émotion me saisit à la gorge. La maternité le jour de ma naissance. Un nourrisson qui hurle dans les bras de son père. Sous le cliché, je reconnais l'écriture de ma mère :

« 12 juillet 1975 : voilà notre petite Alice ! Elle est aussi sage que son papa et sa maman ! »

Sur la page opposée, mon bracelet de naissance scotché ainsi qu'une autre photo prise quelques heures plus tard. Cette fois, la « petite Alice » dort paisiblement dans son berceau, entourée par ses parents qui ont des cernes noirs sous les yeux, mais des étoiles dans le regard. Et encore l'écriture de ma mère :

« Une nouvelle vie s'offre à nous. De nouveaux sentiments bouleversent nos existences. Nous sommes devenus parents. »

Des larmes amères roulent sur mes joues à l'évocation de sentiments que je ne connaîtrai jamais.

— Pourquoi tu me montres ça, putain ? dis-je en repoussant l'album sur le lit.

Je prends conscience qu'à son tour mon père a les yeux humides.

— Lorsque ta mère a accouché, c'est moi qui t'ai donné ton premier bain et ton premier biberon, me confie-t-il. Ç'a été le moment le plus émouvant de toute mon existence. Ce jour-là, en te prenant pour la première fois dans mes bras, je t'ai fait une promesse.

Il s'arrête quelques secondes, la voix brisée par l'émotion.

— Quelle promesse ? je demande.

— La promesse que, tant que je serais vivant, je ne laisserais jamais personne te faire du mal. Je te protégerais quoi qu'il arrive et quelles qu'en soient les conséquences.

J'avale ma salive.

— Eh bien, tu vois, il ne faut pas faire ce genre de promesses, parce qu'elles sont intenables.

Il soupire et se masse les paupières pour essuyer les larmes qu'il ne peut retenir, puis il sort de sa serviette une chemise cartonnée.

— J'ai fait ce que j'ai pu. J'ai fait ce que je devais faire, explique-t-il en me tendant la pochette.

Avant de l'ouvrir, je l'interroge du regard. C'est alors qu'il m'annonce :

— Je l'ai retrouvé, Alice.

— De qui tu parles ?

— J'ai retrouvé Erik Vaughn.

Je reste bouche bée. Interdite. Mon cerveau refuse d'enregistrer ce que je viens d'entendre. Je lui demande de répéter.

— J'ai retrouvé Erik Vaughn. Il ne te fera plus jamais de mal.

Une onde glacée me paralyse. Pendant quelques secondes, nous nous dévisageons en silence.

— C'est impossible ! Depuis qu'il est en cavale, la moitié des flics de France est à sa recherche. Par quel miracle tu aurais pu le retrouver seul ?

— Peu importe, j'y suis arrivé.

Je m'énerve.

— Mais tu as été révoqué, tu n'es plus flic. Tu n'as plus d'équipe, plus de…

— J'ai gardé des contacts, explique-t-il en ne me quittant pas des yeux. Des gars qui me doivent des services. Des gens qui connaissent d'autres gens et qui à leur tour en connaissent d'autres. Tu sais comment ça marche.

— Non, justement.

— J'ai toujours des indics parmi les chauffeurs de taxi. L'un d'eux a pris en charge Erik Vaughn près de la porte de Saint-Cloud le soir même où il t'a attaquée. Il a abandonné son MP3 quand il a compris qu'il était identifié.

Je sens mon cœur sur le point d'exploser dans ma poitrine. Mon père continue :

— Le taxi l'a conduit en Seine-Saint-Denis, à Aulnay-sous-Bois, dans un hôtel miteux près de la place du Général-Leclerc.

Il me prend des mains le porte-documents pour

en tirer plusieurs photographies, du genre de celles que prennent les flics lors d'une planque.

— Alors que tout le monde le croyait à l'étranger, cette ordure se cachait à moins de vingt minutes de Paris. Il y est resté cinq jours sous un nom d'emprunt, avec une carte d'identité falsifiée. Il limitait ses déplacements mais, pour quitter le pays, il cherchait à se procurer un faux passeport. Le dernier jour, vers 23 heures, il est sorti prendre l'air. Il était seul, longeant les murs, la tête baissée, une casquette vissée sur le crâne. C'est là que je lui suis tombé dessus.

— Comme ça, en pleine rue ?

— La nuit, le coin est désert. Deux coups de barre de fer dans le cou et dans la tête. Il était déjà mort lorsque je l'ai chargé dans le coffre de ma Range Rover.

J'essaie de déglutir, mais j'ai une boule dans la gorge. Je me cramponne à la barre de sécurité en métal qui borde le lit.

— Et… qu'as-tu fait du corps ?

— J'ai roulé une bonne partie de la nuit en direction de la Lorraine. J'avais repéré l'endroit parfait pour me débarrasser de ce monstre : une ancienne sucrerie désaffectée entre Sarrebourg et Sarreguemines.

Il me tend d'autres clichés qui m'évoquent un

décor de film d'épouvante, planté au milieu de nulle part. Derrière les grillages, une succession de bâtiments laissés à l'abandon. Des fenêtres murées. Des cheminées en brique rouge menaçant de s'effondrer. De gigantesques bacs en métal à moitié enfoncés dans la terre. Des tapis roulants déglingués. Des chariots immobilisés sur des rails envahis par des herbes hautes. Des tractopelles figées dans la rouille.

Il pointe un doigt sur une image.

— Derrière la zone de stockage, il y a une série de trois puits en pierre, construits côte à côte, qui plongent dans une citerne souterraine. Le corps de Vaughn est en train de pourrir dans celui du milieu. Jamais personne ne le trouvera ici.

Il me montre une dernière photo. L'image de la margelle d'un puits ceinturée d'une lourde grille.

— Cette vengeance nous appartient, affirme mon père en me serrant le haut du bras. Maintenant, l'affaire va se tasser. D'abord parce qu'il n'y aura plus de meurtres. Ensuite, comme Vaughn a de la famille en Irlande et aux États-Unis, on pensera qu'il est en cavale à l'étranger, voire qu'il s'est suicidé.

Je soutiens son regard sans ciller. Je suis pétrifiée, incapable de prononcer la moindre parole, traversée de violents sentiments contraires.

À une première vague de soulagement succède une sorte de rage sourde. Je serre les poings jusqu'à m'enfoncer les ongles dans la chair. Tout mon corps se contracte. Les larmes affluent et je sens le feu me monter aux joues.

Pourquoi mon père m'a-t-il privée de cette vengeance, de *ma* vengeance ?

Après la mort de mon mari et de mon bébé, traquer et tuer Erik Vaughn était la seule raison pour laquelle je pouvais encore m'accrocher à la vie.

Désormais, il ne me reste plus rien.

Troisième partie

De sang et de fureur

16

La piste du tueur

Les choses terribles et sanglantes sont parfois les plus belles.

Donna TARTT

Les kilomètres défilaient.

Perdu dans ses pensées, grillant cigarette sur cigarette, Gabriel conduisait les yeux rivés à la route.

Un panneau de signalisation indiqua : *Prochaine sortie Hartford*, puis immédiatement un autre : *Boston 105 miles*. À cette allure, ils seraient dans les bureaux du FBI dans moins de deux heures.

Le front collé à la vitre, Alice tentait de remettre de l'ordre dans ses idées. À la lumière des dernières révélations, elle classait les informations, regroupant les éléments et les données dans des sortes de dossiers imaginaires qu'elle rangeait ensuite dans les différents compartiments de son cerveau.

Une chose la chiffonnait. Les paroles de Seymour à propos des caméras de surveillance du parking : *elles ont filmé ta plaque d'immatriculation, mais l'habitacle de la voiture est plongé dans la pénombre.*

Elle mourait d'envie de voir ces images *elle-même.*

Toujours ce besoin de tout contrôler.

De vérifier tous les détails.

Mais comment faire ? Rappeler Seymour ? Inutile. Il l'avait bien prévenue : *j'ai fait un saut à Franklin-Roosevelt et j'ai pu visionner leurs bandes, mais on ne voit pas grand-chose.* Seymour avait regardé le film, mais ne l'avait pas en sa possession. Logique. En l'absence de commission rogatoire, il n'avait pas pu le faire saisir. Il s'était rendu au parking et avait dû négocier âprement avec le type de la sécurité pour le visionner sur place.

Mentalement, elle fit défiler son réseau de relations. Elle décrocha son téléphone et composa le numéro de portable du commissaire Maréchal, qui dirigeait la sous-direction régionale de la Police des transports.

— Salut Franck, c'est Schäfer.

— Alice ? Tu es où, là ? C'est un numéro à rallonge qui s'est affiché.

— À New York.

— La Crim t'a payé le voyage ?

— Une longue histoire, je t'expliquerai…

— Ouais, j'ai compris. Toujours à enquêter en franc-tireur. Tu ne changeras jamais !

— Non, c'est vrai, et c'est d'ailleurs pour ça que je t'appelle.

— Alice, il est 10 heures du soir ! Je suis à la maison, là… Qu'est-ce que tu veux ?

— Les images d'une caméra de surveillance. Parking Vinci de l'avenue Franklin-Roosevelt. Je recherche tout ce que tu pourrais trouver sur une Audi TT gris nacré…

— Eh, je t'arrête tout de suite, c'est un parking privé !

Il reprit après un silence :

— Qu'est-ce que tu veux que je fasse ?

— Ce que tu sais très bien faire. Tu connais des mecs chez Vinci Park : tu négocies, tu menaces, tu cajoles. Tu as de quoi noter le numéro de la plaque ?

— Je ne suis pas…

— Tu te souviens lorsque j'ai serré ton gamin quand je travaillais aux Stups ? T'étais bien content que je lui évite la taule, n'est-ce pas ?

Tu veux que je te rappelle combien de came il avait sur lui ?

— Putain, ça fait presque dix ans, Schäfer ! Je ne vais pas t'être redevable à vie !?

— Je crois que si, en fait. On en prend pour perpète : c'est la règle quand on a des enfants, non ? Bon, tu le notes, ce numéro de plaque ?

Maréchal soupira en signe de résignation.

— Dès que tu as les images, tu me les balances sur mon mail perso, OK ? Et ne traîne pas : j'en ai besoin dès ce soir.

Satisfaite, Alice raccrocha, puis, devant le regard interrogateur de Gabriel, résuma la teneur de sa conversation. L'agent du FBI voulut s'allumer une nouvelle cigarette, mais son paquet était vide.

— Toujours aucune nouvelle de votre père ?

Alice secoua la tête. Gabriel insista :

— C'est lui qui détient la première clé du mystère, pourtant. S'il vous a dit la vérité et qu'il a vraiment tué Vaughn, alors on se trompe d'assassin.

— Vous croyez que je ne le sais pas ?

Gabriel froissa le paquet de clopes dans le cendrier.

— Je ne comprends pas quel aurait été son intérêt à vous mentir.

Alice haussa les épaules.

— Peut-être a-t-il voulu m'aider à tourner la page après mon accident.

Il eut une moue dubitative.

— De là à inventer toute cette histoire ?

— On voit bien que vous ne connaissez pas mon père.

— Non, effectivement.

Elle regarda à travers la vitre les glissières de l'autoroute qui défilaient à une vitesse stupéfiante, créant un corridor d'acier et de béton.

— Il a les défauts de ses qualités, expliqua-t-elle. Comme il me connaît bien, il se doutait que j'aurais été prête à tout pour me venger et tuer Vaughn de mes propres mains. Il n'est pas impossible qu'il ait cherché à m'éviter de faire une connerie.

— Tout de même, vous ne voulez pas essayer de le rappeler ?

— Ça ne sert à rien, s'il avait eu mon message il m'aurait contactée.

— Allez, un dernier coup de fil et je vous laisse tranquille, tenta-t-il avec un sourire.

Résignée, Alice brancha son appareil sur haut-parleur et recomposa le numéro.

« Alain Schäfer. Pas dispo pour l'instant. Laissez message après bip. »

— C'est étrange qu'il ne vous rappelle pas, non ?

— Mon père n'est pas le genre de mec à scruter l'écran de son portable toutes les cinq minutes. En plus, depuis qu'il est à la retraite il s'est pris de passion pour la spéléologie. À l'heure qu'il est, il se trouve peut-être avec ses potes du Club des anciens de la PJ dans un gouffre, en Isère ou dans les Pyrénées.

— On n'a pas de bol… marmonna Gabriel.

Alice venait à peine de raccrocher lorsque la sonnerie du portable retentit dans l'habitacle. Elle décrocha dans la foulée et demanda en français :

— Papa ?

— *Well, I'm afraid not. I'm Thomas Krieg. Gabriel gave me your number. May I...*

Elle mit le haut-parleur et tendit son téléphone à Keyne. Surpris, Gabriel s'empara du combiné.

— Thomas ?

— Salut, Gab. Éliane Pelletier m'a transmis les résultats de l'analyse ADN du sang trouvé sur le chemisier. J'ai rentré les données dans le Codis[1], et devine quoi ? On a un vainqueur !

Les deux flics échangèrent un regard. Ils sentirent tous les deux leur cœur accélérer dans leur poitrine.

1. La base Codis : la banque de données utilisée par le FBI répertoriant le profil génétique de personnes condamnées pour des crimes ou des délits.

Alice désigna à Gabriel un panneau autoroutier.

— Thomas, il y a une aire d'autoroute dans deux kilomètres. On se gare et je te rappelle.

*

Le Grill 91 était un long bâtiment rectangulaire un peu vieillot, aux volumes imposants et d'une hauteur sous plafond spectaculaire, comme on en trouvait dans les années 1970. Même si ses baies vitrées ne donnaient pas sur le Pacifique (mais sur le parking d'une aire de repos de l'Interstate 91), sa forme géométrique et sa transparence rappelaient davantage les grandes villas californiennes que les bicoques aux toits à deux versants de Nouvelle-Angleterre.

Ornée du slogan *Miles away from ordinary*, l'horloge murale, aux couleurs d'une célèbre bière mexicaine, indiquait 16 h 12. Un joli soleil d'automne se déversait sur une salle quasiment vide. Derrière le comptoir, une serveuse rêvassait en écoutant le saxophone de Stan Getz.

Alice et Gabriel s'étaient installés à une table au fond de la salle, le plus loin possible de la caisse et de la buvette. Ils avaient posé le téléphone portable au milieu de la table en mode haut-parleur et écoutaient religieusement la voix grave et cuivrée de Thomas Krieg en train de leur brosser un étrange portrait.

— Le sang présent sur le chemisier appartient à un certain Caleb Dunn, quarante et un ans, fiché au Codis pour délits mineurs, arrêté il y a huit ans en Californie pour trafic de stupéfiants et rébellion contre les forces de l'ordre. Il a fait six mois de prison à Salinas Valley, puis il s'est rangé, a déménagé sur la côte Est où il a trouvé un emploi. Il s'est tenu tranquille jusqu'à présent.

Alice prenait des notes à la volée sur un napperon en papier. Gabriel demanda :

— C'est quoi, son job ?

— Veilleur de nuit dans une maison de retraite à Concord, dans le New Hampshire.

— Ils engagent des repris de justice, maintenant, dans les maisons de retraite ?! s'étonna Gabriel.

— Tout le monde a droit à une nouvelle chance, non ?

Alice triturait le capuchon du stylo publicitaire que lui avait prêté la serveuse.

— Vous avez l'adresse de son domicile ?

— Oui, répondit Krieg. Une baraque à Lincoln, au milieu des White Mountains. Qu'est-ce que tu veux qu'on fasse, Gab ?

— Pas grand-chose pour l'instant. Creuse le truc

de ton côté. On en reparle tout à l'heure. On sera à Boston dans deux heures.

— Il faudra m'en apprendre plus, en tout cas. Le patron te croit toujours en Irlande…

— Ne lui dis rien pour l'instant. Je m'expliquerai avec lui tout à l'heure. Au fait, tu as une photo de Dunn ?

— Je te l'envoie par mail.

— Impossible, le téléphone date de la préhistoire.

Gabriel jeta un coup d'œil au set de table sur lequel figuraient les coordonnées du restaurant.

— Balance-la-moi par fax.

— Par fax ? Le truc qu'on utilisait avant Internet ?

— C'est ça, fous-toi de moi. Je suis au Grill 91, un routier de la 91, au niveau de Hartford. Je te donne leur numéro. Envoie la photo et ajoute l'adresse de la maison de retraite ainsi que celle de la piaule de Dunn.

Gabriel dicta les coordonnées et raccrocha. Les deux flics se regardèrent en silence. Leur enquête n'allait nulle part. Trop de pistes. Trop d'interrogations. Trop peu de fils pour relier des éléments sans rapport évident. Gabriel rompit le silence :

— On n'est pas plus avancés, bon Dieu !

Qu'est-ce que le sang de ce veilleur de nuit foutait sur votre chemisier ?

— Vous pensez que je lui ai tiré dessus ?

— Ce n'est pas à exclure. Vous m'avez dit vous-même qu'il manquait une balle dans le chargeur du Glock.

Alice lui jeta un regard noir.

— Ah oui ? Et pour quel motif, hein ? C'est la première fois que j'entends parler de ce type !

Il leva ses deux mains pour calmer le jeu.

— OK, vous avez raison, je n'en sais rien.

Il fit craquer ses doigts avant de décider.

— Je vais acheter des clopes. Il y a une sorte de supérette dans la station-service. Je vous prends quelque chose ?

Elle secoua la tête et le regarda s'éloigner.

De nouveau, Alice ressentit une brûlure lui enflammer le creux de l'estomac et remonter dans l'œsophage. Elle se leva et marcha jusqu'au comptoir pour prévenir la serveuse qu'un fax allait arriver à leur intention.

— Vous vous sentez bien, madame ?

— Oui, oui. Quelques brûlures gastriques. Ça va passer.

— Oh, ma mère en souffre aussi ! Vous voulez que je vous prépare un smoothie à la papaye ? C'est très efficace !

C'était une petite Barbie blonde avec un léger cheveu sur la langue. Son costume de *cheerleader* lui donnait l'air de sortir du film *Grease* ou d'un épisode de *Glee*.

— D'accord pour le jus de papaye, merci beaucoup, dit-elle en s'installant sur un tabouret. Vous n'auriez pas une carte de la région, par hasard ?

— Des clients en oublient parfois sur les tables. Je vais voir si j'en trouve une dans le bureau.

— C'est très aimable à vous.

Moins de deux minutes plus tard, Barbie était de retour avec une carte de la Nouvelle-Angleterre. Alice la déplia sur le comptoir. C'était une bonne vieille Michelin d'avant le GPS, d'avant l'addiction aux smartphones et à Internet, d'avant cette époque de fous où les hommes avaient abdiqué pour devenir esclaves de la technologie.

— Je peux écrire dessus ?

— Oui, elle est à vous : cadeau de la maison. Et voici votre smoothie.

Alice la remercia d'un sourire. Elle aimait cette fille : gentille, simple, attachante. Quel âge avait-elle : dix-huit ans ? dix-neuf ans tout au plus ? Alice avait trente-huit ans. Vingt ans de plus qu'elle. La sentence tomba, imparable : elle aurait pu être sa mère. Une constatation qui revenait de plus en plus souvent ces derniers temps lorsqu'elle croisait de jeunes adultes. Elle se trouvait dans un *no man's land* étrange : cette impression d'avoir toujours vingt ans dans sa tête et d'en traîner le double dans son corps.

Saleté de temps qui passe. Le seul maître de ceux qui n'ont pas de maître... comme dit un proverbe arabe.

Elle chassa ces pensées et se concentra sur la carte. Pour se repérer, elle avait toujours eu besoin de visualiser les choses. À l'aide de son stylo, elle entoura différents endroits. New York d'abord, qu'ils avaient quitté deux heures auparavant, et Boston, où se trouvait l'antenne du FBI. Actuellement, ils étaient arrêtés à Hartford, exactement à mi-chemin entre les deux villes. Nouveau coup de crayon : Krieg leur avait dit que Dunn travaillait dans une maison de retraite à Concord. C'était beaucoup plus au nord, dans le New Hampshire, à au moins 250 kilomètres. Krieg avait également précisé que Dunn habitait à Lincoln. Elle mit presque une minute à repérer l'endroit sur la carte. Un bled coincé entre deux massifs montagneux.

— Tu connais ? demanda-t-elle à sa nouvelle copine.

— Ouais, il y a une station de ski à côté : Loon Mountain. Avec mon copain, on y est déjà allés.

— C'est comment ?

— Plutôt sinistre, surtout en hiver. Et ce n'est pas la porte à côté.

La flic hocha la tête. Il faisait tellement chaud dans la salle qu'elle retira son pull à col roulé pour rester en tee-shirt.

Un paquet de cigarettes à la main, Gabriel rentra dans le restaurant et rejoignit Alice sur un tabouret.

— Je vous sers quelque chose, monsieur ?

— Vous n'avez pas d'expresso ?

— Non, désolée.

— Un Perrier, peut-être ?

— Non plus.

Alice s'agaça.

— Faites un effort, Keyne.

— OK, mettez-moi un *regular coffee.*

Pendant que la jeune serveuse lui préparait son café, Gabriel la détailla des pieds à la tête, s'attardant sans vergogne sur la partie la plus charnue de son anatomie.

— Ne vous gênez pas surtout ! s'exaspéra Alice.

Il leva les yeux au ciel. Elle continua :

— Vous êtes vraiment un mec comme les autres, soupira-t-elle.

— Je n'ai jamais prétendu le contraire, fit-il en sortant une cigarette de son paquet et en se la coinçant derrière l'oreille.

Alice avait préparé sa réplique, mais elle n'eut pas l'occasion de la lui servir.

— Je crois que votre fax vient d'arriver, lança Barbie avant de s'éclipser quelques secondes dans le bureau.

Lorsqu'elle revint auprès d'eux, elle tenait deux pages imprimées qu'elle avait pris le soin d'agrafer. Les deux flics découvrirent ensemble la photo d'identité judiciaire de Caleb Dunn.

— Entre ça et rien..., lâcha Alice, déçue.

De fait, le cliché anthropométrique, en noir et blanc, au grain épais, ne donnait pas grand-chose. Dunn y apparaissait comme un homme commun : brun, de taille moyenne, un visage sans traits distinctifs et une allure passe-partout. Monsieur Tout-le-monde. John Doe.

— C'est vrai qu'on n'y voit que dalle, admit Gabriel. Ça pourrait être n'importe qui.

Le flic surmonta sa déception. Il tourna la page et découvrit les adresses que Thomas Krieg avait ajoutées à la main : celle de la maison de retraite et celle de la bicoque de Dunn.

— Ça ne vous semble pas étrange, cette histoire de maison de retraite qui emploie un repris de justice comme gardien ?

Alice ne répondit pas. Ses yeux restaient scotchés à la photo, essayant de pénétrer le « mystère Dunn ».

Gabriel prit une gorgée de son café et réprima une grimace de dégoût.

— Vous me passez votre téléphone ? Il faut que je vérifie quelque chose.

Il composa le numéro des renseignements pour être mis en relation avec le St Joseph's Center, la maison de retraite dans laquelle officiait Dunn. Il déclina son identité à l'hôtesse d'accueil – « agent spécial Keyne, FBI » – et demanda à parler au directeur de l'établissement. Comme ils en avaient à présent l'habitude, Gabriel bascula sur haut-parleur pour faire profiter Alice de la conversation.

— Julius Mason. C'est moi qui ai l'honneur de diriger cet établissement. Que puis-je pour vous ?

Gabriel prétexta une enquête de routine pour demander des informations sur Dunn.

— J'espère qu'il n'est rien arrivé à Caleb, s'inquiéta Mason.

— A-t-il assuré son service hier soir ?

Le directeur manqua de s'étrangler.

— Mais enfin, Caleb Dunn ne travaille plus chez nous depuis presque deux ans !

— Vraiment ? Je... je n'étais pas au courant.

Gabriel peinait à garder une contenance. Alice ne put s'empêcher de sourire : même le FBI n'était pas capable de tenir ses fiches à jour. La lenteur et les complexités administratives n'étaient pas réservées à la France.

Vexé, Gabriel reprit d'un ton ferme son interrogatoire :

— Saviez-vous que Dunn avait un casier lorsque vous l'avez engagé ?

— Un casier ? Allons, il a vendu quelques barrettes de shit et dit ses quatre vérités à l'abruti de flic qui l'a arrêté. La belle affaire ! Tout ça ne méritait pas la prison.

— C'est votre avis.

— Oui, et je le partage.

Nouveau sourire d'Alice. Le type n'était pas commode à interroger.

— Lorsqu'il travaillait pour vous, Dunn n'a jamais eu un comportement étrange ou inapproprié ? Rien ne vous a semblé bizarre ?

— Non, au contraire : Caleb était quelqu'un de très sérieux, de très serviable. Notre personnel et nos pensionnaires ne tarissaient pas d'éloges sur lui.

— Dans ce cas, pourquoi vous en être séparé ?

Mason soupira.

— Le conseil d'administration a souhaité réduire les coûts de fonctionnement. Pour grappiller quelques dollars d'économie, nous faisons désormais appel à une société de gardiennage externe. C'est moins cher, mais beaucoup plus impersonnel.

— Vous savez s'il a retrouvé du travail ?

— Bien sûr, et très rapidement d'ailleurs. C'est moi-même qui l'ai recommandé à un hôpital du Maine qui cherchait un gardien de nuit sérieux.

— Vous avez le nom de cet hôpital ?

— Pour que vous puissiez mettre à jour vos foutues fiches et continuer à enquiquiner les honnêtes citoyens ?

— Monsieur Mason, s'il vous plaît...

— Il s'agit du Sebago Cottage Hospital, dans le comté de Cumberland.

Les deux flics échangèrent un regard stupéfait. La même tension parcourut leur corps. Le Sebago Cottage Hospital était l'établissement dans lequel travaillait Elizabeth Hardy, l'infirmière retrouvée assassinée chez elle dix jours plus tôt.

*

Flics des pieds à la tête.

Flics jusqu'au bout des ongles.

Flics jusqu'au plus profond de leur être.

Ils n'avaient pas eu à discuter longtemps pour tomber d'accord. Ils n'allaient pas perdre de temps à Boston. Ils allaient la jouer à deux, en francs-tireurs : rouler vers le nord jusqu'à Lincoln et interroger eux-mêmes ce Caleb Dunn.

— Je suis passé à côté de ce type dans mon enquête, reconnut Gabriel. Elizabeth Hardy a été tuée chez elle, dans sa maison près d'Augusta. Elle avait désactivé le système d'alarme, ce qui nous a conduits à penser qu'elle connaissait son agresseur. J'ai interrogé beaucoup de personnes dans son environnement direct. Ses amis, ses collègues de travail. Je me suis rendu moi-même au Sebago Cottage, mais le nom de ce gars n'est jamais apparu sur mes tablettes. Ce n'était pas un proche de Hardy, j'en suis certain.

— En combien de temps peut-on être chez lui ?

Il regarda attentivement le plan, reconstituant avec son doigt le trajet jusqu'à Lincoln.

— Je dirais quatre heures. Un peu moins en ne respectant pas les limitations de vitesse.

— Tant que ça ?

— Jusqu'à Bradford, on peut rester sur l'autoroute, mais ensuite on sera obligés de s'enfoncer dans les montagnes. La bagnole roule bien, mais elle n'est pas de toute première jeunesse ; il y a ce voyant d'huile qui m'inquiète et j'ai jeté un œil à la roue de secours : elle est à plat. Avant de se lancer, il faudrait qu'on fasse une halte chez un garagiste.

Barbie, qui n'avait pas perdu une miette de leur conversation, s'écria :

— Mon cousin est garagiste ! Je peux l'appeler si vous voulez ?

Gabriel leva un sourcil.

— Où peut-on le trouver ?

— À Greenfield, renseigna-t-elle en pointant la petite ville sur la carte.

Il regarda le plan. C'était à moins d'une heure de route.

— Il saura s'occuper d'une vieille Mustang ?

— Le plus simple, c'est de voir ça avec lui, intervint Alice. Appelez-le !

Le flic acquiesça et Barbie se précipita sur son téléphone.

Alors qu'Alice lui décochait un clin d'œil complice, un nouveau jet brûlant fusa dans son œsophage. D'une violence peu commune. Comme si de l'acide était en train de lui ronger la muqueuse de l'estomac.

Lorsqu'elle sentit l'irruption d'un goût métallique dans sa bouche, elle descendit de son tabouret et migra vers les toilettes.

*

Mon royaume pour deux comprimés d'Inexium !

Secouée par un haut-le-cœur, Alice s'était penchée au-dessus de la cuvette. L'œsophage en feu, elle se frictionna au niveau de l'estomac sans parvenir à calmer la brûlure. Pourquoi la douleur était-elle si aiguë ? Le stress ? L'excitation de l'enquête ? La fatigue ?

Elle continua son massage pendant une bonne minute puis se releva et se lava les mains dans le lavabo. Elle évita son reflet dans le miroir : pas envie de croiser ses yeux cernés ni ses traits creusés par l'épuisement. Elle se passa de l'eau glacée sur le visage et ferma un instant les paupières. Pourquoi s'était-elle réveillée ce matin avec son chemisier taché du sang de ce Caleb Dunn ? Et qui était vraiment cet homme ? Un disciple de Vaughn qui aurait utilisé le même mode opératoire pour assassiner cette infirmière ?

Vaughn lui-même ?

Non, elle refusait pour l'instant d'envisager cette éventualité. Son père avait tous les défauts du monde, mais elle ne voulait pas croire qu'il ait pu monter ce mensonge de toutes pièces. Trop tordu. Trop dangereux. Trop risqué. En France, depuis deux ans, les meilleurs flics avaient traqué Vaughn sans relâche et sans succès.

C'est bien la preuve que le tueur en série est mort, essaya-t-elle de se persuader.

Comme Seymour allait bientôt le confirmer, son cadavre croupissait au fond du puits d'un bâtiment sinistre et désaffecté dans un trou perdu de l'est de la France…

De l'eau avait dégouliné jusque sur sa poitrine.

Elle attrapa deux serviettes en papier dans le distributeur et s'essuya le cou et la naissance des seins. Elle ressentit une gêne et baissa les yeux.

Et c'est alors qu'elle l'aperçut.

*

Un corps étranger, implanté sous sa peau, quatre ou cinq centimètres au-dessous de sa clavicule. Alice appuya sur la chair plus franchement pour faire ressortir l'objet.

C'était un implant de la forme d'une grosse carte SIM : un rectangle d'un ou deux centimètres carrés, dont les bords arrondis apparaissaient nettement lorsqu'elle tendait son épiderme.

Son cœur se retourna et pulsa dans ses tempes.

Putain, qui m'a mis ce truc sous la peau ? s'alarma-t-elle.

Instinctivement, elle chercha les traces d'une opération récente. Devant le miroir, elle retira son tee-shirt, ausculta et palpa chaque parcelle de son corps : sa poitrine, son thorax, ses aisselles.

Aucune trace d'une incision récente. Pas la moindre cicatrice.

Une poussée de sueur lui tapissa le front. Parmi les questions qui bombardaient son esprit, deux interrogations émergeaient.

Depuis quand portait-elle ce truc ?

Et surtout : quels étaient ses effets ?

17

Les ruses du diable

Le destin nous poursuit comme un dément armé d'un rasoir.

Andreï TARKOVSKI

La Shelby quitta l'autoroute, s'engagea dans un rond-point et prit la première sortie vers la ville.

À la frontière du Massachusetts et du New Hampshire, Greenfield était une bourgade figée dans le temps. Sur deux kilomètres, la Main Street concentrait l'hôtel de ville, le bureau de poste, le tribunal et une grande église blanche au clocher pointu. S'y trouvaient aussi la bibliothèque publique, un vieux cinéma à l'enseigne constellée d'une myriade d'ampoules, des cafés, des restaurants et des petits commerces traditionnels. Sur chaque bâtiment flottaient les bannières étoilées du drapeau américain. Des *Stars and Stripes* qui claquaient fièrement au vent dans le soleil de l'après-midi.

— Arrêtez-moi là, demanda Alice en rajustant la lanière de son holster.

— Ici ? Mais Barbie nous a dit que le garage de son cousin était à la sortie de la ville.

— J'ai une course à faire, Keyne.

Il soupira.

— Je croyais qu'on arrêtait les cachotteries…

— Je ne vais pas me tourner les pouces pendant qu'on nous répare la voiture ! Je vais faire un saut dans un cybercafé. Il faut que je vérifie quelque chose.

— Quoi ? se méfia-t-il.

— Je veux consulter de vieux articles de journaux sur Vaughn. Je vous expliquerai…

La voiture s'arrêta à un feu rouge. Gabriel sortit son paquet de cigarettes.

— Il n'y a pas de cybercafé dans ce bled.

— Je vais trouver, Keyne.

Il se laissa quelques secondes de réflexion.

— OK, je vous dépose par là, mais vous laissez le flingue dans la voiture.

Cette perspective n'enchantait guère la jeune femme, mais elle n'avait pas le temps de parlementer. Le feu passa au vert. Elle ouvrit la boîte à gants et y enfonça le Glock protégé par le holster.

— Je vous retrouve au garage, lança-t-elle en ouvrant la portière.

Elle traversa la rue, rejoignit le trottoir opposé et marcha jusqu'au City Hall. Devant le bâtiment, elle repéra un plan de la ville placardé sous un auvent de bois. Elle scruta la carte et trouva ce qu'elle cherchait : l'adresse d'un centre médical sur Second Street.

L'avantage, avec les petites villes, c'est que toutes les infrastructures sont regroupées dans le même périmètre. Alice n'eut qu'à parcourir quelques centaines de mètres pour arriver devant un bâtiment flambant neuf à la façade résolument moderne. Une vague ondulée verticale, bleu métallique, qui détonnait dans l'architecture classique de la ville.

Elle passa les portes coulissantes automatiques pour pénétrer dans le hall de la bâtisse où était affichée une série de panneaux d'information. En les parcourant, elle constata que le Medical Center était une structure polyvalente regroupant un large éventail de consultations : médecins généralistes, spécialistes, laboratoire d'analyse, imagerie médicale…

Alice se présenta à l'accueil, affirmant qu'elle venait pour effectuer une radiographie thoracique. On lui demanda sa confirmation de rendez-vous, son ordonnance et son numéro de sécurité sociale.

Comme elle ne possédait rien de tout ça, elle livra le premier bobard qui lui passa par la tête, prétendant être une touriste française souffrant d'insuffisance cardiaque qui souhaitait passer une radiographie de routine. La secrétaire lui jeta un œil sceptique, puis consulta les plannings et lui proposa un rendez-vous pour le lendemain.

— C'est assez urgent, insista Alice. J'aimerais bien voir le médecin radiologue pour lui expliquer mon cas. Bien entendu, je paierai tous les frais.

— Je vais voir, dit la secrétaire en décrochant son téléphone.

Elle parlementa deux minutes avec une de ses collègues puis raccrocha avant d'annoncer :

— J'ai eu la secrétaire du docteur Mitchell. Il viendra vous voir entre deux patients. Puis-je avoir votre pièce d'identité ?

— Malheureusement, j'ai laissé mon sac à main dans la voiture. Mais mon mari va venir me rejoindre et il…

— Bon, montez vite. La salle d'attente de radiologie se situe au quatrième.

Elle actionna un bouton pour ouvrir un portillon de sécurité en Plexiglas qui donnait accès aux étages.

Ascenseur. Nouveau comité d'accueil. Couloir. Salle d'attente.

La pièce était parée de couleurs claires et douces. Murs blancs, revêtement au sol en PVC, banquettes et chauffeuses en hêtre et en tissu. Une vieille dame, courbée par le poids des années, patientait en tournant les pages d'une revue people. Devant elle, occupant la plus grande partie d'un canapé, un jeune homme bâti comme une armoire à glace, la jambe dans le plâtre et l'œil tuméfié, jouait sur sa tablette.

Alice s'assit à ses côtés et engagea la conversation :

— Accident de voiture ?

— Football américain, répondit l'étudiant en levant les yeux de son écran. Les gars d'Albany ne m'ont pas fait de cadeau samedi dernier.

Belle gueule, sourire Ultra Bright, regard de cristal un peu suffisant. Il devait faire fantasmer les filles. Et certains garçons.

— Ta tablette est connectée à Internet, n'est-ce pas ?

— Exact.

Alice ne tourna pas autour du pot.

— Ça te dirait de gagner cinquante dollars facilement ?

Il leva un sourcil.

— Dites toujours.

Elle sortit un billet de sa poche.

— Tu me la prêtes cinq minutes et tu empoches les dollars. Facile…

— Je marche pour cent dollars.

— Va te faire foutre.

— OK, vous fâchez pas ! capitula-t-il en tendant son iPad.

La flic s'empara de la tablette, ferma l'application et ouvrit le navigateur pour se connecter successivement aux sites Internet de *Libération*, du *Monde* et du *Figaro*. Si étrange que cela puisse paraître, Alice ne connaissait pas le visage de Vaughn. Lors de son agression, le tueur était casqué. C'est cette dernière image qu'elle avait gardée à tout jamais figée dans son esprit. Un casque noir de prédateur aux lignes tranchantes et aux arêtes vives ; une visière teintée de reflets métalliques, un extracteur d'air et une mentonnière aérodynamique, comme un sourire terrifiant.

Plus tard, lors de sa thérapie, Alice avait convenu avec la psychiatre qui la suivait qu'il ne servait à rien de retourner à l'infini le couteau dans la plaie en compulsant les articles de presse qui évoquaient l'affaire. Mais ce que la psy ignorait, c'est qu'Alice était à l'époque persuadée que Vaughn était mort.

Ce qui n'était plus le cas aujourd'hui.

Elle lança sa requête et trouva plusieurs photos du tueur publiées par la presse dans les semaines qui avaient suivi l'affaire. Une dizaine de clichés différents sur lesquels Erik Vaughn apparaissait plus ou moins distinctement. Un homme de trente-cinq ans, brun, au physique plutôt agréable, mais passe-partout.

Le plus troublant était cette difficulté à établir un portrait définitif de Vaughn à partir des différentes images. Alice pensa à ces acteurs caméléons qu'elle confondait parfois d'un rôle à l'autre, d'un film à l'autre, tant ils étaient capables de se métamorphoser : Hugh Jackman, Christian Bale, Kevin Spacey, John Cusak…

Elle tira de sa poche le fax avec la photo de Caleb Dunn et la compara aux clichés. Vaughn et Dunn étaient-ils la même personne ? Ça ne sautait pas aux yeux, mais on ne pouvait pas l'exclure.

Alice savait que, de nos jours, avec la chirurgie esthétique, les possibilités de modifier un visage étaient presque infinies. Certains de ses collègues avaient récemment été confrontés à des criminels ayant eu recours à ces techniques de métamorphose physique : rhinoplastie, insertion de fils crantés dans le derme pour redessiner l'ovale du visage, otoplastie pour corriger les déformations des oreilles, injection d'acide hyaluronique pour rehausser les pommettes, chirurgie dentaire pour se payer un nouveau sourire…

Tandis qu'elle restituait la tablette à son propriétaire, elle sentit son téléphone vibrer dans sa poche.

Seymour.

L'homme qui pouvait mettre fin au cauchemar.

*

— Tu arrives à l'usine ? demanda-t-elle sans préambule.

— Pas encore, je viens à peine de quitter Sarreguemines, c'était l'enfer pour sortir de Paris, et Castelli a mis du temps à localiser l'ancienne sucrerie.

— C'est où ?

— L'endroit est connu sous le nom d'impasse de Kâstelsheim. J'ai entré l'adresse sur mon GPS, mais rien n'est sorti ; le système de géolocalisation ne connaît pas. Ne t'inquiète pas, je vais finir par trouver. Le problème, c'est cette putain de pluie. Il caille, il flotte et on n'y voit pas à trois mètres.

En arrière-fond, Alice entendait le bruit puissant des essuie-glaces et les jingles de l'autoradio : *« Le multiplexe de Ligue 1, c'est sur RTL ! »*

— Je t'appelle pour autre chose, reprit Seymour. J'ai dû mettre Savignon et Castelli au parfum. Je ne peux pas leur demander de travailler hors cadre sans leur dire la vérité. Ils passent la nuit au bureau pour démêler toutes les pistes qui pourraient nous être utiles.

— Tu les remercieras de ma part.

— Justement, Savignon vient de m'appeler à propos du numéro de série du Glock 22 que tu m'as donné ce matin.

Elle avala sa salive. Cette piste lui était totalement sortie de l'esprit.

— Oui, celui que j'ai retrouvé dans mon blouson. Alors ?

— J'ai immédiatement interrogé le fichier des armes volées, mais elle n'y figurait pas. En revanche, lorsque j'ai parlé de Vaughn à Savignon, il a tout de suite tilté. Il y a deux ans, après ton agression, lorsqu'on a perquisitionné l'appartement du tueur, on a mis la main sur une arme à feu.

— Et ?

— Savignon a vérifié les papiers de la procédure : c'était un Glock 22 et le numéro de série correspond.

— Attends, c'est impossible. Ce flingue est sous scellés et…

— Savignon a passé une heure dans la salle des scellés. Le flingue est introuvable.

Putain…

Le cauchemar continuait.

— Il faut que tu me dises la vérité, Alice : est-ce que c'est toi qui as pris ce flingue ?

— Seymour ! Comment peux-tu me poser cette question ?

— Parce qu'on est vraiment dans la merde, là.

— C'est quand même pas la première fois qu'on a des problèmes avec la conservation des pièces à conviction ! Tu te souviens, il y a un an, ce gardien qui se servait dans la salle et qui revendait des armes et de la came ? C'est peut-être lui qui a fait le coup.

— Mouais…

— Et même si j'avais volé cette arme, comment aurais-je pu l'introduire sur le sol américain, passer les contrôles de sécurité et d'immigration ?

Elle entendit son coéquipier soupirer.

— Je ne demande qu'à te croire, Alice, mais il faut vraiment tirer cette histoire au clair.

Elle sentit qu'il ne lui disait pas tout.

— Tu as autre chose ?

— Oui, et tu ne vas pas aimer. C'est à propos de ta voiture.

— Tu l'as localisée ?

— Oui, à la fourrière de Charléty. Savignon s'est renseigné : les agents de la Préfecture l'ont remorquée cette nuit depuis l'île de la Cité.

— Où, exactement ?

Seymour prit une longue respiration.

— On a retrouvé ton Audi à 4 heures du matin, en plein milieu du pont de l'Archevêché. Exactement à l'endroit où Paul a eu son accident.

Sous l'effet de la surprise, la jeune femme faillit lâcher le téléphone.

À cet instant, la porte de la salle d'attente s'ouvrit et un géant en blouse blanche passa la tête dans l'embrasure.

— Mme Alice Schäfer ? demanda-t-il à la cantonade.

18

Uppercut

Omne ignotum pro terribili.
Tout danger inconnu est terrible.

Locution latine

Le Dr Oliver Mitchell était un grand gaillard au crâne rasé et aux sourcils fournis qui dessinaient deux accents circonflexes se rejoignant au-dessus de son nez. Malgré sa stature imposante et une pilosité insolite, il ressemblait à un étudiant à peine sorti de la fac : un visage rond et poupin éclairé par un sourire enfantin, un jean et des baskets usés, un tee-shirt à l'effigie des Ramones qui sortait de sa blouse.

— Je n'ai pas bien compris cette histoire d'insuffisance cardiaque, annonça-t-il en la faisant entrer dans la salle de radiologie.

Alice décida de jouer franc jeu.

— C'était un mensonge pour arriver jusqu'à vous.

— Rien que ça ! Original… et culotté. Vous êtes française, n'est-ce pas ? devina-t-il en reconnaissant l'accent.

— Oui, je suis capitaine à la Brigade criminelle de Paris.

Son visage s'éclaira.

— Vraiment ? Le 36, quai des Orfèvres ? Comme Jules Maigret ?

Alice ouvrit des yeux ronds. La discussion prenait un tour inattendu : par quel miracle le héros de Simenon débarquait-il dans une conversation avec un radiologue fan de punk rock, dans le centre médical de Greenfield, Massachusetts ?

— Ma femme fait un doctorat de littérature française à Harvard, expliqua le radiologue. Son mémoire porte sur Paris dans les romans de Georges Simenon.

— Ceci explique cela…

— Nous sommes allés sur place l'été dernier. Ah, le quai des Orfèvres, la place Dauphine, la cuisse de canard confite et les pommes sarladaises du Caveau du Palais…

Pincez-moi, je suis en train de rêver !…

Alice décida de tirer avantage de la situation.

— Si votre femme le souhaite, je pourrai vous

faire visiter le 36, la prochaine fois que vous viendrez en France.

— C'est très gentil, elle...

— En attendant, il faut absolument que vous m'aidiez, le coupa-t-elle en retirant sa veste de treillis, son pull et son tee-shirt.

En soutien-gorge, elle s'approcha du radiologue pour lui montrer l'implant rectangulaire sous sa peau.

— Qu'est-ce que c'est que ça ? demanda-t-il en fronçant ses épais sourcils.

— C'est justement ce que j'aimerais savoir.

Il se frictionna les mains avec une solution antibactérienne et examina le haut de la poitrine d'Alice, faisant ressortir, par pression de la peau, le petit rectangle aux bords arrondis.

— Ça vous fait mal ?

— Pas vraiment.

— On dirait une sorte de pacemaker miniature. Vous avez des problèmes cardiaques ?

— Non. Je ne sais même pas qui m'a implanté ce truc, ni depuis combien de temps il est en moi.

Sans s'étonner un instant de la situation, le médecin désigna l'appareil de radiographie à gauche de la salle.

— On va faire un cliché du thorax pour y voir plus clair.

Alice acquiesça et suivit les indications du

médecin : elle se mit torse nu et se plaça debout, face à la plaque de capture.

— Collez-vous un peu plus. Gonflez les poumons, bloquez la respiration. Voilà.

En moins de deux secondes, le tube placé derrière elle déclencha sa projection muette de rayons X.

— Respirez normalement. Par sécurité, on va faire une image de profil.

Il répéta l'opération, puis invita Alice à le suivre dans une salle attenante. Mitchell s'installa derrière la console de visualisation, alluma un écran, effectua quelques réglages de contraste et lança l'impression.

— Ça sera long ? demanda-t-elle.

— Non, le développement est immédiat.

Une grosse machine cubique et compacte se mit en branle et délivra les deux clichés. Mitchell s'empara des radios et les clipsa sur la table lumineuse murale dont il fit varier la luminosité.

— Je n'ai jamais vu ça ! siffla-t-il en désignant une tache blanche rectangulaire.

— C'est une puce ? hasarda Alice.

— Je ne vois pas très bien de quel type, répondit le radiologue en se grattant le crâne.

— Je pensais à une puce RFID[1], dit la flic, du même type que celles qu'on utilise pour les

1. Radio-Frequency Identification : radio-identification.

animaux. J'ai suivi une conférence là-dessus l'an dernier dans le cadre de mon boulot : il paraît qu'en Amérique du Sud certaines personnes fortunées s'en font implanter pour qu'on puisse les localiser rapidement en cas d'enlèvement.

— L'armée le fait aussi de plus en plus souvent sur les militaires envoyés au front, enchaîna Mitchell sans quitter la radio des yeux. La puce stocke toutes les données relatives à leur santé. En cas d'accident, on peut avoir accès à leur dossier médical d'un simple coup de scanner. C'est une procédure qui se banalise, mais ce type de puce est beaucoup plus petite : pas plus grande qu'un grain de riz. La vôtre est de taille trop importante.

— Quoi, alors ?

Le radiologue rassembla ses connaissances.

— Ces dernières années, dans les revues médicales, de nombreuses publications évoquaient des recherches pour mettre au point des puces électroniques capables de délivrer automatiquement des doses régulières de médicaments, ce qui serait très utile dans certaines pathologies. Ça existe déjà dans le traitement de l'ostéoporose, mais si c'était le cas ici, l'implant se trouverait au niveau de la hanche et, pour le coup, serait beaucoup plus volumineux.

— Donc ? s'impatienta Alice.

— Je maintiens mon idée de mini-pacemaker.

— Je n'ai pas de problèmes cardiaques, je vous l'ai déjà dit ! s'énerva-t-elle.

Le médecin retourna derrière son écran pour effectuer un agrandissement de la zone, lança l'imprimante, puis épingla le nouveau cliché sur le négatoscope.

— La forme de votre implant n'est pas académique, mais je suis à peu près certain qu'il est en titane, affirma-t-il.

Alice approcha son visage de la radiographie.

— Bon, admettons qu'il s'agisse d'un pacemaker. J'ai un collègue qui en porte un, il doit passer tous les sept ans sur le billard pour changer la batterie…

— Oui, c'est une opération qu'il faut réaliser tous les six à dix ans. La plus grande partie des pacemakers est d'ailleurs équipée de piles au lithium.

Alice désigna le cliché.

— Comment faire tenir des piles ou une batterie dans un si petit espace ?

L'air pensif, le radiologue émit une hypothèse.

— Le vôtre n'a sans doute pas de batterie.

— Comment fonctionne l'appareil, alors ?

— Peut-être grâce à un système d'autogénération : un capteur piézoélectrique qui transformerait les mouvements de votre cage thoracique en électricité. Ça fait partie des pistes explorées actuellement pour miniaturiser les stimulateurs cardiaques.

Mitchell prit une règle en plastique qui traînait sur la console et s'en servit pour pointer une zone de la radiographie.

— Vous voyez ce bout légèrement arrondi qui ressemble à une encoche ?

Alice hocha la tête.

— Je pense que c'est un connecteur qui sert à relier le pacemaker à votre cœur à travers une sonde.

— Et la sonde, elle est où ? demanda la flic.

— Nulle part, justement, c'est ça qui est étrange.

— Donc, l'appareil est relié à quoi ?

— À rien, admit le médecin. Dans cette configuration, il ne peut pas envoyer d'impulsions électriques.

Dubitative, Alice demanda :

— Vous pouvez me le retirer ?

— Un de mes collègues pourrait peut-être le faire, mais ça nécessite une opération et des analyses complémentaires.

Le cerveau d'Alice fonctionnait à cent à l'heure.

— Une dernière chose : j'ai vérifié et je n'ai pas la moindre cicatrice sur la poitrine, le cou ou les aisselles. Comment a-t-on pu m'implanter ça sans laisser la moindre trace ?

Mitchell se pinça la lèvre.

— Soit c'est en vous depuis longtemps…

— Impossible. Je m'en serais aperçue, le coupa-t-elle.

— Soit on vous l'a implanté en passant par un autre endroit.

Sous les yeux stupéfaits du radiologue, Alice déboucla sa ceinture, enleva ses bottines et retira son pantalon. Elle examina ses chevilles, ses jambes, ses genoux… Quand, en haut de sa cuisse gauche, elle repéra un pansement transparent, son cœur se mit à palpiter. Elle décolla l'adhésif pour y découvrir une discrète incision.

— C'est par là qu'on vous l'a implanté, devina le médecin en s'approchant de la cicatrice. L'implant est si petit qu'on a pu le faire remonter via un cathéter.

Perplexe, Alice se rhabilla. Cette enquête n'était plus seulement déconcertante, effrayante ou surréaliste, elle devenait franchement démente.

— Pour résumer, je porte donc un pacemaker sans batterie, sans sonde et qui ne stimule aucun de mes organes, résuma-t-elle.

— C'est incompréhensible, j'en conviens, s'excusa Mitchell.

— Mais à quoi sert-il, dans ce cas ?

— C'est bien la question que je me pose, concéda le radiologue.

19

Du côté des vivants

Que vers un cœur brisé
Nul autre ne se dirige
Sans le haut privilège
D'avoir lui-même aussi souffert

Emily DICKINSON

Le soir tombait doucement.

En attendant la nuit, le soleil déversait ses derniers rayons avec la flamboyance d'un artificier ménageant ses effets pyrotechniques. La forêt prenait feu. Au premier plan, le tourbillon de flammes vives des érables, des frênes et des bouleaux, les reflets d'or des mélèzes, le feu des tilleuls. Puis le lustre mordoré des hêtres, le sang noir des sumacs et des chênes rouges d'Amérique, le brasillement cramoisi des sorbiers. Plus loin, la muraille verte des sapins surplombée par la masse minérale et anguleuse de la roche.

À Greenfield, Gabriel avait fait le plein d'essence, réglé le niveau d'huile et trouvé une nouvelle roue de secours. Lorsque Alice l'avait rejoint au garage, elle lui avait fait part des dernières informations de Seymour sur l'origine du Glock et sur son Audi, que l'on avait retrouvée au pont de l'Archevêché. D'instinct, elle avait décidé de ne pas lui parler du corps étranger implanté sous sa peau. Elle préférait attendre d'y voir plus clair avant de lui faire part de cette nouvelle donnée invraisemblable.

Ils avaient repris la route, mais au niveau de Brattleboro, un camion-citerne rempli de carburant s'était renversé sur la chaussée. L'essence s'était répandue partout, obligeant les pompiers et la police à fermer l'Interstate 91 et à mettre en place un périmètre de sécurité pour éviter tout risque d'incendie.

Contrainte de quitter les grandes voies de circulation au profit des routes secondaires, la Shelby avait ralenti son allure. Si, au départ, les deux flics avaient pesté contre ce coup du sort, ils s'étaient peu à peu laissé alanguir par la quiétude des lieux qu'ils traversaient. Ils s'étaient branchés sur une station de radio locale qui enchaînait les bons standards : *American Pie* de Don McLean ; *Just for Today*, de George Harrison ; *Heart of Gold*, de Neil Young… Sur le bord de la route, ils avaient même acheté à un producteur local du cidre et des donuts à la cannelle.

Pendant près d'une heure, ils mirent leur enquête entre parenthèses.

Le paysage était agréable, ponctué de sentiers, de ponts couverts, de points de vue panoramiques et de ruisseaux de montagne. Le plus souvent vallonné, le relief s'adoucissait parfois sur plusieurs kilomètres. La chaussée prenait alors l'allure d'une route de campagne le long de laquelle se succédaient des bourgades pittoresques, des fermes intemporelles et de vastes pâturages où paissaient des vaches laitières.

Pendant un long moment, Alice se laissa bercer par le ronronnement de la voiture. Le décor lui rappelait ses vacances en Normandie, lorsqu'elle était plus jeune. Le temps s'était figé. Chaque fois qu'ils traversaient un village, ils avaient cette impression de revenir cent ans en arrière. Comme s'ils parcouraient une carte postale de la Nouvelle-Angleterre illustrée de vieux hangars agricoles, de laiteries aux toits mansardés et de feuillages flamboyants.

*

Le charme se rompit lorsque Alice ouvrit la boîte à gants pour récupérer son holster. Lors de ses premières années dans la police, elle se moquait de ses collègues plus âgés qui portaient leur arme même lorsqu'ils n'étaient pas en service. Mais, le temps passant, elle était devenue comme eux : elle avait besoin de sentir le poids du flingue contre sa poitrine pour être pleinement rassurée, en parfait accord avec elle-même.

Le pistolet était là où elle l'avait laissé, sanglé dans son étui en cuir, mais, à côté, se trouvait un jouet d'enfant : une voiture en métal à la carrosserie blanche rehaussée de bandes bleues. La réplique exacte de la Mustang Shelby dans laquelle ils roulaient.

— Qu'est-ce que c'est ?

Gabriel jeta un coup d'œil au jouet.

— Un gadget qui a dû amuser Kenny, je présume.

— Il ne se trouvait pas là tout à l'heure.

Gabriel haussa les épaules.

— Vous avez dû mal regarder.

— Je suis certaine que la boîte à gants était vide lorsque j'y ai déposé mon arme, martela la jeune femme.

— Quelle importance ? s'agaça-t-il.

— Je croyais qu'on se disait tout.

Keyne soupira.

— OK, c'est le cousin de Barbie qui me l'a donnée. Un type très sympa, d'ailleurs. Il collectionne les *Hot Wheels*[1]. Il en a au moins trois cents. C'est dingue, non ?

— C'est ça, dingue… répéta-t-elle sans le quitter des yeux.

Il manifesta son exaspération en haussant le ton.

— Quoi ? Ce type a voulu me faire plaisir en m'offrant cette bagnole. Je l'ai prise pour ne pas le vexer, point. C'était un simple geste de politesse. Ce n'est peut-être pas nécessaire qu'on passe la soirée là-dessus !

Alice explosa.

— Arrêtez de me prendre pour une idiote ! Vous voulez me faire avaler que vous avez sympathisé avec ce bouseux au point qu'il vous offre une voiture de sa collection ? Et puis, il y a encore le prix sur l'emballage !

Nerveux, Gabriel la dévisagea avec hargne avant d'allumer la clope qu'il avait coincée derrière son oreille. Il tira plusieurs bouffées qui parfumèrent l'habitacle. Incommodée par la fumée, Alice baissa sa vitre. Elle ne quittait toujours pas des yeux son partenaire, scrutant ses iris sombres, ses traits déformés par la colère, espérant saisir une vérité, percer un mystère.

Et, tout à coup, l'évidence s'imposa.

1. Marque de jouets américaine connue notamment pour ses véhicules miniatures.

— Vous avez un fils, murmura-t-elle, comme si elle se parlait à elle-même.

Il se figea. Le silence s'installa. Elle insista :

— C'est pour lui que vous avez acheté ce jouet.

Il tourna la tête dans sa direction. Son regard noir brillait comme du pétrole. Alice comprit qu'elle avançait en terrain miné.

— C'est vrai, admit-il en tirant sur sa cigarette, j'ai un petit garçon. Je voulais simplement lui faire un cadeau. C'est interdit ?

Retenue par la pudeur, Alice n'était plus très à l'aise, ni très sûre de vouloir continuer cette conversation. Malgré tout, elle demanda d'une voix douce :

— Comment s'appelle-t-il ?

Gabriel monta le son de la radio et secoua la tête. Il n'avait pas prévu cette intrusion intempestive dans son intimité.

— Je crois qu'on a d'autres problèmes à régler, là, Schäfer…

Un masque de tristesse tomba sur son visage. Il cligna plusieurs fois des yeux et finit par lâcher :

— Il s'appelle Théo. Il a six ans.

À l'intonation de sa voix, Alice comprit que le sujet était particulièrement douloureux.

Touchée, elle baissa le son du poste et tenta une parole d'apaisement :

— C'est une belle petite voiture, dit-elle en désignant la Shelby. Ça lui fera plaisir.

Sans ménagement, Keyne lui arracha le jouet des mains et le balança par la fenêtre.

— Ça ne sert à rien. De toute façon, je ne le vois jamais.

— Gabriel, non !

Elle agrippa le volant pour le forcer à s'arrêter. Excédé, il freina brusquement, se rangea sur le bas-côté et bondit hors de la voiture.

Dans le rétroviseur, Alice le regarda s'éloigner. Ils se trouvaient à présent sur une route panoramique étroite qui serpentait vers la vallée. Elle vit Gabriel s'asseoir sur une saillie rocheuse qui s'avançait dans le vide comme un promenoir à ciel ouvert. Il termina sa cigarette et en alluma une nouvelle dans la foulée. Alice sortit de la voiture, récupéra le modèle réduit puis s'approcha de Gabriel.

— Je suis désolée, dit-elle en le rejoignant sur la roche.

— Ne restez pas là, c'est dangereux.

— Si c'est dangereux pour moi, c'est dangereux pour vous.

Elle se pencha en avant et aperçut un lac en contrebas. La palette éphémère des couleurs automnales se reflétait dans le point d'eau avec intensité.

— Pourquoi vous ne le voyez pas plus souvent ?

Il eut un geste évasif.

— Il vit à Londres avec sa mère. C'est une longue histoire.

Elle lui piqua une cigarette qu'elle eut du mal à allumer à cause du vent. Il lui tendit la sienne et, au moment où elle s'y attendait le moins, déballa ce qu'il avait sur le cœur :

— Je n'ai pas toujours travaillé au FBI. Avant de passer le concours d'admission du Bureau, j'ai été flic de terrain, à Chicago.

Il plissa les yeux, laissant les souvenirs remonter à la surface.

— C'est la ville où je suis né et c'est là que j'ai rencontré ma femme : nous avons grandi tous les deux dans l'Ukrainian Village, le quartier des immigrants d'Europe de l'Est. Un endroit plutôt tranquille situé au nord-ouest du Loop.

— Vous travailliez à la Section homicides ?

— Oui, mais celle des quartiers Sud, qui couvre les endroits les plus chauds de la ville : le district d'Englewood, celui de New City…

Il tira une longue bouffée de tabac avant de poursuivre :

— Des sales coins gangrenés par les gangs, abandonnés à la peur et au désespoir, où la police ne peut plus grand-chose. Des territoires entiers sous la coupe de petits zonards qui se prennent pour Scarface et font régner la terreur à coups de pistolets-mitrailleurs.

Un passé pas si lointain lui revenait en mémoire. Un passé qu'il aurait voulu garder à distance, mais dans lequel il était malgré lui en train de replonger.

— Vous n'avez jamais l'impression que nous, les flics, nous travaillons pour les morts ? Si on réfléchit bien, ce sont eux, nos vrais clients. C'est à eux qu'on doit rendre des comptes. Eux qui viennent hanter nos nuits lorsqu'on ne trouve pas leur assassin. C'est ce que me reprochait souvent ma femme : « Les gens avec lesquels tu passes le plus de temps, ce sont les morts. Tu n'es jamais du côté des vivants. » Elle n'avait pas tort, au fond...

Alice interrompit Gabriel avant la fin de son monologue.

— C'est faux ! Au contraire : on travaille pour leurs familles, pour les gens qui les aimaient. Pour leur permettre de faire leur deuil, pour rendre la justice, faire en sorte que les tueurs ne récidivent pas !

Il eut une moue dubitative et poursuivit son récit.

— Un jour, j'ai décidé d'aider *vraiment* les vivants. À Englewood, j'étais quotidiennement en contact avec les membres d'une association de médiateurs. Des gens hétéroclites, pour la plupart des travailleurs sociaux et d'anciens repris de justice issus du quartier, qui avaient uni leurs forces pour faire ce dont nous, les représentants de la loi, étions devenus incapables : mettre de l'huile dans les rouages, éviter les conflits, apaiser les tensions. Et surtout sauver ceux qui pouvaient encore l'être.

— Les plus jeunes ?

— Surtout ceux et celles qui n'étaient pas encore dévastés par la dope. Parfois, les bénévoles n'hésitaient pas à agir en marge de la légalité. Plusieurs fois, je les ai aidés à « exfiltrer » des jeunes prostituées du quartier en leur fournissant de faux papiers, un peu d'argent confisqué lors des interpellations de dealers, un billet de train pour la côte Ouest, une adresse de logement, la promesse d'un job…

Comme Paul… pensa malgré elle Alice.

La forêt se reflétait dans les yeux de Gabriel, donnant à son regard une intensité inquiétante.

— Persuadé de faire le bien, je n'avais pas mesuré à quoi je m'attaquais. J'avais décidé de ne pas tenir compte des avertissements ou des menaces que je recevais. J'aurais dû, car les proxénètes et les barons de la drogue ne plaisantent pas quand on s'attaque à leurs outils de travail.

Il continua son récit, l'entrecoupant de silences :

— En janvier 2009, la petite sœur de ma femme avait prévu de partir en week-end au ski avec ses copines pour fêter son anniversaire. Elle nous avait demandé de lui prêter notre 4 × 4, ce que nous avions

— Ouais, ouais. J'ai tout mis dans mon sac.

Amplifiée par le haut-parleur, la voix crachotante du flic sortait du téléphone pour résonner dans la vallée, ricochant sur les parois des montagnes.

— D'après ce que m'a dit Castelli, ça fait plus de trente ans que l'usine est à l'abandon. Je suis dans le bâtiment principal, là. Il est à moitié effondré. Tout est pris dans la rouille, avec des broussailles qui montent jusqu'à hauteur d'homme.

Alice ferma les yeux pour se remémorer avec précision la topographie des lieux telle que son père la lui avait décrite.

— D'accord. Sors par-derrière et cherche une zone de stockage. Un bâtiment qui ressemblerait à un silo.

Quelques secondes s'écoulèrent avant que Seymour reprenne la parole.

— OK, je vois une sorte de réservoir haut et étroit, bouffé par le lierre. On dirait la bite du géant vert !

Alice ne releva pas la plaisanterie douteuse.

— Contourne la tour jusqu'à ce que tu trouves une série de trois puits en pierre.

Nouvelle attente.

— Ça y est, je les vois. Ils sont grillagés.

Alice sentait les battements de son cœur s'accélérer.

— Commence par celui du milieu. Tu peux retirer la grille ?

— Attends, je branche mon kit mains libres… C'est bon, la grille n'est pas soudée. En revanche, il y a une trappe en fer forgé en dessous.

— Tu peux la soulever ?

— Bordel, ça pèse une tonne ! Ça y est, ça s'ouvre.

La jeune flic respira profondément.

— Qu'est-ce que tu vois à l'intérieur ?

— Rien…

Elle s'énerva :

— Braque ta torche, putain !

— C'est ce que je fais, Alice ! Il n'y a rien, je te dis !

— Allume un tube fluo !

Elle l'entendit grommeler à l'autre bout de la ligne.

— Comment ça marche, ces trucs…

Exaspérée, Alice haussa le ton :

— Tu prends le bâton lumineux, tu le plies en deux, tu le secoues pour l'activer et tu le balances au fond du trou.

Quelques secondes s'écoulèrent encore, puis Seymour confirma :

— Le puits est vide, et le passage est complètement asséché.

Putain, c'est pas vrai !

— Qui étais-je censé trouver ? continua Seymour.

Alice se prit la tête entre les mains.

— Le cadavre de Vaughn.

— Tu es en plein délire !

— Regarde dans les deux autres puits ! ordonna-t-elle.

— Les grilles sont rouillées et soudées. Personne n'a dû les ouvrir depuis des lustres !

— Fais sauter la grille avec la pince !

— Non, Alice, je ne ferai rien sauter du tout. J'en ai ma claque de tes conneries. Je rentre à Paris !

Impuissante, en pleine forêt, à plus de six mille kilomètres de cette vieille usine mosellane, Alice serra les poings de rage. Seymour se trompait. Il y avait un cadavre dans cette usine. Elle en était certaine.

Elle s'apprêtait à raccrocher lorsqu'à l'autre bout du fil un râlement et une pluie d'injures lui déchirèrent les tympans.

— Seymour ? s'alarma-t-elle.

Un silence. Elle échangea un regard inquiet avec Gabriel, qui, même s'il ne comprenait pas tout ce que disaient les deux Français, sentait la tension monter.

— Seymour, qu'est-ce qui se passe ? cria-t-elle dans le combiné.

Il y eut une longue pause, pendant laquelle ils entendirent une succession de grincements métalliques. Puis Seymour dit enfin :

— Bordel de merde… T'avais raison, il… il y a bien un cadavre !

Alice ferma les yeux comme pour remercier le ciel.

— Mais il n'est pas dans le puits ! reprit le flic.

Pas dans le puits ?

— Il y a un corps dans la cabine d'une vieille pelleteuse !

Blême, Alice demanda dans un souffle :

— C'est Vaughn ?

— Non, c'est une jeune femme ! Elle est ligotée et bâillonnée. Attends… avec une paire de bas, putain ! Elle a été étranglée avec une paire de bas !

Alice essaya de garder son sang-froid.

— Dans quel état de décomposition est le cadavre ?

— Entre la nuit et cette putain de flotte, je vois pas grand-chose… À mon avis, elle est morte depuis quelques jours, tout au plus.

La perplexité se lisait sur le visage de Gabriel.

— Vous pourriez m'expliquer ce qu'il se passe ?

Alice lui résuma rapidement la situation en anglais. Immédiatement, une question s'échappa des lèvres de l'agent fédéral :

— *Ask him what color the tights are. According to the eyewitnesses, on the day of her murder Elizabeth Hardy was wearing PINK tights*[1].

— Quelle est la couleur de la paire de bas, Seymour ? demanda Alice.

— Impossible à dire, il fait trop sombre… Je vais devoir te laisser, Alice, il faut que je prévienne les flics du coin.

— Attends, Seymour ! La couleur des bas, s'il te plaît !! hurla-t-elle.

— Rouge, je crois… non, rose plutôt, nuança-t-il avant de raccrocher.

Alice et Gabriel se regardèrent, pétrifiés.

Le cauchemar continuait.

1. Demandez-lui quelle est la couleur du sous-vêtement. D'après les témoignages, le jour de son assassinat, Elizabeth Hardy portait des bas de couleur rose.

20

Dans la maison

Les hommes cherchent la lumière dans un jardin fragile où frissonnent les couleurs.

Jean TARDIEU

Une lune bleu nuit pesait sur le ciel et défiait les nuages.

Il faisait un froid polaire.

Dans l'habitacle de la Shelby, le chauffage ne soufflait qu'un air tiédasse. Alice se frotta les mains pour les réchauffer et les emmitoufla dans les manches de son pull. Elle avait allumé le plafonnier et tenait la carte routière dépliée sur ses genoux. Penché vers l'avant, le visage sombre, Gabriel conduisait, les mains agrippées au volant. Depuis l'appel de Seymour, ils avaient roulé environ trois heures, montant toujours plus haut vers le nord. Après un si long trajet, l'inconfort de la Shelby commençait à se faire douloureusement sentir : assise très basse, suspensions préhistoriques, chauffage défectueux…

Concentré sur la route, Gabriel négocia un virage en tête d'épingle et accéléra pour propulser la voiture sur la route escarpée qui serpentait entre les gorges des montagnes Blanches. Ils n'avaient pas croisé une voiture depuis des kilomètres. L'endroit était désert.

Autour d'eux, la nature s'imposait dans toute sa puissance. La forêt était noire, menaçante, sans nuance. La palette de couleurs automnales avait laissé la place à une teinte monolithique, tout en ombres, à la noirceur abyssale.

Au détour des lacets, ils apercevaient parfois la vallée noyée dans le brouillard, ainsi qu'une cascade en gradins dont les chutes d'eau dessinaient des paliers argentés dans la roche.

Cernée par la fatigue et le manque de sommeil, Alice ressassait ce que Seymour leur avait révélé : non seulement Vaughn n'était pas mort, mais il était actif. Dix jours plus tôt, il avait assassiné une infirmière, ici, en Nouvelle-Angleterre, et, quelque temps après, il était revenu en France pour tuer de nouveau et déposer le cadavre dans l'ancienne usine sucrière.

Vaughn n'agissait pas seul, Alice en était certaine. Sa rencontre avec Gabriel n'était pas le fait du hasard. Vaughn les avait réunis tous les deux pour les provoquer et les mettre au défi. Sauf que cette mise en scène macabre ne pouvait être l'œuvre d'un individu isolé. Matériellement et logistiquement, un seul homme était incapable d'orchestrer un tel puzzle.

Alice se frotta les paupières. Elle n'avait plus les idées claires, son cerveau tournait au ralenti.

Une interrogation la tourmentait pourtant : pourquoi son père lui avait-il menti sur la mort de Vaughn ?

Elle se frictionna les épaules et essuya la buée qui s'accumulait contre la vitre. Le paysage lugubre déteignait sur elle. Elle avait la peur au ventre et seule la présence de Gabriel la retenait maintenant de céder à la panique.

Ils parcoururent encore une quinzaine de kilomètres avant d'arriver devant une bordure en rondins de bois qui ouvrait une traverse dans la forêt.

— C'est là ! lança Alice en levant les yeux de la carte.

Le coupé vira à gauche et s'enfonça dans un chemin forestier bordé de sapins. Après une centaine de mètres, le passage devint plus étroit, comme si les arbres faisaient corps pour repousser les deux intrus. Le couple s'enfonça dans le tunnel de végétation. Les aiguilles rayaient la carrosserie de la Mustang, des branches frappaient les vitres des portières, le sol devenait plus instable. Imperceptiblement, les conifères se refermaient sur eux.

Soudain, venue de nulle part, une masse sombre déboula devant la voiture. Alice hurla, Gabriel écrasa la pédale de frein et braqua le volant de toutes ses forces pour éviter l'obstacle. La Shelby ripa contre le tronc d'un sapin qui arracha un rétroviseur, fit exploser l'une des vitres arrière et disjoncter le plafonnier.

Le silence. La peur. Puis un long brâme.

Un élan... pensa Alice en regardant s'éloigner la silhouette d'un grand animal à la haute ramure en forme d'éventail.

— Rien de cassé ? vérifia Gabriel.

— Ça va, affirma Alice. Et vous ?

— Je survivrai, assura-t-il en remettant le contact.

Ils parcoururent cinq cents mètres, jusqu'à déboucher sur une clairière qui ceinturait un corps de ferme.

Ils garèrent la Shelby à proximité de l'habitation et éteignirent leurs phares. La lumière de la lune était suffisante pour distinguer la fermette. C'était une construction rectangulaire tapissée de panneaux de bois et coiffée d'un toit à deux versants revêtus de bardeaux de cèdre. Deux lucarnes percées dans les combles semblaient les observer d'un regard méfiant. Les volets n'étaient pas fermés et l'obscurité à l'intérieur était totale.

— Il n'y a personne, constata Gabriel.

— Ou on veut nous le faire croire, nuança Alice.

Elle boucla les deux lanières de sa besace et la tendit à Gabriel.

— Prenez ça, ordonna-t-elle pendant qu'elle récupérait le flingue dans la boîte à gants.

Elle dégaina le Glock du holster, vérifia la culasse, leva le cran de sûreté et posa son doigt sur la queue de détente.

— Vous ne comptez tout de même pas y aller à découvert ? demanda Gabriel.

— Vous voyez une autre solution ?

— On va se faire canarder !

— Si Vaughn avait voulu nous tuer, il l'aurait fait depuis longtemps.

Ils sortirent dans le froid et s'avancèrent vers la maison. De la buée s'échappait de leurs lèvres, dessinant des volutes argentées qui s'évaporaient dans la nuit.

Ils s'arrêtèrent devant une boîte aux lettres traditionnelle recouverte d'une couche de peinture écaillée.

CALEB DUNN

Le nom gravé au fer à souder ne laissait aucun doute sur l'identité de son propriétaire.

— Au moins, on ne s'est pas trompés de baraque, dit Gabriel en ouvrant la boîte.

Elle était vide. Quelqu'un avait relevé le courrier récemment.

Ils continuèrent jusqu'à la véranda, où ils trouvèrent un journal.

— Le *USA Today* du jour, observa Gabriel après avoir déchiré le film plastique de protection.

Il posa l'exemplaire sur un vieux fauteuil à bascule.

— Dunn n'est donc pas rentré chez lui, déduisit Alice en jetant un coup d'œil au quotidien.

Gabriel se plaça devant l'entrée et sembla hésiter.

— D'un point de vue juridique, on n'a aucune raison valable de se trouver ici. Dunn n'est officiellement suspecté de rien. On n'a pas de mandat, pas de…

— Et donc ? s'impatienta Alice.

— Donc, si on pouvait pénétrer dans la baraque sans défoncer la porte…

La flic rengaina son arme et s'agenouilla devant la serrure.

— Passez-moi mon sac.

Elle fouilla dans la besace pour en sortir une grande enveloppe kraft pliée en deux qui contenait les radiographies de son thorax faites un peu plus tôt à Greenfield.

— Où avez-vous trouvé ça ? demanda Gabriel en apercevant les clichés d'imagerie médicale.

— Je vous expliquerai plus tard, Keyne. On parie que la porte est seulement claquée ? On ne doit pas trop se méfier des voleurs, dans le coin.

Alice inséra la feuille rigide entre la porte et le cadre et la poussa plusieurs fois. Sans succès.

— Laissez tomber, Schäfer, on n'est pas dans un film : le verrou est fermé.

Mais Alice insista, remontant la radiographie tout en secouant la porte, lui donnant des petits coups de pied vers le haut jusqu'à ce que le pêne fasse un demi-tour et libère l'ouverture de la porte.

Elle lança un regard victorieux à Gabriel et dégaina son Glock. Puis les deux flics pénétrèrent dans la ferme.

*

Première évidence : la maison était chauffée. Première déduction : lorsqu'il a quitté sa piaule, Dunn comptait y revenir rapidement.

Gabriel actionna l'interrupteur. L'intérieur était simple : une sorte de grande cabane de chasseur dans son jus avec son sol en vieille brique, ses murs en planches veinées et son poêle à bois. Le salon s'organisait autour d'un canapé d'angle usé jusqu'à la corde et d'une monumentale cheminée de pierre au-dessus de laquelle trônait une tête de chevreuil naturalisée. Quatre armes étaient rangées en évidence dans le râtelier.

— Des pétoires pour tirer les tourterelles ou les perdrix, indiqua Gabriel. Rien d'autre.

Seules concessions à la modernité : des fanions des Red Sox, un écran HD, une console de jeux, un ordinateur portable et une petite imprimante posés sur une table en bois brut. Ils passèrent dans la cuisine. Même topo : murs légèrement défraîchis, cuisinière en fonte, séries de vieilles casseroles en cuivre.

Ils montèrent à l'étage et découvrirent un couloir qui desservait trois petites chambres austères et presque vides.

De retour au rez-de-chaussée, les deux enquêteurs ouvrirent les armoires et les tiroirs, fouillèrent les étagères, retournèrent les coussins et le plaid en tartan du canapé. Rien, hormis un peu de shit planqué dans un compotier. Difficile de croire que ce chalet était le repaire d'un tueur en série.

— Bizarre qu'il n'y ait pas la moindre photo personnelle, nota Gabriel.

Alice s'assit devant l'ordinateur portable et ouvrit

la machine. Pas de mot de passe. Pas de logiciel de photos, un historique Web expurgé, un logiciel de messagerie non configuré. Une véritable coquille vide.

Alice prit le temps de la réflexion. Elle conclut que Dunn devait envoyer ses mails en passant par le site de son fournisseur d'accès. Elle s'y connecta – c'était le seul site renseigné dans les favoris –, mais n'y trouva que les factures mensuelles, des spams et des publicités.

De son côté, Gabriel continuait la fouille. Dans un placard de la cuisine, il trouva une bâche en plastique et un rouleau de chatterton qu'il mit de côté pour colmater la vitre brisée de la Shelby. Il avisa une grande fenêtre à guillotine qui donnait sur l'arrière de la forêt. Il l'ouvrit par curiosité et provoqua un courant d'air qui claqua la porte d'entrée, jusque-là restée ouverte. Alice leva la tête et blêmit.

D'un bond, elle se leva de sa chaise, s'approcha de l'entrée et se figea. À l'intérieur de la porte, rivées à l'aide de gros clous rouillés, trois images qu'elle gardait toujours dans son portefeuille.

D'abord une photo de Paul souriant à pleines dents, prise sur la Côte amalfitaine dans les jardins perchés de Ravello. Puis un cliché d'une de ses échographies. Celle du cinquième mois.

Alice ferma les yeux. En une seconde surgirent dans un flash toutes les émotions qu'elle avait ressenties en découvrant son bébé à l'écran ce jour-là. Tout était déjà identifiable : la forme délicate du visage, l'ovale des yeux, les narines minuscules, les petites mains, les doigts ciselés. Et le bruit hypnotisant du rythme cardiaque. *PAPAM, PAPAM, PAPAM*…

Elle ouvrit les yeux sur la troisième image : c'était sa carte tricolore de flic. Elle aussi était clouée sur la porte, mais l'auteur du forfait avait pris soin de la déchirer en deux.

PAPAM, PAPAM, PAPAM… Le bruit de son propre cœur qui pulsait dans sa poitrine se mélangeait aux souvenirs des battements de celui de son fils. Soudain, la pièce tourna autour d'elle. Une vague de chaleur la submergea, une violente envie de vomir la saisit. Elle eut à peine le temps de sentir qu'on la retenait qu'elle perdit connaissance.

*

Le tonnerre grondait, faisant trembler les vitres. Une série d'éclairs zébra l'intérieur de la bâtisse. Alice avait rapidement repris ses esprits, mais elle était pâle comme un spectre. Gabriel se fit directif.

— Ça ne sert à rien de s'éterniser dans cette

baraque. Il faut qu'on retrouve Caleb Dunn et rien ne dit qu'il repassera par ici.

Alice et Gabriel s'étaient assis de part et d'autre de la table en bois du salon au milieu de laquelle ils avaient déplié la carte routière de la région. L'agent fédéral poursuivit son raisonnement.

— Soit Dunn et Vaughn ne font qu'un, soit Dunn nous mènera à Vaughn. D'une façon ou d'une autre, cet homme détient une part importante de la vérité.

Alice acquiesça. Elle ferma les yeux pour mieux se concentrer. L'analyse ADN avait montré que le sang sur son chemisier était celui de Dunn. Donc, Dunn avait été blessé récemment. La nuit dernière ou aux premières heures de l'aube. Et sa blessure devait être suffisamment grave pour qu'il ne rentre pas chez lui. Mais où était-il à présent ? Dans une planque, sans doute… Ou dans un centre de soins, tout simplement.

Comme s'il lisait dans ses pensées, Gabriel lança :

— Et si Dunn se faisait soigner dans l'hôpital pour lequel il travaille ?

— Téléphonons-leur pour vérifier, suggéra-t-elle en appuyant sur une touche pour activer l'ordinateur.

Elle se connecta à Internet pour trouver les coordonnées du Sebago Cottage Hospital.

Elle nota l'adresse, le numéro de téléphone, et essaya de repérer l'emplacement sur la carte.

— C'est ici, dit-elle en pointant la rive d'un lac en forme d'ampoule électrique. À peine 60 kilomètres.

Gabriel nuança :

— Le temps de redescendre, il y a au moins deux heures de route.

— Appelons la direction de l'hôpital et demandons-leur s'ils hébergent Dunn.

Il secoua la tête.

— Ils ne nous diront rien par téléphone. Ils risquent même d'alerter Dunn.

— On y va à l'aveugle, alors ?

— Peut-être pas. J'ai une autre idée. Passez-moi votre appareil.

Gabriel composa le numéro de l'hôpital, tomba sur le standard, mais, au lieu de chercher à parler à un membre de la direction, il demanda à être mis en relation avec le poste de gardiennage.

— Sécurité, j'écoute, annonça une voix nonchalante qui cadrait mal avec la fonction.

— Bonsoir, je suis un ami de Caleb Dunn. Il m'a dit que je pourrais le joindre à ce numéro. Pourrais-je lui parler ?

— Ah bah, ça va être difficile, mon gars. À ce qui paraît, le Caleb s'est pris une bastos dans le bifteck. L'est bien ici, mais de l'aut' côté de la barrière, si vous voyez ce que je veux dire…

— Dunn est ici ? Au Sebago Cottage Hospital ?

— C'est c'que la patronne m'a dit, en tout cas.

— La patronne ?

— Katherine Köller, la directrice adjointe de l'hôpital.

— Et on sait qui lui a tiré dessus ?

— Pas la moindre idée. Ils n'aiment pas trop qu'on pose des questions, ici, savez.

Gabriel remercia le vigile et raccrocha.

— On fonce, dit Alice. Cette fois, on le tient !

Elle allait refermer le capot de l'ordinateur lorsqu'elle suspendit son geste.

— Juste une minute.

Elle profita de l'accès à Internet pour vérifier ses mails. Il s'était écoulé plus de cinq heures depuis son coup de fil à Franck Maréchal, le commissaire de la direction régionale de la Police des transports. Peut-être avait-il trouvé les images de sa voiture sur les caméras de surveillance du parking de la rue Franklin-Roosevelt. À vrai dire, sur ce coup-là, elle ne croyait guère en la diligence de Maréchal.

Mais elle se trompait : un mail l'attendait dans sa boîte.

De : Franck Maréchal
À : Alice Schäfer
Objet : Surveillance Vinci/FDR
Salut Alice,
Voici les images des caméras de surveillance correspondant à la plaque d'immatriculation que tu m'as donnée. Je n'ai pas pu compresser le fichier vidéo qui restait trop lourd pour être envoyé par mail, mais je t'ai fait des captures d'écran. J'espère que ça te suffira.
Bises.
Franck.

Quatre photos suivaient en pièces jointes.

Alice scruta l'écran de plus près.

20 h 12 : deux clichés montraient l'entrée de l'Audi dans le parking. La qualité de la captation n'était pas aussi mauvaise que ce que Seymour avait prétendu. À travers le pare-brise, Alice distingua très bien son visage et le fait qu'elle était seule. ***0 h 17*** : deux autres photos témoignaient de la sortie de l'Audi. Cette fois, visiblement, Alice était accompagnée et ce n'est plus elle qui conduisait. D'après les images, elle semblait effondrée, presque inconsciente, côté passager. Un homme avait pris le volant. Si on ne voyait pas le visage sur le premier cliché, il avait la tête relevée sur le deuxième.

Alice ouvrit la photo en plein écran et zooma grâce au pavé tactile.

Son sang se glaça dans ses veines.

Aucun doute n'était permis.

L'homme au volant de l'Audi, c'était Seymour.

21

Le voile de nacre

Malheur à celui qui est seul et qui tombe, sans avoir un autre pour le relever.

ECCLÉSIASTE, 4,10

La Shelby s'enfonçait dans les ténèbres.

L'orage s'abattait sur la montagne avec une force dévastatrice. Le vent faisait tanguer la voiture, la pluie tambourinait contre les vitres et sur la bâche en plastique, provoquant un bruit infernal.

Ils avaient passé le sommet du col depuis une demi-heure et commencé une longue descente vers la vallée. Vertigineuse, la route enchaînait les lacets serrés, rendus glissants par l'averse.

Alice tenait entre ses mains la photo du parking sur laquelle on distinguait le visage de Seymour. Plusieurs fois, elle avait essayé de rappeler son

« ami », mais à chaque tentative son appel atterrissait sur la boîte vocale. Elle baissa les yeux vers le cliché qu'elle scruta à la lumière pâle de son téléphone.

Elle se voyait assise à côté de Seymour, dans son Audi. Elle avait l'air abattue et alcoolisée, mais pas totalement inconsciente.

Comment pouvait-elle ne pas se souvenir de cet épisode qui datait de la nuit dernière ? Elle essaya encore de dégeler cette partie de sa mémoire, mais le même voile de nacre lui barrait toujours l'accès à ses souvenirs. Pourtant, à force d'efforts, le mécanisme d'horlogerie de son cerveau donna subitement l'impression de se dégripper. Le cœur d'Alice s'emballa. Oui, les souvenirs étaient là ! À portée de neurones. Planqués dans les méandres brumeux de son subconscient. La vérité se laissait approcher. Alice put lui tourner autour, mais, dès qu'elle fut sur le point de la débusquer, elle s'étiola, s'éparpilla, pour se dissoudre dans l'habitacle glacé.

Un vrai supplice de Tantale.

Soudain, une tache rouge carmin se dilua dans l'encre de la nuit. Alice tourna la tête : le voyant rouge de la jauge d'essence clignotait sur le tableau de bord.

— Merde, lâcha Gabriel. On risque d'être trop

court pour atteindre l'hôpital. Cette bagnole doit boire plus de vingt litres au cent !

— On peut rouler encore combien ?

— Cinquante bornes, tout au plus.

Alice éclaira la carte routière avec son cellulaire.

— D'après le plan, il y a un General Store qui fait station-service. Vous croyez qu'on peut tenir jusque-là ?

Gabriel plissa les yeux pour distinguer la position du magasin.

— Ça va être juste, mais c'est jouable. De toute façon, on n'a pas le choix.

Le vent essayait de s'infiltrer dans la Shelby. La pluie continuait à tomber en cataracte, menaçant de la noyer. Les yeux rivés sur la route, Gabriel prit la parole :

— Votre Seymour, je ne l'ai jamais senti…

Alice soupira, gagnée par la lassitude.

— Vous ne le connaissez pas.

— Je l'ai toujours trouvé louche, c'est tout.

— Moi, ce sont vos critiques lapidaires que je trouve louches. Si vous le voulez bien, attendons d'avoir sa version avant de le juger.

— Je ne vois pas ce que sa version pourra changer ! s'agaça le flic. Il vous ment depuis le début. Il *nous* ment, bordel ! Toutes les infos qu'il nous a balancées depuis ce matin sont peut-être fausses !

Alice considéra cette éventualité avec inquiétude. Gabriel chercha une cigarette dans la poche de sa chemise et l'alluma sans quitter la route des yeux.

— Et votre père, c'est pareil !

— Ça suffit ! Laissez mon père en dehors de ça.

Il exhala plusieurs volutes épicées qui se répandirent dans la voiture.

— Je constate seulement que vous êtes entourée de gens qui vous manipulent et qui vous mettent en danger.

À présent qu'ils avaient rejoint la vallée, ils recommençaient à croiser des véhicules. Un camion arriva en sens inverse, projetant sur eux la lumière crue de ses phares.

— Et en plus vous leur trouvez des excuses ! continua Gabriel.

Exaspérée, Alice se défendit avec force.

— Sans Seymour et sans mon père, je ne serais plus là, figurez-vous ! Comment croyez-vous que l'on puisse continuer à vivre après qu'un dingue vous a éventrée, a assassiné votre enfant et vous a laissée pour morte dans une mare de sang ?

Gabriel tenta de se justifier, mais Alice haussa le ton pour ne pas le laisser argumenter :

— Après la mort de Paul, j'étais anéantie et je n'avais qu'EUX pour me soutenir ! Si vous êtes trop con pour comprendre ça !

Gabriel se tut. Pensif, il continua en silence à tirer des bouffées inquiètes sur sa cigarette. Alice soupira et tourna la tête vers sa fenêtre. La pluie mitraillait les vitres. Les souvenirs bombardaient sa tête.

Je me souviens…

Décembre 2011 – juillet 2013

Je me souviens.

Je me souviens d'avoir été persuadée que tout finirait, enfin.

Je n'imaginais pas d'autre issue : dès mon retour chez moi, je prendrais mon arme de service et je me logerais une balle dans la tête.

Un coup de feu pour m'empêcher de glisser encore davantage vers l'enfer.

Clouée sur mon lit d'hôpital, j'avais rejoué mentalement le film plusieurs fois : le bruit sec du chargeur que j'enclenche, le métal froid de l'arme dans ma bouche, le canon pointé vers le haut pour faire éclater ma cervelle.

C'est cette image que je me repassais sans cesse pour trouver le sommeil. Mon doigt qui appuie sur la détente. Ma tête qui explose dans ce geste salvateur.

*

Pourtant, ma vie n'a pas suivi cette trajectoire.

— Tu vas habiter avec nous, m'a dit mon père en venant me chercher à l'hôpital.

J'ai écarquillé les yeux.

— Comment ça, « avec vous » ?

— Avec moi, et ton ami le « gay luron ».

Sans m'en avoir rien dit, mon père avait loué pendant ma convalescence une grande maison avec un jardin, rue du Square-Montsouris. L'ancien atelier d'un peintre noyé dans la verdure. La campagne en plein 14e arrondissement.

Il avait profité d'un moment de désarroi amoureux de Seymour pour le convaincre d'emménager dans la maison. Je savais que mon collègue sortait d'une histoire sentimentale compliquée : pour des raisons professionnelles, son compagnon de longue date – un danseur et chorégraphe attaché à l'Opéra de Paris – avait quitté la capitale pour les États-Unis et leur amour n'avait pas résisté à l'éloignement.

Pendant presque deux ans, nous avons donc cohabité tous les trois. Notre attelage improbable tenait bien la route. Contre toute attente, mon père et Seymour mirent de côté leurs préjugés et devinrent les meilleurs amis du monde, chacun éprouvant pour l'autre une sorte de fascination. Seymour était bluffé par le flic légendaire qu'avait été Alain Schäfer : son flair, sa grande gueule, son humour, sa capacité à imposer son point de vue et à ruer dans les brancards. Quant à mon père, il reconnaissait avoir jugé trop vite ce jeune collègue dont il respectait désormais le côté déroutant : dandy fortuné, homosexuel, pétri de culture, mais prompt à faire le coup de poing et à descendre des verres de whisky vingt ans d'âge.

Surtout, les deux hommes avaient en commun la volonté farouche de me protéger de moi-même. Durant les semaines qui suivirent mon retour, mon père m'emmena passer des vacances en Italie et au Portugal. Au début du printemps, Seymour posa des congés pour me faire visiter Los Angeles et San Francisco. Ce dépaysement, couplé à une atmosphère de cocon familial, me permit de traverser cette période sans m'écrouler.

J'ai recommencé à travailler dès que possible, même si, durant les six premiers mois, je n'ai plus mis les pieds sur le terrain. Seymour avait pris ma place à la tête du « groupe Schäfer » et je me contentais du rôle de procédurier[1]. Pendant un an,

1. Dans un groupe d'enquête, le procédurier est la personne chargée de consigner et de construire l'ensemble des écrits qui constitueront le dossier judiciaire remis à la justice.

j'ai sacrifié à un « suivi psychologique rapproché » effectué par une psychiatre de la médecine du travail spécialiste de la gestion des chocs post-traumatiques.

À la Crim, ma situation était difficile. Après le fiasco de l'enquête sur Erik Vaughn, Taillandier m'avait plus que jamais dans son viseur. En d'autres circonstances, on m'aurait virée sans ménagement, mais les médias s'étaient emparés de mon histoire. *Paris Match* avait consacré quatre pages à mon drame, transformant mon fiasco en un récit romancé qui me donnait le beau rôle : celui d'une Clarice Starling parisienne ayant pris tous les risques pour coincer l'ennemi public numéro un. Dans la foulée, le ministre de l'Intérieur m'avait même décorée de la Médaille d'honneur pour acte de courage et de dévouement. Un viatique médiatique et une gratification qui avaient fait grincer des dents mes collègues, mais avaient au moins le mérite de me permettre de continuer à exercer mon métier.

*

Il est des épreuves que l'on ne surmonte jamais vraiment, mais auxquelles on survit, malgré tout. Une partie de moi était décousue, meurtrie, détruite. Le passé continuait à m'étouffer, mais j'avais la chance d'avoir auprès de moi des gens qui m'empêchaient de sombrer.

Paul était mort, mon bébé était mort. Il n'était plus question d'aimer. Mais il restait au fond de moi l'impression confuse que l'histoire n'était pas terminée. Que la vie avait encore, peut-être, quelque chose à me donner.

Alors j'ai recommencé à vivre, par touches. Une vie impressionniste qui se nourrissait de petits riens : une balade en forêt sous un ciel ensoleillé, une heure de jogging sur la plage, un bon mot de mon père, un fou rire avec Seymour, un verre de saint-julien dégusté en terrasse, les premiers bourgeons du printemps, les sorties hebdomadaires avec mes anciennes copines de fac, un vieux Wilkie Collins chiné chez un bouquiniste…

En septembre 2012, j'ai repris la tête de mon groupe. Mon intérêt pour le boulot, ma passion pour l'enquête n'avaient pas disparu et, pendant un an, le « groupe Schäfer » a eu la baraka : nous avons bouclé rapidement toutes les enquêtes qui nous étaient confiées. La *dream team* était de retour.

La roue de la vie tourne vite. Il y a trois mois, au début de l'été 2013, j'ai donc retrouvé mon crédit à la Crim. J'ai repris confiance en moi, regagné le respect de mes hommes et restauré notre complicité.

De nouveau, j'ai éprouvé avec acuité cette impression que la vie avait encore, peut-être, quelque chose à me donner.

Je n'imaginais pas que cela prendrait la forme d'une nouvelle épreuve.

22

Vaughn

Vienne la nuit, sonne l'heure.

Guillaume APOLLINAIRE

L'air s'engouffrait de toutes parts. Le chatterton avait fini par céder sous les assauts des bourrasques, libérant la bâche en plastique et créant un trou béant à l'arrière de la Shelby. La pluie s'abattait avec colère, inondant le plancher et les sièges de la voiture de sport.

— On y est presque ! cria Alice pour couvrir le déchaînement de la tempête.

La carte routière qu'elle tenait sur ses genoux avait pris l'eau et se désagrégeait entre ses mains.

En roulant au ralenti, ils dépassèrent prudemment un croisement où les feux de circulation avaient sauté à cause de l'orage, puis, juste après, ils aperçurent avec soulagement l'enseigne Grant General Store qui brillait dans la nuit.

Ils s'arrêtèrent en face des deux pompes à essence installées devant le magasin. Gabriel donna plusieurs coups de Klaxon pour signaler sa présence. Protégé par un coupe-vent et un parapluie, un vieux pompiste édenté accourut et se pencha à leur fenêtre.

— Virgile, pour vous servir, m'sieur dame.

— Vous nous faites le plein, s'il vous plaît ?

— Pour sûr. Faudrait réparer votre vitre arrière, aussi !

— Vous pouvez nous dépanner ? demanda Gabriel. Peut-être en fixant un bout de toile avec de l'adhésif…

— Je vais voir ce que je peux faire, promit Virgile. Entrez vous réchauffer en attendant.

Ils sortirent de la voiture et coururent s'abriter sous l'auvent du magasin. Ruisselants de pluie, ils poussèrent la porte et se retrouvèrent dans une grande salle bruyante et pleine d'animation. Le lieu était divisé en deux. À droite, un « magasin général » traditionnel, au parquet de bois craquant et aux étagères à l'ancienne, proposait quantité de produits artisanaux : confitures, sirop d'érable, miel, *brownies, whoopie pies, cheesecakes* au potiron, *toffee-bars*… De l'autre côté, l'endroit était aménagé autour d'un gigantesque comptoir derrière lequel une matrone servait des omelettes, des œufs au bacon et des *hash browns* arrosés de pintes d'une bière brassée maison.

Familiale et bon enfant, l'ambiance était assurée par des habitués qui refaisaient le monde en devisant derrière leur bock. Partout sur les murs, de vieilles affiches datant des années 1950 annonçaient des dates de concerts de rock. Le *diner* était tellement hors du temps qu'on avait vraiment l'impression que Chuck Berry, Bill Haley et ses Comets ou Buddy Holly allaient se produire dans le coin le week-end prochain.

Alice et Gabriel s'installèrent au fond de la salle, sur deux tabourets ronds en cuir rouge, à l'endroit où le bar dessinait une forme en L, permettant ainsi d'être assis face à face.

— Qu'est-ce que je vous sers, les amoureux ? demanda la patronne en leur tendant deux menus plastifiés.

Ils n'avaient pas spécialement faim, mais ils comprirent qu'ils ne pourraient pas occuper un siège sans consommer.

Pendant qu'ils faisaient leur choix, elle leur remplit deux grands verres d'eau et poussa vers eux un distributeur métallique de serviettes en papier.

— Vous êtes trempés, les enfants ! Attention à ne pas attraper la mort !

Les deux flics la remercièrent. Gabriel commanda un club-sandwich toasté et Alice une soupe de palourdes.

En attendant leur commande, ils s'épongèrent le visage, le cou et frictionnèrent leurs cheveux.

— Régalez-vous ! lança la bistrotière en amenant le club coupé en triangles et la soupe servie dans une miche de pain évidée.

Sur la table du comptoir, deux verres de whisky apparurent comme par magie entre ses grosses mains.

— Et ça, c'est la maison qui l'offre, pour vous réchauffer : réserve personnelle du vieux Virgile.

— Avec grand plaisir, s'enthousiasma Keyne en gouttant une gorgée de rye.

Il croqua dans son sandwich et attendit d'être à l'abri d'oreilles indiscrètes pour planter son regard dans celui d'Alice.

— On est à quinze bornes de l'hôpital, Schäfer, donc une petite discussion s'impose.

Elle prit une cuillère de soupe.

— Discutons.

— Je suis sérieux, Alice. Je sais que Vaughn vous a fait souffrir, vous et votre famille…

— Vous avez l'art de l'euphémisme.

— Mais que ce soit bien clair entre nous, nous ne sommes pas en train de mener une expédition punitive, compris ? On débarque à l'hôpital, on arrête ce type et on le ramène fissa à Boston pour l'interroger dans un cadre *légal.*

Alice détourna le regard. À son tour, elle trempa les lèvres dans le whisky. Issu de la distillation de seigle fermenté, le rye avait des arômes d'abricot, de prune et de clou de girofle.

— On est bien d'accord ? insista Gabriel.

Alice botta en touche.

— Chacun prendra ses responsabilités.

Refusant de se laisser piéger, Gabriel haussa la voix.

— Moi, en tout cas, je vais prendre les miennes : vous me donnez votre flingue ou vous ne repartez pas d'ici.

— Allez vous faire voir !

— Ce n'est pas négociable, Alice.

Elle hésita, mais comprit que Gabriel ne reculerait pas. Elle tira le Glock du holster et le lui tendit sous la table.

— C'est mieux comme ça, assura-t-il en glissant le pistolet dans son ceinturon.

Elle haussa les épaules et vida son verre de whisky. Comme chaque fois qu'elle buvait, elle ressentit presque physiquement le passage de l'alcool dans son sang. Les premiers verres lui procuraient un bien-être rare. Un vrai shoot d'adrénaline qui lui donnait une acuité extraordinaire. Cette impression grisante de perdre un peu le contrôle.

Ses yeux papillonnèrent, passant d'une personne à l'autre, d'un objet à un autre, jusqu'à se fixer sur le verre à whisky de Gabriel. Son regard s'arrêta net, hypnotisé par les variations de lumière qui ondulaient à la surface du liquide. Des reflets changeants d'or, de cuivre, de bronze et d'ambre. Le monde tournait autour d'elle. À présent, elle éprouvait la même sensation qui l'avait saisie tout à l'heure dans la voiture : cette certitude euphorisante de n'avoir jamais été aussi proche de la vérité. La conviction d'être enfin arrivée à un point de passage et de pouvoir déchirer le voile de l'ignorance.

Son regard se perdait dans les brasillements de l'alcool. Scotchée, figée, incapable de décoller les yeux du verre de son compagnon. Soudain, un tapis de chair de poule recouvrit ses bras et une boule monta dans sa gorge. Elle prit alors conscience qu'elle n'était pas en train de regarder le verre de whisky, mais la *main* de Gabriel qui l'entourait. Et plus précisément le doigt qui le tapotait de façon régulière et nerveuse. Sa vue était nette, comme si elle observait le monde à travers une loupe. La main de Gabriel ; ses phalanges en arc de cercle ; les ridules de ses doigts ; la présence, presque imperceptible, à chaque contact avec le verre, de cette minuscule cicatrice en forme de croix qui marquait son index droit. Le genre de blessure que l'on se fait pendant l'enfance, en refermant sans y prendre garde la lame affûtée de son premier Opinel et dont la trace laissée par les points de suture nous accompagnera toute notre vie.

Sans crier gare, la tête hirsute de Virgile, le « garagiste », fit irruption dans leur coin de table.

— J'ai bricolé un truc pour votre fenêtre, m'sieur dame. Venez jeter un coup d'œil pour me dire si ça vous convient.

Gabriel se leva.

— Restez au chaud, je reviens vous chercher quand on sera certains de pouvoir repartir.

Les joues en feu, Alice regarda Gabriel s'éloigner. Elle sentait le fracas des battements de son cœur dans sa poitrine, l'embrasement de tout son être, impossible à circonscrire. La tête qui tourne. La sensation de se noyer. Le besoin de savoir.

— Ça va, ma jolie ? Je vous ressers quelque chose ?

Alice accepta un nouveau verre de rye et l'avala d'un trait. Elle voulut croire que l'alcool avait le pouvoir de lui éclaircir les idées. Ou, du moins, de lui donner du courage.

Agir ou mourir !

Elle ouvrit son sac besace et retrouva le kit à empreintes. À l'aide d'une serviette en papier, elle attrapa le verre dans lequel avait bu Gabriel et lui appliqua le traitement qu'elle avait fait subir un peu plus tôt à la seringue : balayage de la poudre noire à l'aide du pinceau magnétique, repérage de l'empreinte correspondant à l'index, capture à l'aide du scotch et fixation de l'empreinte sur le sous-bock à côté de celle du propriétaire de la seringue. Ses gestes étaient précis, mécaniques. Pressée par le temps, elle n'avait pas le droit de se permettre la moindre erreur.

Alice approchait le sous-verre cartonné de son visage pour scruter les deux marques quand le carillon joyeux de la porte retentit.

Elle fit volte-face et avisa Gabriel qui arrivait dans sa direction.

— On peut repartir, lança-t-il de loin, en parlant assez fort pour couvrir le brouhaha ambiant.

Elle eut une poussée de sueur. Gabriel avançait, le sourire franc.

— Ce Virgile a fait un sacré boulot. La bagnole est de nouveau étanche !

Elle tenta le tout pour le tout.

— Allez faire chauffer le moteur. Je paye et je vous rejoins dans la voiture, assura-t-elle en espérant qu'il fasse demi-tour.

— Inutile, je…

Depuis son comptoir, la patronne l'alpagua de son bras puissant.

— Hé, joli cœur, je t'en remets un petit dernier ? Une lampée de gin distillé par Virgile en personne. Au goût de miel et de genièvre. Tu m'en diras des nouvelles !

Gabriel se dégagea, visiblement surpris et gêné par cette familiarité.

— Merci, sans façon. Nous devons reprendre la route.

Alice profita de ces secondes de flottement pour fourrer son attirail dans le sac. Puis elle tira trois billets de dix dollars de sa poche et les posa sur le comptoir.

— On y va ? lui dit Gabriel en arrivant à sa hauteur.

L'air le plus détaché possible, elle le suivit jusqu'à la porte d'entrée. Dehors, la pluie tombait toujours aussi dru.

— Attendez-moi à l'abri sous l'auvent, je vais chercher la voiture.

Pendant que Gabriel courait jusqu'à la Shelby, Alice tourna le dos au parking et sortit le sous-bock de son sac. Elle compara les deux empreintes à la lumière de l'enseigne du General Store. Elles étaient identiques, du moins à vue d'œil. On y retrouvait surtout, dans les deux cas, le même motif en forme d'arche, interrompu par la minuscule cicatrice en forme de croix…

À cet instant, elle comprit que Gabriel lui avait menti depuis le début.

Lorsqu'elle leva les yeux, elle sentit que le coupé venait de s'arrêter derrière elle. Gabriel lui ouvrit la portière. La flic s'engouffra dans l'habitacle et boucla sa ceinture.

— Tout va bien ? Vous faites une drôle de tête.

— Ça va, répondit-elle en prenant soudain conscience qu'elle lui avait confié son Glock et qu'elle n'avait plus d'arme.

La portière se referma sur elle. Tremblante, Alice tourna la tête vers la vitre, fouettée sans relâche par la pluie.

Alors que la voiture s'enfonçait dans la nuit, il fallut plusieurs secondes à la jeune femme pour admettre l'évidence : Gabriel et Vaughn étaient une seule et même personne.

Quatrième partie

La femme décousue

23

Agir ou mourir

— Comment savez-vous que je suis folle ? demanda Alice.
— Il faut croire que vous l'êtes, répondit le Chat ; sinon, vous ne seriez pas venue ici.

Lewis CARROLL

Une pluie lourde et agressive cognait contre les vitres.

Le tonnerre grondait presque en continu. À intervalles réguliers, les éclairs déchiraient les nuages charbonneux, figeant la ligne d'horizon des sapins avec la puissance d'un flash venu du ciel.

La presqu'île au bout de laquelle était situé le Sebago Cottage Hospital s'avançait sur une quinzaine de kilomètres, dessinant au milieu du lac une large baie bordée de conifères.

Concentré sur sa conduite, Gabriel roulait à une vitesse excessive. La route était jonchée de branches arrachées et de débris qui rendaient la circulation dangereuse. Le vent se déchaînait, hurlant dans les arbres, les jetant bas jusqu'à les faire céder, secouant la voiture comme pour freiner sa progression sur le bitume.

À la dérobée, Alice jetait des coups d'œil à son téléphone. Sans surprise, le réseau était très instable, mais pas totalement hors service. Selon les endroits, les barres qui mesuraient le signal de téléphonie pouvaient être nombreuses ou indiquer au contraire de larges zones mortes, sans aucune réception.

Elle essayait de ne pas trembler. Elle devait gagner du temps. Tant que Gabriel ne se doutait pas qu'elle avait découvert son identité, elle était en sécurité. Sans arme, sur cette route déserte, elle ne pouvait rien tenter, mais une fois qu'ils auraient atteint l'hôpital, elle pourrait agir.

Il y aura du monde, de l'activité, des caméras de surveillance… Cette fois, Vaughn ne s'en tirera pas…

La haine prenait le pas sur la peur.

C'était insoutenable d'être assise à côté de l'assassin de son fils. De savoir son corps à quelques centimètres. Insoutenable aussi de s'être sentie si proche de lui, de lui avoir raconté une part de son intimité, d'avoir été émue par ses mensonges, de s'être laissé abuser de la sorte.

Alice respira profondément. Elle essaya de raisonner, de trouver des réponses à des interrogations qui restaient entières : à quoi rimait ce jeu de piste ? Quel était le plan de Vaughn ? Pourquoi ne l'avait-il pas tuée avant alors qu'elle était à sa merci depuis des heures ?

*

La Shelby négocia un virage serré avant de piler brutalement. La foudre s'était abattue sur un grand pin blanc, un peu en retrait de la route. L'intensité des précipitations avait dû tuer dans l'œuf le début d'incendie, mais l'arbre était encore fumant, fendu en deux, déchiqueté.

Des débris d'écorce, des éclats de bois et des branches brûlées jonchaient la chaussée, bloquant la circulation.

— La poisse ! s'exclama Gabriel.

Il enclencha une vitesse et accéléra, bien décidé à forcer le passage. Une branche de bonne taille obstruait le couloir de circulation. La Shelby se déporta jusqu'à frôler le ravin, et les roues se mirent à patiner dans la boue.

— Je vais essayer de dégager la route, affirma Gabriel en serrant le frein à main.

Il sortit et claqua la portière en laissant le moteur tourner.

Trop beau pour être vrai ?

Bien sûr, elle aurait pu tenter de s'enfuir dès la branche dégagée, mais ce n'était pas l'envie de fuir qui la guidait. C'était le besoin de savoir. Et d'aller jusqu'au bout.

Alice jeta un œil à son téléphone : le signal était faible – deux barres – mais pas inexistant. Mais qui prévenir ? Le 911 ? Son histoire était trop longue à expliquer. Son père ? Seymour ? Elle ne savait plus si elle pouvait leur faire confiance. Un de ses collègues de la Crim ? Oui, c'était une bonne idée. Castelli ? Savignon ? Elle chercha leurs numéros dans sa mémoire, mais elle fut incapable de retrouver leurs coordonnées, trop habituée à les appeler en passant par son répertoire.

Elle ferma les yeux pour se concentrer ; le seul numéro qui lui vint à l'esprit fut celui d'Olivier Cruchy, son sixième de groupe. C'était mieux que rien. Elle composa le numéro dans l'urgence en tenant son appareil au niveau de son siège. Depuis la route, Gabriel lançait de nombreux coups d'œil en direction de la voiture, mais le rideau de pluie était suffisamment épais pour protéger Alice de son regard. Elle mit le haut-parleur. Une sonnerie. Deux. Trois. Puis le message de la boîte vocale.

Pas de chance.

Alors qu'elle raccrochait sans laisser de message, une autre idée lui traversa l'esprit. Elle fouilla dans le sac besace à ses pieds et retrouva le couteau qu'elle avait volé dans le café du Bowery. La lame n'avait pas le tranchant d'un schlass à steak, mais la pointe était assez affûtée pour ne pas négliger l'objet. Elle le glissa dans sa manche droite au moment où Gabriel revenait vers la voiture.

— La route est dégagée, on peut y aller ! lança-t-il, satisfait.

*

Sebago Cottage Hospital
Zone sécurisée
Veuillez ralentir

Éclairée d'une lumière blanche et précédée d'un panneau d'avertissement, la guérite en bois du poste de sécurité se voyait de loin. Un halo lumineux phosphorait dans la nuit, comme si une soucoupe volante s'était posée au milieu des champs de canneberges de Nouvelle-Angleterre. La Shelby emprunta la rampe qui menait au poste de garde, mais en arrivant devant la cabine Alice et Gabriel constatèrent que celle-ci était vide.

Gabriel s'arrêta devant la barrière métallique et baissa sa vitre.

— Hé ! Oh ! Il y a quelqu'un ? cria-t-il pour couvrir le bruit de la tempête.

Il sortit de la voiture et s'avança vers l'abri. La porte était restée ouverte et battait au vent. Il passa une tête dans l'embrasure et se décida à entrer. Pas de gardien. Il regarda le mur d'écrans formé par les moniteurs des caméras de surveillance, puis le panneau électronique hérissé d'une série interminable de boutons et d'interrupteurs. Il actionna celui qui permettait de lever la barrière et rejoignit Alice dans la voiture.

— Cette absence de vigile, ce n'est pas bon signe, dit-il en redémarrant la voiture. Il a dû se passer quelque chose à l'intérieur.

Tout en accélérant, Gabriel alluma une nouvelle cigarette. Ses mains tremblaient légèrement. La Shelby progressa dans une allée bordée de sapins et déboucha sur la vaste esplanade gravillonnée qui servait de parking à l'hôpital.

Construit au bord du lac, l'établissement était aussi original qu'impressionnant. Sous la pluie battante, sa façade illuminée percée de fenêtres gothiques se détachait sur un rideau de nuages charbonneux. Le manoir en brique ocre avait gardé son cachet d'antan, mais de part et d'autre du bâtiment d'origine s'élevaient deux immenses tours modernes aux façades transparentes bleutées et aux toits géométriques à pans brisés. Une audacieuse passerelle de verre reliait les trois structures, trait d'union suspendu, raccrochant harmonieusement les wagons du passé et ceux du futur. Devant l'entrée principale, fixé sur un mât en aluminium, un panneau électronique à cristaux liquides diffusait des informations en temps réel.

Bonjour, nous sommes le mardi 15 octobre 2013
Il est 23 h 57
Heures des visites : 10 h-18 h
Parkings visiteurs : P1-P2
Parking personnel : P3

La Shelby ralentit. Alice fit glisser le couteau qu'elle avait camouflé le long de son avant-bras et serra son manche de toutes ses forces. *Maintenant ou jamais.*

Elle sentit son cœur battre dans ses veines. Une montée d'adrénaline la fit frémir. Dans sa tête, des sensations contraires se confondaient. La peur, l'agressivité, la douleur surtout. Non, elle n'allait pas se contenter d'arrêter Vaughn. Elle allait le tuer. Seule solution radicale pour purger le monde de cet être malfaisant. Seule expiation envisageable pour venger la mort de Paul et celle de son fils. Une boule monta dans sa gorge. Des larmes mal contenues roulèrent sur ses joues.

Maintenant ou jamais.

Elle mit toute sa force pour frapper Gabriel avec le couteau, lui enfonçant la lame au niveau du grand pectoral. Elle sentit le muscle de l'épaule se déchirer. Cueilli par surprise, il poussa un hurlement et lâcha le volant. La voiture sortit du chemin de gravier pour aller percuter un muret. Un pneu éclata sous le choc et la Shelby s'immobilisa. Alice profita de la confusion pour s'emparer du Glock que Gabriel avait glissé dans sa ceinture.

— Tu ne bouges plus ! cria Alice en pointant l'arme sur lui.

Elle bondit hors du véhicule, vérifia la culasse du pistolet, leva le cran de sûreté et referma ses mains sur la crosse, les bras tendus, prête à faire feu.

— Sors de la voiture !

Gabriel se baissa pour se protéger, mais resta dans la Shelby. La pluie tombait si fort qu'Alice ne parvenait pas à voir ce qu'il était en train de faire.

— Sors immédiatement ! répéta-t-elle. Les mains en évidence !

Enfin la portière s'ouvrit lentement et Gabriel

mit un pied hors de la voiture. Il avait retiré le couteau de son épaule et une longue traînée de sang coulait sur son pull.

— C'est fini, Vaughn.

Malgré la pluie et l'obscurité, le regard de Gabriel, clair comme du cristal, parvenait à percer les ténèbres.

Alice ressentit comme un vide au creux de son ventre. Depuis toutes ces années, elle n'avait jamais désiré autre chose : tuer Vaughn de ses propres mains.

Mais il était hors de question de l'éliminer avant d'avoir toutes les réponses.

Elle sentit alors son téléphone vibrer dans la poche de sa veste. Sans lâcher Vaughn des yeux et tout en maintenant l'arme braquée sur lui, elle sortit son cellulaire. Le numéro de son sixième de groupe s'afficha sur l'écran.

— Cruchy ? fit-elle en décrochant.

— Vous m'avez appelé, patron ? demanda une voix ensommeillée. Vous savez quelle heure il est ?

— J'ai besoin de toi, Olivier. Est-ce que tu sais où est Seymour ?

— Pas la moindre idée. Je suis en vacances en Bretagne chez les parents de ma femme depuis une semaine.

— Qu'est-ce que tu racontes ? On s'est vus hier au 36.

— Patron… Vous savez bien que c'est impossible.

— Pourquoi ?

— Patron, enfin…

— POURQUOI ! s'énerva Alice.

Un silence, puis une voix triste :

— Parce que ça fait trois mois que vous êtes en arrêt maladie. Trois mois que vous n'avez plus mis les pieds à la Crim…

La réponse lui glaça le sang. Alice laissa tomber son téléphone sur le sol détrempé.

Qu'est-ce qu'il raconte ?

À travers la pluie, derrière Vaughn, son regard accrocha le panneau alphanumérique de l'hôpital.

Bonjour, nous sommes le mardi 15 octobre 2013
Il est 23 h 59

Il y avait une erreur sur ce panneau. On était le mardi 8 octobre. Pas le 15. Elle essuya la pluie qui coulait sur son visage. Ses oreilles bourdonnaient. La flamme rouge d'une fusée de détresse s'alluma dans son esprit comme un signal d'alerte. Depuis le début, ce n'était pas seulement Vaughn qu'elle traquait, c'était aussi un ennemi plus sournois et plus acharné : elle-même.

Puis une série d'instantanés se succédèrent, à la manière d'extraits de film que l'on aurait montés bout à bout.

Elle revit d'abord le jeune prêteur sur gages, croisé le matin même à Chinatown, en train de remonter le bouton-poussoir de la montre de Paul. *« Je règle la date et l'heure »*, avait-il expliqué en faisant passer le chiffre du 8 au 15.

Puis la une du journal du jour qu'elle avait entr'aperçue devant la porte de la maison de Caleb Dunn. Elle aussi était datée du 15 octobre. Comme le courrier électronique de Franck Maréchal. Ces détails auxquels elle n'avait pas prêté attention…

Comment était-ce possible ?

Soudain, elle comprit. Son trou de mémoire ne couvrait pas juste une nuit, comme elle l'avait cru depuis le début. Il s'étendait au moins sur une semaine entière.

Sur le visage d'Alice, des larmes de tristesse et de colère se mélangeaient à la pluie. Elle tenait toujours l'arme pointée sur Vaughn, mais tout son corps tremblait, ébranlé de secousses. Elle vacilla, lutta pour ne pas s'écrouler, serra de toutes ses forces la crosse de son arme.

De nouveau, le rideau de nacre aux reflets irisés apparut dans son esprit, mais, cette fois, son bras fut assez long pour en attraper l'un des pans. Enfin, le voile se déchira pour de bon, permettant aux souvenirs de remonter à la surface. Les éclats de sa mémoire en charpie se recollèrent lentement.

Une salve d'éclairs troua les ténèbres. Alice détourna la tête une fraction de seconde. Cet instant d'inattention lui fut fatal. Gabriel se rua sur elle et la fit basculer violemment sur le capot de la Shelby. Alice appuya sur la détente, mais le coup partit sans toucher sa cible.

Son adversaire pesait sur elle de tout son poids, l'immobilisant avec son seul bras gauche. Un nouvel éclair transperça l'espace et embrasa l'horizon. Alice leva les yeux et aperçut la seringue que l'homme tenait dans sa main. Sa vision se déforma. Un goût de fer envahit sa bouche. Elle vit l'aiguille brillante s'abattre sur elle comme au ralenti, se plantant dans l'une des veines de son cou sans qu'elle puisse esquisser le moindre geste pour l'éviter.

Gabriel appuya sur le piston pour injecter le liquide. Le sérum brûla le corps de la jeune femme comme une décharge électrique. La douleur la cisailla, déverrouillant brutalement la grille cadenassée de sa mémoire. Elle eut l'impression que tout son être s'enflammait et qu'une grenade dégoupillée avait remplacé son cœur.

Une lumière blanche l'aveugla.

Ce qu'elle entrevit alors la terrifia.

Puis elle perdit connaissance.

Je me souviens…

Trois mois plus tôt
12 juillet 2013

Un climat de terreur règne sur la capitale.

Une semaine auparavant, à l'heure de la sortie des bureaux, un attentat a ensanglanté Paris. Une kamikaze portant une ceinture d'explosifs s'est fait sauter dans un bus, rue Saint-Lazare. Le bilan est terrible : huit morts, onze blessés.

Le même jour, un sac à dos contenant une bonbonne de gaz remplie de clous a été retrouvé sur la ligne 4, à la station Montparnasse-Bienvenüe. Heureusement, l'équipe de déminage a pu désamorcer l'engin avant qu'il ne fasse des dégâts. Mais depuis, c'est la panique.

Le spectre des attentats de 1995 est dans toutes les consciences. Chaque jour, les évacuations de monuments se multiplient. « Le retour du terrorisme » cannibalise toute la presse et fait l'ouverture de chaque journal télévisé. La SAT, la section antiterroriste de la Crim, est sous pression et multiplie les vagues d'interpellations dans les milieux islamistes, la mouvance anarchiste et l'ultragauche.

A priori, leurs enquêtes ne me concernent pas. Jusqu'à ce qu'Antoine de Foucaud, le chef adjoint de la SAT, me demande de prendre part à l'interrogatoire d'un des suspects dont la garde à vue a été prolongée trois fois et touche à sa fin. Dans les années 1970, au début de sa carrière, Foucaud avait travaillé plusieurs années avec mon père avant que leurs chemins se séparent. Il avait aussi été l'un de mes formateurs à l'école de police. Il m'a plutôt à la bonne et me prête même des qualités que je n'ai pas pour pratiquer des interrogatoires.

— On a besoin de toi sur ce coup, Alice.

— Que veux-tu que je fasse au juste ?

— Ça fait plus de trois jours qu'on essaie de faire parler ce type. Il ne nous lâche rien. Toi, tu peux y arriver.

— Pourquoi ? Parce que je suis une femme ?

— Non, parce que tu sais y faire.

Normalement, une telle proposition devrait m'exciter. Pourtant, là, nulle décharge d'adrénaline, et j'en suis la première étonnée. Je ne ressens qu'une immense fatigue et l'envie de rentrer chez moi. Depuis ce matin, une violente migraine me vrille le crâne. C'est un lourd soir d'été. L'air est brûlant, Paris étouffe sous la pollution et la journée a été assommante. Le 36 s'est transformé en fournaise. Pas de clim, pas d'air. Je sens les auréoles humides de transpiration qui poissent mon chemisier. Je tuerais pour une canette de Coca Light glacée, mais le distributeur est hors service.

— Écoute, si tes hommes n'y sont pas arrivés, je ne vois pas à quoi ça va servir que je m'y mette aussi.

— Allez, insiste Foucaud, je t'ai déjà vue à l'œuvre.

— Je vais vous faire perdre du temps. Je ne connais pas le dossier, je…

— On va te mettre au parfum. Taillandier a donné son accord. Tu montes au front et tu lui fais lâcher un nom. Après, on prend le relais.

J'hésite, mais ai-je vraiment le choix ?

Nous nous installons dans une salle nichée sous les toits dans laquelle tournent deux ventilos. Pendant une heure, deux officiers de la SAT me briefent sur le suspect. L'homme, un certain Brahim Rahmani, surnommé « le Marchand de canons » ou « l'Artificier », est surveillé depuis longtemps par la section antiterroriste. Il est suspecté d'avoir fourni les explosifs au groupe qui a fait sauter le bus rue Saint-Lazare. Lors d'une perquisition, on a saisi chez lui de faibles quantités de C4, du PEP 500, des pains de plastic, des téléphones transformés en détonateurs, ainsi qu'un véritable arsenal : des armes de tout calibre, des fers à béton métalliques, des gilets pare-balles. Après trois jours de garde à vue, l'homme n'a absolument rien avoué aux enquêteurs, et l'analyse de son disque dur comme de ses échanges électroniques lors des derniers mois ne suffit pas à prouver sa participation, même indirecte, aux attentats.

C'est une affaire passionnante, mais compliquée. À cause de la chaleur, j'ai du mal à me concentrer. Mes deux collègues parlent vite, me livrent une foule de détails que je peine à enregistrer. Alors que ma mémoire est généralement excellente, dans la peur d'oublier, je me saisis d'un bloc pour tout noter.

Lorsqu'ils ont terminé, ils m'escortent jusqu'aux coursives de l'étage inférieur où se trouve la salle d'interrogatoire. Foucaud, Taillandier : tout le gratin est là, derrière une vitre sans tain, pressé de me voir à l'œuvre. À présent, moi aussi, j'ai très envie d'entrer dans l'arène.

Je pousse la porte et pénètre dans la salle.

Il y fait une chaleur d'étuve à la limite du supportable. Menotté à une chaise, Rahmani est assis derrière une table en bois à peine plus grande qu'un pupitre d'écolier. Il transpire, tête baissée. C'est à peine s'il remarque ma présence.

Je retrousse les manches de mon chemisier et j'essuie les gouttes de sueur qui perlent sur mon visage. J'ai apporté une bouteille d'eau en plastique pour établir le contact. Soudain, au lieu de la tendre au suspect, je l'ouvre et en bois une longue rasade.

D'abord, l'eau me fait du bien, puis, brusquement, j'ai l'impression de perdre pied. Je ferme les paupières, un bref vertige me force à m'appuyer contre le mur pour reprendre mes esprits.

Lorsque j'ouvre les yeux, je suis déboussolée. Dans ma tête, un grand blanc, le vide. Et une angoisse terrible : celle d'avoir été téléportée dans un endroit inconnu.

Je me sens vaciller et je m'assois sur la chaise, en face de l'homme, avant de lui demander :

— Mais qui êtes-vous ? Et qu'est-ce que je fais ici ?

Je me souviens de tout…

Une semaine plus tôt
Mardi 8 octobre 2013

Dix-huit heures. Paris. La fin d'une belle journée d'automne.

Le soleil rasant qui se couche à l'horizon embrase la capitale, se reflète sur les vitres des immeubles, le courant du fleuve, les pare-brise des voitures, et déverse une coulée lumineuse entre les avenues. Une vague de lumière qui éblouit et emporte tout sur son passage.

Aux abords du parc André-Citroën, ma voiture s'extrait des embouteillages pour prendre la rampe en béton menant à un vaisseau de verre posé devant la Seine. La façade de l'hôpital européen Marie-Curie ressemble à la proue d'un paquebot futuriste qui aurait fait escale au sud du 15e arrondissement, épousant l'angle arrondi du croisement de la rue, offrant un miroir aux arbres de Judée et aux massifs d'aubépine plantés de part et d'autre de l'esplanade.

Parking. Dédale de béton. Portes coulissantes qui s'ouvrent sur un grand patio central. Batterie d'ascenseurs. Salle d'attente.

J'ai rendez-vous avec le Pr Évariste Clouseau, le patron de l'Institut national de la mémoire, qui occupe tout le dernier étage du bâtiment.

Clouseau est l'un des spécialistes français de la maladie d'Alzheimer. Je l'ai rencontré il y a trois ans, lors de l'enquête que mon groupe a menée sur le meurtre de son frère jumeau, Jean-Baptiste, chef de service du pôle cardio-vasculaire dans le même hôpital. Les deux frères se vouaient une telle haine qu'en apprenant être atteint d'un cancer du pancréas Jean-Baptiste avait décidé de se suicider, en laissant penser qu'il pouvait s'agir d'un assassinat dont tous les indices accusaient son frère. À l'époque, l'affaire avait fait grand bruit. Évariste avait même été brièvement incarcéré avant que nous ne parvenions à faire éclater la vérité. Après sa libération, il avait dit à Seymour que nous l'avions libéré de l'enfer et qu'il nous garderait une reconnaissance éternelle. Ce n'étaient pas des paroles en l'air : lorsque je l'ai appelé, une semaine plus tôt, pour obtenir un rendez-vous, il m'a trouvé le jour même un créneau dans son emploi du temps.

Après mon fiasco lors de l'interrogatoire du terroriste présumé, j'ai très vite recouvré mes esprits et ma mémoire. Mon absence n'a pas duré plus de trois minutes, mais elle a eu lieu sous les yeux de tous. Taillandier m'a forcée à poser des congés, puis a bloqué mon retour en demandant un rapport suspensif à la médecine du travail. J'ai été obligée de passer une visite médicale poussée et de consulter de nouveau un psychiatre. Contre ma volonté, on m'a prescrit un long arrêt maladie.

Ce n'était une surprise pour personne : depuis des années, Taillandier ne faisait pas mystère de sa volonté de me débarquer de la Crim. Si elle n'y était pas parvenue lors de l'affaire Vaughn, cet épisode lui offrait sa revanche sur un plateau. Mais je n'étais pas décidée à me laisser faire. J'ai alerté mon syndicat, pris conseil auprès d'un avocat spécialiste du droit du travail et consulté moi-même plusieurs médecins pour obtenir des certificats médicaux témoignant de ma parfaite santé.

Je n'étais pas vraiment inquiète. J'avais le moral, l'envie de me battre et de retrouver mon poste. Certes, il y avait cette perte de mémoire aussi brève que subite, et il m'arrivait comme à tout le monde d'avoir de légères absences, mais je les attribuais au stress, à la fatigue, au surmenage, à la chaleur…

C'est d'ailleurs ce que m'ont dit tous les toubibs que je suis allée voir. À l'exception de l'un d'entre eux, qui a évoqué le risque d'une maladie neurologique et m'a demandé de passer un scanner.

Préférant l'attaque à la défense, j'ai décidé de prendre les devants et de consulter de mon propre chef une autorité en la matière. J'ai frappé à la porte de Clouseau, qui m'a prescrit toute une batterie d'examens et d'analyses. La semaine dernière, je suis restée une journée entière dans ce foutu hôpital, endurant une ponction lombaire, une IRM, un PET Scan, un bilan sanguin et divers tests de mémoire. Clouseau m'a fixé un nouveau rendez-vous aujourd'hui pour m'en communiquer les résultats.

Je suis confiante. Et impatiente de réintégrer mon boulot. Ce soir, j'ai même prévu de sortir fêter ça avec mes trois copines de fac : Karine, Malika et Samia. On ira boire des cocktails sur les Champs et…

— Le professeur va vous recevoir.

Une secrétaire m'introduit dans un bureau surplombant la Seine. Derrière sa table de travail – un meuble singulier constitué d'une aile d'avion lisse et brillante comme un miroir –, Évariste Clouseau pianote sur le clavier de son ordinateur portable. Au premier abord, le neurologue ne paye pas de mine : chevelure hirsute, teint pâle, visage défait, barbe mal taillée. Il donne l'impression d'avoir joué au poker toute la nuit en s'enfilant des verres de single malt. Sous sa blouse dépasse une chemise Vichy mal boutonnée surmontée d'un pull bordeaux à mailles irrégulières qui a l'air d'avoir été tricoté par une grand-mère complètement bourrée.

Malgré son allure négligée, Clouseau inspire confiance et sa renommée parle pour lui : ces dernières années, il a participé à la mise en place de nouveaux critères diagnostiques de la maladie d'Alzheimer et l'Institut national de la mémoire, qu'il dirige, est l'une des structures les plus en pointe dans la recherche et la prise en charge des patients souffrant de cette maladie. Lorsque les médias évoquent l'Alzheimer dans un reportage ou un JT, c'est généralement lui qu'ils viennent interroger en premier.

— Bonsoir, mademoiselle Schäfer, asseyez-vous, je vous en prie.

En quelques minutes, le soleil s'est couché. La pénombre enveloppe la pièce. Clouseau retire ses lunettes d'écaille et me lance un regard de hibou avant d'allumer une vieille lampe de bibliothèque en laiton et opaline. Il appuie sur une touche du clavier de son ordinateur, connecté à un écran plat fixé au mur. Je devine que ce sont les résultats de mes examens qui s'affichent sur le tableau lumineux.

— Je vais être honnête avec vous, Alice, l'analyse de vos biomarqueurs est inquiétante.

Je reste silencieuse. Il se lève et explique :

— Ce sont les images de votre cerveau prises lors de l'IRM. Plus précisément, des images de votre hippocampe, une zone qui joue un rôle essentiel dans la mémoire et la localisation spatiale.

Avec un stylet, il délimite une surface sur l'écran.

— Cette partie présente une légère atrophie. À votre âge, cela n'est pas normal.

Le neurologue me laisse encaisser l'information avant d'afficher un autre cliché.

— La semaine dernière, vous avez passé un deuxième examen : une tomoscintigraphie par émission de positons. On a injecté dans votre corps un traceur marqué par un atome radioactif capable de se fixer sur votre cerveau et de mettre ainsi en évidence d'éventuelles réductions du métabolisme glucidique.

Je ne comprends pas un mot. Il se fait plus didactique.

— Le PET scan permet donc de visualiser l'activité de différentes zones de votre cerveau et de…

Je le coupe :

— Bon, qu'est-ce que ça donne ?

Il soupire.

— Eh bien, on peut distinguer un début de lésion dans certaines zones.

Il se rapproche du large moniteur et pointe avec son stylo un segment de l'image médicale.

— Vous voyez ces taches rouges ? Elles représentent des plaques amyloïdes qui se sont fixées entre vos neurones.

— Des plaques amyloïdes ?

— Des dépôts de protéines responsables de certaines maladies neurodégénératives.

Les mots claquent et martèlent mon esprit, mais je ne veux pas les entendre.

Clouseau enchaîne avec un autre document : une page remplie de chiffres.

— Cette concentration problématique en protéines amyloïdes est confirmée par l'analyse du liquide céphalorachidien prélevé lors de la ponction lombaire. Elle a également montré la présence de protéines Tau pathogènes, ce qui valide que vous souffrez d'une forme précoce de la maladie d'Alzheimer.

Le silence s'installe dans le bureau. Je suis abasourdie, sur la défensive, incapable de réfléchir.

— Mais, c'est impossible. J'ai… j'ai à peine trente-huit ans.

— C'est effectivement très rare, mais cela arrive.

— Non, vous vous trompez.

Je refuse ce diagnostic. Je sais qu'il n'y a pas de traitement efficace contre la maladie : pas de molécule miracle, pas de vaccin.

— Je comprends votre émotion, Alice. Pour l'instant, je vous conseille de ne pas réagir à chaud. Prenez le temps de la réflexion. Rien ne vous oblige pour le moment à changer votre façon de vivre…

— Je ne suis pas malade !

— C'est une nouvelle très difficile à entendre, Alice, reprend Clouseau d'une voix très douce. Mais vous êtes jeune et au début de la maladie. De nouvelles molécules sont actuellement à l'essai. Jusqu'à présent, faute de disposer de moyens efficaces de diagnostic, nous identifiions toujours les malades beaucoup trop tard. Tout cela est en train de changer et…

Je ne veux plus l'écouter. Je me lève d'un bond et quitte le bureau sans me retourner.

*

Hall. Batterie d'ascenseurs qui s'ouvrent sur le patio central. Dédale de béton. Parking. Vrombissement du moteur.

J'ai baissé toutes les vitres. Je conduis cheveux au vent, l'autoradio poussé à fond. La guitare de Johnny Winter sur *Further up on the Road*.

Je me sens bien. Vivante. Je ne vais pas mourir. J'ai la vie devant moi.

J'accélère, je double, je klaxonne. Quai de Grenelle, quai Branly, quai d'Orsay… Je ne suis pas malade. J'ai une mémoire solide. On me l'a toujours dit à l'école, pendant mes études, puis lors de mes enquêtes. Je n'oublie aucun visage, je remarque tous les détails, je suis capable de réciter presque par cœur des dizaines de pages rédigées par le procédurier. Je me souviens de tout. De tout !

Mon cerveau bouillonne, mouline, carbure à plein régime. Pour m'en convaincre, je me mets à réciter tout ce qui me passe par la tête :

> Six fois sept égale quarante-deux / Huit fois neuf égale soixante-douze / La capitale du Pakistan est Islamabad / Celle de Madagascar, Antananarivo / Staline est mort le 5 mars 1953 / Le mur de Berlin a été érigé dans la nuit du 12 au 13 août 1961.

Je me souviens de tout.

> Le parfum de ma grand-mère s'appelait *Soir de Paris*, il sentait la bergamote et le jasmin / *Apollo 11* s'est posé sur la Lune le 20 juillet 1969 / La petite amie de Tom Sawyer s'appelle Becky Thatcher / À midi, j'ai mangé chez Dessirier un tartare de daurade ; Seymour, un « fish and chic » ;

nous avons chacun repris un café et l'addition se montait à 79,83 euros.

Je me souviens de tout.

Même s'il n'est pas crédité, c'est Eric Clapton qui joue de la guitare dans la chanson *While My Guitar Gently Weeps*, sur l'Album blanc des Beatles / Il faut dire « je vous saurais gré » et pas « je vous serais gré » / Ce matin, j'ai mis de l'essence dans ma voiture à la station BP du boulevard Murat ; le sans-plomb 98 était à 1,684 euro ; j'en ai eu pour 67 euros / Dans *La Mort aux trousses*, Alfred Hitchcock apparaît juste après le générique du début ; la porte d'un bus se referme sur lui et le laisse sur le trottoir.

Je me souviens de tout.

Dans les romans de Conan Doyle, Sherlock Holmes ne dit jamais : « Élémentaire, mon cher Watson » / Le code de ma carte de paiement est 9728 / Son numéro est 0573 5233 3754 61 / Le cryptogramme est 793 / Le premier film de Stanley Kubrick n'est pas *Le Baiser du tueur*, mais *Fear and Desire* / En 1990, l'arbitre du match entre Benfica et l'Olympique de Marseille qui a accordé à Vata un but de la main s'appelait Marcel van Langenhove. Mon père en a pleuré /

La devise du Paraguay est le guarani / Celle du Botswana est le pula / La moto de mon grand-père était une Kawasaki H1 / À vingt ans, mon père conduisait une Renault 8 Gordini couleur « Bleu de France ».

Je me souviens de tout.

Le code de mon immeuble est le 6507B, le code de l'ascenseur est le 1321A / Mon prof de musique en 6e s'appelait M. Piguet. Il nous faisait jouer *She's a Rainbow*, des Stones, à la flûte à bec / J'ai acheté mes deux premiers CD en 1991, lorsque j'étais en 1re S : *Du ciment sous les plaines*, de Noir Désir, et les *Impromptus* de Schubert, chez Deutsche Grammophon interprétés par Krystian Zimerman / J'ai eu 16/20 au bac de philo. Le sujet de la dissert était « La passion fait-elle toujours obstacle à la connaissance de soi ? » / J'étais en terminale C3. Le jeudi, on avait cours pendant trois heures en salle 207 ; je m'asseyais au troisième rang à côté de Stéphane Muratore et à la fin de la journée, il me ramenait chez moi sur son scooter Peugeot ST qui peinait dans les montées.

Je me souviens de tout.

Belle du Seigneur compte 1109 pages en édition Folio / C'est Zbigniew Preisner qui a composé la musique de *La Double Vie de Véronique* / Lorsque j'étais étudiante, le numéro de chambre de ma résidence universitaire était le 308 / Le mardi, au Resto U, c'était le jour des lasagnes / Dans *La Femme d'à côté*, le personnage joué par Fanny Ardant s'appelle Mathilde Bauchard / Je me souviens des frissons que je ressentais lorsque j'écoutais en boucle sur mon premier iPod *That's My People*, le morceau dans lequel NTM sample un prélude de Chopin / Je me souviens où j'étais le 11 septembre 2001 : dans une chambre d'hôtel, en vacances à Madrid, avec un amant plus âgé. Un commissaire marié qui ressemblait à mon père. L'effondrement des tours jumelles dans cette ambiance glauque / Je me souviens de cette époque compliquée, de ces hommes toxiques que je détestais. Avant que je comprenne qu'il faut un peu s'aimer avant de pouvoir aimer les autres…

*

Je m'engage sur le pont des Invalides, attrape l'avenue Franklin-Roosevelt et prends la rampe qui descend au parking souterrain. À pied, je rejoins les filles jusqu'au Motor Village du Rond-Point des Champs-Élysées.

— Hello, Alice !

Elles sont attablées à la terrasse du Fiat Caffe et grignotent des stuzzichini. Je m'assois avec elles et commande un spritz au champagne que j'avale presque d'un trait. On refait le monde, on rigole, on échange les derniers potins, nos problèmes de mecs, de fringues, de boulot. On commande une tournée de Pink Martini et on trinque à notre amitié. Puis on bouge, on essaie plusieurs établissements : le Moonlight, le Treizième Étage, le Londonderry. Je danse, laisse les hommes m'approcher, me brancher, me toucher. Je ne suis pas malade. Je suis bandante.

Je ne vais pas mourir. Je ne vais pas m'étioler. Je ne veux pas être une femme décousue. Je ne vais pas me flétrir comme une fleur coupée trop tôt. Je bois : Bacardi Mojito, champagne violette, Bombay tonic… Je ne vais pas finir le cerveau en miettes, en insultant des aides-soignantes et en bouffant de la compote les yeux dans le vague.

Tout tourne autour de moi. Je suis gentiment éméchée, gaie. Ivre de liberté. Le temps défile. Il est plus de minuit. J'embrasse les filles et je repars vers le parking souterrain. Troisième sous-sol. Éclairage de morgue. Odeur de pisse. Mes talons claquent sur le béton. Nausée, malaise. Je titube. En quelques secondes, mon ébriété s'est teintée de tristesse. Je me sens oppressée, vaseuse. J'ai une boule dans la gorge et tout remonte à la surface : l'image de mon cerveau attaqué par les plaques séniles, la peur du grand naufrage. Un néon bien fatigué clignote et grésille comme un grillon. Je sors mon porte-clés, actionne l'ouverture automatique de ma voiture et m'écroule sur le volant. Les larmes me montent aux yeux. Un bruit... Il y a quelqu'un sur le siège arrière ! Je me relève brusquement. L'ombre d'un visage émerge de l'ombre.

— Putain, Seymour, tu m'as fait peur !

— Bonsoir, Alice.

— Qu'est-ce que tu fous là ?

— J'attendais que tu sois seule. J'ai reçu un appel de Clouseau et je m'inquiétais pour toi.

— Et le secret médical, bordel ?

— Il n'a rien eu besoin de me dire : ça fait trois mois que ton père et moi redoutons cet instant.

J'allume le plafonnier pour mieux le regarder. Lui aussi a des larmes plein les yeux, mais il les essuie avec sa manche et s'éclaircit la voix.

— C'est à toi qu'appartient la décision, Alice, mais je pense qu'il faut agir très vite. C'est ce que tu m'as appris dans le boulot : ne jamais remettre à demain, prendre le taureau par les cornes et ne plus le lâcher. C'est pour ça que tu es la meilleure flic : parce que tu ne t'économises pas, parce que tu es toujours la première à monter au front et parce que tu as toujours un coup d'avance.

Je renifle.

— Personne ne peut avoir un coup d'avance sur l'Alzheimer.

Dans le rétroviseur, je le vois ouvrir une pochette en carton. Il en sort un billet d'avion et une brochure dont la couverture est illustrée par une grande et haute bâtisse construite au bord d'un lac.

— C'est ma mère qui m'a parlé de cet établissement, dans le Maine, le Sebago Cottage Hospital.

— Qu'est-ce que ta mère vient faire là-dedans ?

— Comme tu le sais, elle souffre de la maladie de Parkinson. Il y a encore deux ans, elle tremblait énormément, et sa vie était un enfer. Un jour, son médecin lui a proposé un nouveau traitement : on lui a implanté deux fines électrodes dans le cerveau reliées à un boîtier de stimulation implanté sous la clavicule. Un peu comme un pacemaker.

— Tu m'as déjà raconté tout ça, Seymour, et tu as reconnu toi-même que les impulsions électriques n'empêchaient pas la maladie d'évoluer.

— Peut-être, mais elles en ont supprimé les symptômes les plus gênants et aujourd'hui elle va beaucoup mieux.

— L'Alzheimer n'a rien à voir avec Parkinson.

— Je sais, dit-il en me tendant la brochure, mais regarde cet établissement : ils utilisent la stimulation cérébrale profonde pour lutter contre les symptômes de l'Alzheimer. Leurs premiers résultats sont encourageants. Ça n'a pas été facile, mais je t'ai trouvé une place dans leur programme. J'ai tout payé, mais il faut que tu partes demain. Je t'ai réservé un billet d'avion pour Boston.

Je secoue la tête.

— Garde ton argent, Seymour. C'est du vent, tout ça. Je vais crever, point final.

— Tu as la nuit pour réfléchir, insiste-t-il. En attendant, je vais te ramener à la maison. Tu n'es pas en état de conduire.

Trop épuisée pour le contredire, je me glisse sur le siège passager et lui abandonne le volant.

Il est minuit dix-sept lorsque la caméra de surveillance du parking nous filme en train de quitter les lieux.

24

Le chapitre zéro

Là où croît le danger croît aussi ce qui sauve.

Friedrich HÖLDERLIN

TriBeCa
4 h 50 du matin
Trois heures avant la première rencontre entre Alice et Gabriel

La sonnerie du téléphone de la chambre 308 du Greenwich Hotel retentit six fois dans le vide avant que l'on décroche le combiné.

— Allô… répondit une voix pâteuse émergeant d'un profond sommeil.

— La réception, monsieur Keyne. Je suis sincèrement confus de vous déranger, mais j'ai un appel pour vous : un certain Thomas Krieg, qui demande à vous parler…

— En pleine nuit ? Mais quelle heure est-il, bon sang ?

— Bientôt 5 heures, monsieur. Il m'a dit que c'était très urgent.

— OK, passez-le-moi.

Gabriel se redressa sur l'oreiller puis s'assit au bord du lit. La chambre était plongée dans le noir, mais la lumière émise par le radio-réveil laissait deviner le désordre de la pièce. La moquette était jonchée de mignonnettes d'alcool et de vêtements jetés à même le sol. La femme endormie à côté de lui ne s'était pas réveillée. Il eut besoin de quelques secondes pour se rappeler son nom : Elena Sabatini, une de ses confrères de Floride, qu'il avait rencontrée la veille au *lounge* de l'hôtel. Après quelques Martini, il l'avait convaincue de monter dans sa chambre et ils avaient fait plus ample connaissance en vidant le minibar.

Gabriel se frotta les paupières et soupira. Depuis que son épouse l'avait quitté, il détestait ce qu'il était devenu : une âme errante, un fantôme à la dérive que plus rien ne freinait dans sa chute. *Rien n'est plus tragique que de rencontrer un individu à bout de souffle, perdu dans le labyrinthe de la vie* : la phrase de Martin Luther King lui vint immédiatement à l'esprit. Elle lui allait comme un gant.

— Gabriel ? Allô, Gabriel ! criait la voix à l'autre bout du fil.

Le combiné collé à l'oreille, Keyne quitta son lit et referma la porte coulissante qui séparait la chambre du petit salon attenant.

— Bonjour, Thomas.

— J'ai essayé de t'appeler sur ton fixe à Astoria, puis sur ton portable, mais tu ne répondais pas.

— La batterie doit être à plat. Comment m'as-tu trouvé ?

— Je me suis souvenu que c'était la semaine du congrès annuel de l'Association américaine de psychiatrie. J'ai appelé leur secrétariat et ils m'ont dit qu'ils t'avaient réservé une chambre au Greenwich.

— Qu'est-ce que tu veux ?

— Il paraît que tu as été très applaudi après ta conférence d'hier sur la dimension psychiatrique de la maladie d'Alzheimer…

— Laisse tomber les compliments, tu veux bien ?

— Tu as raison, allons droit au but : je voudrais ton avis sur une patiente.

— À 5 heures du matin ? Thomas, je te rappelle qu'on n'est plus associés !

— Et c'est dommage : on formait une bonne équipe, tous les deux. La complémentarité parfaite du psychiatre et du neurologue.

— Oui, mais c'est fini tout ça : je t'ai revendu mes parts de la clinique.

— La plus grande connerie de ta vie…

Gabriel s'énerva.

— On ne va pas encore avoir cette discussion ! Tu sais très bien quelles étaient mes raisons !

— Oui : emménager à Londres pour obtenir la garde partagée de ton fils. Et tu y as gagné quoi ? Une mesure judiciaire d'éloignement qui t'a forcé à revenir aux États-Unis.

Gabriel sentit ses yeux s'embuer. Il se massa les tempes tandis que son ami revenait à la charge.

— Tu veux bien jeter un coup d'œil à mon dossier ? S'il te plaît… Un alzheimer précoce. Le cas va te passionner ! Je te l'envoie par mail et je te rappelle dans vingt minutes.

— Hors de question. Je vais me recoucher. Et ne m'appelle plus, s'il te plaît, dit-il fermement avant de raccrocher.

La baie vitrée, comme un miroir, lui renvoya l'image d'un homme fatigué, mal rasé et déprimé. Sur la moquette, au pied du canapé, il retrouva son smartphone – *batterie à plat* – et le brancha sur le secteur. Il se rendit dans la salle de bains, passa dix minutes sous la douche pour sortir de sa léthargie. En peignoir, il regagna le salon. Grâce à la machine à capsules posée sur une commode, il se prépara un double expresso, qu'il dégusta en regardant les eaux de l'Hudson briller aux premières lueurs du jour. Dans la foulée, il se fit un autre café et alluma son ordinateur portable. Comme prévu, un mail de Thomas l'attendait dans sa boîte de réception.

Que ce mec est têtu !...

Le neurologue lui avait fait parvenir le dossier de sa patiente. Krieg savait que Gabriel ne résisterait pas à la curiosité de le consulter et, sur ce point, il avait raison.

Gabriel ouvrit le fichier PDF et en parcourut les premières pages en diagonale. Le profil inhabituel de la patiente retint effectivement son attention : Alice Schäfer, trente-huit ans, une jolie Française aux traits harmonieux et au visage clair, encadrés de mèches blondes qui s'échappaient d'un chignon. Il s'arrêta quelques secondes sur la photo et leurs yeux se croisèrent. Des iris clairs, un regard à la fois intense et fragile, un air mystérieux, indéchiffrable. Il soupira. Cette saloperie de maladie faisait des ravages chez des gens de plus en plus jeunes.

Gabriel joua sur le pavé tactile pour faire défiler le dossier. D'abord, des dizaines de pages de résultats d'examens et des clichés cervicaux – IRM, PET scan, ponction lombaire – qui aboutissaient à un diagnostic sans appel établi par le Pr Évariste Clouseau. Même s'il ne l'avait jamais rencontré, Gabriel connaissait le neurologue français de réputation. Une sommité dans son domaine.

La deuxième partie du dossier débutait par le

formulaire d'admission d'Alice Schäfer au Sebago Cottage Hospital, la clinique spécialisée dans les troubles de la mémoire qu'il avait fondée avec Thomas et deux autres associés. Un centre de recherche de pointe dans la maladie d'Alzheimer. La jeune femme y avait été admise six jours plus tôt, le 9 octobre, pour y subir un traitement par stimulation cérébrale profonde, la « spécialité » de la clinique. Le 11, on lui avait implanté le boîtier du neurostimulateur chargé de délivrer une stimulation électrique constante de quelques volts, que les patients appelaient le « pacemaker cérébral ». Puis, plus rien.

Étrange.

Selon le protocole, l'implantation des trois électrodes aurait dû être effectuée le lendemain. Sans cela, le pacemaker était inutile. Gabriel terminait sa dernière gorgée de café lorsque son smartphone vibra sur le bureau.

— Tu as lu le dossier ? demanda Thomas.

— Je suis en train. Qu'est-ce que tu attends de moi, au juste ?

— Un coup de main, car je suis vraiment dans la merde. Cette fille, Alice Schäfer, elle s'est échappée hier soir de la clinique.

— Échappée ?

— Elle est flic, elle sait y faire. Elle a quitté sa chambre sans prévenir personne. Elle a réussi à embobiner les infirmiers et a même blessé Caleb Dunn, qui cherchait à l'arrêter.

— Dunn ? Le gardien ?

— Oui. Ce con a sorti son arme. Il s'est battu avec la fille en essayant de lui passer les menottes et c'est elle qui a pris le dessus. Apparemment, le coup est parti tout seul, mais elle s'est tirée en emportant son flingue et ses menottes.

— Il est gravement touché ?

— Non, la balle s'est logée dans le gras de la cuisse. Il est hospitalisé chez nous et il est prêt à ne pas prévenir les flics à condition qu'on lui file 100 000 dollars.

— Tu es en train de me dire qu'une de tes malades s'est fait la malle avec une arme en blessant un agent de sécurité et que tu n'as pas prévenu la police ? Tu es irresponsable, mon vieux, et tu vas finir en taule !

— Prévenir les flics, c'est mettre la justice et les journalistes au courant. On risque de se voir retirer toutes nos accréditations, ce qui reviendrait à fermer la clinique. Je ne vais pas renoncer à l'œuvre d'une vie à cause de cet abruti de gardien. C'est pour ça que j'ai besoin de toi, Gabriel : je voudrais que tu me la ramènes.

— Pourquoi moi ? Et comment voudrais-tu que je fasse ?

— J'ai mené mon enquête. Alice Schäfer est à New York et tu y es aussi. Elle s'est rendue en taxi à Portland à 9 heures du soir. De là, elle a pris un train, puis un bus jusqu'à Manhattan. Elle est arrivée à la gare routière ce matin à 5 h 20.

— Puisque tu sais où elle est, pourquoi ne viens-tu pas la chercher toi-même ?

— Je ne peux pas quitter l'hôpital en pleine crise. Agatha, mon assistante, est dans un avion. Elle sera à Manhattan dans deux heures, mais je voudrais vraiment que ce soit toi qui te charges de ça. Tu as un véritable don pour raisonner les gens. Tu as un truc, une empathie, un peu comme un acteur qui…

— C'est bon, ne recommence pas avec tes compliments. Comment es-tu certain qu'elle est toujours à New York ?

— Grâce au récepteur GSM que l'on implante dans la semelle des patients. Je l'ai localisée sur notre application. Elle est au beau milieu de Central Park, dans un endroit boisé qu'on appelle le Ramble. Apparemment, elle n'a plus bougé depuis une demi-heure. Donc, soit elle est morte, soit elle dort, soit elle a balancé ses godasses. Bon sang, Gabriel ! Va juste faire un tour, je te le demande en tant qu'ami. Il faut qu'on la retrouve avant la police !

Keyne prit quelques secondes pour réfléchir.

— Gabriel ? Tu es encore là... ? s'inquiéta Thomas.

— Dis-m'en davantage sur elle. J'ai vu qu'il y a quatre jours tu lui as implanté un générateur sous-cutané.

— Oui, confirma Krieg. Le dernier modèle en date : complètement miniaturisé, à peine plus grand qu'une carte SIM. Tu verrais ça, c'est impressionnant.

— Pourquoi ne pas avoir procédé à la deuxième partie de l'intervention et installé les électrodes ?

— Parce que, du jour au lendemain, elle a complètement pété les plombs ! Elle était en totale dénégation de la réalité. Si tu ajoutes à ça l'amnésie...

— C'est-à-dire ?

— Schäfer souffre d'une sorte d'amnésie antérograde reposant sur le déni de sa maladie. Son esprit fait l'impasse sur tous les faits postérieurs à l'annonce de son Alzheimer.

— Elle ne stocke plus de nouveaux souvenirs ?

— Plus aucun depuis une soirée arrosée qui a eu lieu il y a une semaine, juste après que Clouseau lui a annoncé le diagnostic. Chaque matin, à son réveil, sa mémoire se réinitialise. Elle ne sait pas qu'elle est malade et croit que, la veille, elle faisait la fête sur les Champs-Élysées. Elle a aussi oublié qu'elle était en arrêt maladie depuis trois mois.

Gabriel relativisa.

— On sait que le déni et la disparition de la mémoire à rebours font partie des caractéristiques de la maladie…

— Sauf que cette fille n'a pas l'air malade du tout. Elle est agile intellectuellement, et c'est un sacré caractère.

Gabriel poussa un long soupir de résignation. Personne ne savait mieux que Krieg piquer sa curiosité. Et, à l'évidence, le cas de cette fille était une énigme.

— Bon, d'accord, je vais aller voir si je la trouve…

— Merci, vieux ! Tu me sauves ! s'emballa Thomas.

— Mais je ne te promets rien ! précisa Keyne.

— Tu vas y arriver, j'en suis certain ! Je t'envoie les coordonnées exactes sur ton portable. Appelle-moi dès que tu as du nouveau.

Gabriel raccrocha avec la désagréable sensation de s'être fait avoir. Depuis son retour à New York, il avait créé à Astoria sa propre structure médicale spécialisée dans les interventions d'urgences psychiatriques à domicile. Il envoya un SMS à sa secrétaire pour lui demander de faire appel à son remplaçant afin d'assurer les gardes de la matinée.

Puis il enfila en vitesse ses vêtements de la veille

– jean sombre, chemise bleu clair, veste noire, trench-coat mastic, paire de Converse – avant d'ouvrir la porte de la penderie dans laquelle il avait laissé sa trousse médicale. Il glissa une seringue d'un puissant anesthésiant dans une trousse en cuir. Après tout, cette fille était armée, donc potentiellement dangereuse. Il rangea la pochette dans son attaché-case et quitta la chambre.

En arrivant à la réception, il demanda au portier de lui appeler un taxi, puis se rendit compte qu'il avait laissé dans la chambre le boîtier radio qui commandait la sécurité de sa mallette. S'il s'éloignait de plus de vingt-cinq mètres du récepteur, une alarme et une décharge électrique étaient programmées pour se déclencher automatiquement.

Comme son taxi arrivait, il décida de ne pas remonter dans sa chambre pour ne pas perdre de temps et confia la valise à la consigne de l'hôtel.

En échange, l'employé lui remit la souche d'un ticket de consigne qui portait le numéro 127.

En filigrane, les deux lettres G et H entremêlées formaient un logo discret.

25

Juste avant

(...) et au premier battement de ses paupières, je l'ai connue. C'était elle, l'inattendue et l'attendue (...)

Albert COHEN

Manhattan
7 h 15 du matin
Trois quarts d'heure avant la première rencontre entre Alice et Gabriel

Des notes de jazz pétillaient dans l'habitacle du taxi.

Il ne fallut que quelques secondes à Gabriel pour reconnaître l'enregistrement mythique : Bill Evans interprétant *All of You*, de Cole Porter, au Village Vanguard en 1961. Bien qu'il soit incapable de jouer du moindre instrument, le psychiatre adorait le jazz et écumait les salles de concert, tour à tour curieux d'un nouveau son ou cherchant au contraire à retrouver les émotions qu'il avait éprouvées lorsque, étudiant, il avait découvert cette musique dans les clubs de Chicago.

À cause des travaux sur Harrison, le taxi louvoya pour rejoindre Hudson Street. À l'arrière de la voiture, Gabriel poursuivait la lecture du dossier d'Alice Schäfer sur l'écran de son téléphone portable. Rédigée par un psychologue de la clinique, la dernière partie du document consistait en une longue notice biographique complétée par des articles tirés de quotidiens et d'hebdomadaires français dont on avait réalisé une traduction sommaire. Tous les papiers évoquaient le tueur en série Erik Vaughn, qui avait terrorisé la capitale française au cours de l'année 2011. Une affaire dont Gabriel n'avait jamais entendu parler. La taille de l'écran du smartphone et les cahotements de la voiture ne facilitaient pas la lecture. En parcourant les premières coupures de presse, Gabriel pensa qu'il s'agissait d'une enquête sur laquelle Alice avait travaillé et il eut l'impression d'être dans l'un de ces thrillers qu'il lui arrivait d'engloutir lorsqu'il prenait le train ou l'avion.

Puis il tomba sur les quatre pages de *Paris Match* qui évoquaient le drame d'Alice : la jeune flic avait bien traqué le tueur, mais elle était aussi l'une de ses *victimes*. Ce qu'il lut lui fit froid dans le dos : Vaughn l'avait pour ainsi dire éventrée, transperçant son bébé de plusieurs coups de lame et l'abandonnant mourante dans une mare de sang. Comble du malheur : son mari avait eu un accident de voiture fatal en la rejoignant à l'hôpital.

Sous le choc, Gabriel eut la nausée. Pendant un moment, il crut qu'il allait vomir les deux tasses de café qu'il avait dans le ventre. Tandis que la voiture filait sur la Huitième Avenue, il resta plusieurs minutes, immobile, le nez collé à la fenêtre. Comment le destin pouvait-il s'acharner à ce point sur cette femme ? Après ce qu'elle avait déjà enduré, comment pouvait-on encore lui infliger une maladie comme l'Alzheimer alors qu'elle n'avait que trente-huit ans ?

*

Le jour commençait à se lever et les premiers rayons du soleil perçaient la forêt de gratte-ciel. Le taxi remonta Central Park West et déposa Gabriel au croisement de la 72e Rue, juste au niveau de l'entrée ouest du parc.

Le psychiatre tendit un billet au chauffeur et claqua la portière. L'air était frais, mais le ciel, pur et sans nuages, laissait espérer une belle journée d'automne. Il regarda autour de lui. La circulation commençait à être dense. Sur l'avenue, les chariots de bretzels et de hot dogs étaient déjà en place. En face du Dakota, un vendeur à la sauvette installait sur le trottoir ses affiches, ses tee-shirts et ses gadgets à l'effigie de John Lennon.

Gabriel pénétra dans le parc où régnait une ambiance champêtre. Il dépassa le jardin en triangle des Strawberry Fields et descendit le chemin qui longeait le plan d'eau jusqu'au dôme en granit de la fontaine de Cherry Hill. La lumière était belle, l'air vif et sec, et l'endroit déjà très animé : joggers, skateurs, cyclistes, promeneurs de chiens se croisaient dans une sorte de ballet improvisé mais harmonieux.

Gabriel sentit son téléphone vibrer dans la poche de son imper. Un SMS de Thomas contenant une capture d'écran : un plan qui indiquait la localisation précise d'Alice Schäfer. Aux dernières nouvelles, la jeune femme était toujours quelque part de l'autre côté du pont qui traversait le lac.

Gabriel se repéra facilement : dans son dos, les silhouettes des tours jumelles du San Remo ; plus loin devant lui, la Terrace et la Bethesda Fountain ; puis, à sa gauche, la passerelle en fonte du Bow Bridge orné de délicates arabesques. Il s'engagea sur le long pont couleur crème qui enjambait l'un des bras de l'étang et s'enfonça dans le Ramble.

Le psychiatre n'avait jamais mis les pieds dans la partie la plus sauvage de Central Park. Peu à peu, les bosquets et les arbustes laissèrent la place à une véritable forêt : des ormes, des chênes, un tapis de mousse et de feuilles séchées, de hauts rochers. Il avançait en gardant les yeux rivés sur son téléphone pour ne pas s'égarer. Il avait peine à croire qu'une véritable forêt puisse s'étendre à quelques centaines de mètres seulement d'une zone aussi fréquentée. Plus la végétation se densifiait, plus la rumeur de la ville se dissipait, jusqu'à disparaître. Bientôt, il n'y eut que les piaillements des oiseaux et le bruissement des feuillages.

Gabriel souffla dans ses mains pour les réchauffer et regarda une nouvelle fois son écran. Il pensait s'être perdu lorsqu'il arriva dans une clairière sauvage.

C'était un endroit hors du temps, préservé de tout et protégé par le dôme doré que formait le feuillage d'un orme gigantesque. La lumière avait quelque chose d'irréel, comme si des papillons aux ailes de lumière virevoltaient dans le ciel. Balayées par un vent léger, des feuilles rousses voltigeaient dans l'air. Un parfum de terre mouillée et de feuilles en décomposition flottait dans l'atmosphère.

Au centre de la clairière, une femme dormait, allongée sur un banc.

*

Gabriel s'approcha prudemment. C'était bien Alice Schäfer, recroquevillée en chien de fusil, protégée par un blouson de cuir, les jambes serrées dans un jean. Tachés d'hémoglobine coagulée, les pans d'un chemisier dépassaient du blouson. Gabriel s'alarma, il crut qu'elle s'était blessée. Mais, après avoir examiné le vêtement, il devina que ce sang devait être celui de Caleb Dunn, le gardien de la clinique. Il se pencha jusqu'à frôler les cheveux de la jeune Française, écouta le bruit de sa respiration et resta un instant à regarder les mille nuances des reflets d'or de son chignon, son visage fragile et diaphane, ses lèvres sèches, rose pâle, d'où sortait un souffle chaud.

Un trouble inattendu monta en lui, puis un feu déstabilisant s'alluma dans tout son être. La fragilité de cette femme, la solitude qui émanait de ce corps abandonné résonna en lui comme un douloureux écho. Il n'avait fallu que deux secondes, un simple regard posé sur elle, pour que sonnent les trois coups du destin et que, happé par une force irrationnelle, il sache qu'il allait tout faire pour aider Alice Schäfer.

Le temps était compté. Le plus délicatement possible, il fouilla les poches du blouson de la jeune femme, trouva son portefeuille, une paire de menottes, l'arme de Caleb Dunn. Il laissa le calibre à sa place, mais s'empara des menottes et du portefeuille. En examinant son contenu, il trouva la carte de flic de Schäfer, une photo d'un homme blond aux cheveux bouclés et le cliché d'une échographie.

Et maintenant ?

Son cerveau phosphorait. Les bases d'un scénario insensé se mettaient en place dans son esprit. Une trame qui avait commencé à s'écrire toute seule dans le taxi, en écoutant le pianiste de jazz à la radio, en lisant les articles sur Vaughn, le tueur en série, en repensant à ce que lui avait dit Thomas sur l'amnésie antérograde d'Alice et le déni de sa maladie.

> *« Chaque matin, à son réveil, sa mémoire se réinitialise de façon étrange. Elle ne sait pas qu'elle est malade et croit que la veille, elle faisait la fête sur les Champs-Élysées. »*

À son tour, il vida ses poches pour faire l'inventaire de ce qu'il possédait : son portefeuille, son portable, un stylo-bille laqué, son couteau suisse, le ticket de consigne de sa mallette qu'on lui avait remis lorsqu'il avait quitté l'hôtel.

Il fallait qu'il improvise avec ça. Le temps se

dilata. Les éléments du puzzle s'assemblaient dans sa tête à une vitesse stupéfiante. Comme frappé par la grâce, il sut en quelques secondes quel plan il devait suivre.

Sur son téléphone, il vérifia le numéro du Greenwich Hotel et avec son stylo il le recopia dans la paume d'Alice, en priant pour qu'elle ne se réveille pas.

Puis il quitta quelques instants la clairière. À une cinquantaine de mètres plus au nord, il découvrit un petit étang traversé d'un minuscule pont en bois rustique et entouré d'arbustes aux troncs courts et pleureurs.

À en juger par les nombreuses mangeoires accrochées aux branches des arbres, l'endroit – calme et silencieux à cette heure – devait être une sorte de point d'observation créé par les ornithologues du parc.

Gabriel retira son trench-coat et déchira l'intérieur de la doublure pour en découper une lanière longue et fine qui pouvait faire penser à une bande de gaze de couleur claire. Il ôta sa veste, remonta la manche de sa chemise et, avec la lame de son couteau suisse, entreprit de graver sur son avant-bras une suite de six chiffres – 141197 – correspondant à la combinaison des deux serrures de sa mallette. Il grimaça de douleur en sentant la lame s'enfoncer dans sa peau et entailler son épiderme. Si un garde forestier débarquait maintenant, il serait bien en peine de lui expliquer à quoi il jouait.

Il enroula son bras ensanglanté avec le bandage artisanal pour s'en faire un pansement. Il rabaissa la manche de sa chemise, enfila sa veste et fit un balluchon avec son imperméable dans lequel il glissa son portefeuille ainsi que celui d'Alice, son couteau suisse, sa montre et son stylo.

Puis il se décida à appeler Thomas.

— Dis-moi que tu l'as retrouvée et qu'elle est vivante ! supplia son ami.

— Oui, elle s'est endormie sur un banc au milieu de la zone forestière.

— Tu as essayé de la réveiller ?

— Pas encore, mais il va falloir le faire avant que quelqu'un se pointe.

— Tu as récupéré le flingue de Dunn ?

— Pas pour l'instant.

— Qu'est-ce que tu attends ?

— Écoute, je veux bien essayer de la ramener à la clinique, mais en douceur, à ma façon et en suivant mes règles.

— Comme tu voudras, concéda Krieg.

Gabriel plissa les yeux et se gratta la tête.

— À ton avis, qui va-t-elle chercher à contacter lorsqu'elle se réveillera ?

— Sans doute son ami et collègue Seymour Lombart. C'est lui qui lui a recommandé notre clinique et qui a payé son traitement.

— Il faut que tu préviennes ce type. Quoi qu'elle puisse lui raconter, demande-lui de ne pas lui parler de sa maladie. Dis-lui de gagner du temps et de suivre les instructions qu'on lui donnera au fur et à mesure.

— Tu es sûr de ton coup, là ? Parce que…

— Je ne suis sûr de rien, mais si tu n'es pas content, viens la chercher toi-même.

À l'autre bout du fil, Krieg n'eut pour seule réponse qu'un profond soupir.

— Autre chose : Agatha est arrivée à New York ?

— Elle m'a appelé il y a deux minutes. Elle vient d'atterrir à JFK.

— Dis-lui de venir immédiatement à Central Park. Au nord du Ramble, elle trouvera un petit étang entouré d'azalées. Près d'un pont rustique en rondins, il y a des arbres avec des mangeoires en bois pour les oiseaux. Dans la plus grande d'entre elles, je vais laisser toutes mes affaires ainsi que les effets personnels de Schäfer. Demande à Agatha de les récupérer avant que quelqu'un d'autre ne les trouve. Dis-lui aussi de se tenir prête à m'aider si je lui téléphone.

— Je la préviens tout de suite, assura Thomas Krieg. On se rappelle quand ?

— Lorsque je le pourrai. Inutile d'essayer de me joindre sur mon portable, je vais devoir m'en débarrasser.

— Bon, bonne chance, vieux.

— Une dernière question : Alice Schäfer, elle a un mec ?

— Pas à ma connaissance.

— Et ce type, là, Seymour ?

— J'ai cru comprendre qu'il était gay. Pourquoi tu me demandes ça ?

— Pour rien.

*

Gabriel raccrocha et glissa le portable dans le ballot confectionné avec son imperméable, qu'il enfonça profondément dans la plus volumineuse mangeoire qu'il put trouver.

Il regagna la clairière pour constater avec soulagement qu'Alice n'avait pas bougé.

Là, il régla les derniers détails. Il sortit de sa poche le ticket de consigne de sa mallette et le fourra dans la poche briquet du jean d'Alice. Puis il se pencha sur l'avant-bras de la jeune femme et, très délicatement, fit jouer le bouton-poussoir de la montre d'homme qu'elle portait au poignet, trafiquant la date pour la régler exactement une semaine plus tôt. Sur le cadran de la Patek, le calendrier perpétuel indiquait désormais « mardi 8 octobre » au lieu du 15.

Enfin, il passa l'un des bracelets des menottes au poignet droit d'Alice et referma sur son poignet gauche l'autre mâchoire d'acier.

À présent, ils étaient inséparables. Enchaînés pour le meilleur et pour le pire.

Il jeta la clé le plus loin possible dans les broussailles.

Puis il se coucha à son tour sur le banc, fermant les yeux, se laissant doucement tomber contre le flanc de la jeune femme.

Le poids du corps masculin sembla tirer Alice de son sommeil.

Il était 8 heures du matin.

L'aventure pouvait commencer.

26

Les miroirs

On ne devrait pas davantage laisser les miroirs accrochés aux murs qu'on ne laisse traîner son carnet de chèques ou des lettres avouant d'odieux forfaits.

Virginia WOOLF

J'ouvre les yeux.

Je reconnais la chambre : blanche, minérale, intemporelle. Un sol en pierre de lave, des murs immaculés, une armoire et un petit bureau en bois peint. Des volets intérieurs à larges lames qui distillent une lumière rasante. Une décoration qui rappelle davantage le confort d'un hôtel que l'ascétisme d'une chambre d'hôpital.

Je sais parfaitement où je suis : chambre 06, Sebago Cottage Hospital, près de Portland, dans le Maine. Et pourquoi j'y suis.

Je me redresse sur l'oreiller. J'ai l'impression de me trouver dans un *no man's land* sensoriel, telle une étoile morte, éteinte depuis longtemps, mais émettant encore de la lumière. Peu à peu, pourtant, je retrouve toute ma conscience. Mon corps est reposé, mon esprit s'est délesté d'un poids, comme après une longue plongée cauchemardesque qui m'aurait fait traverser les palais de la Nuit, des Songes et du Sommeil, combattre le Cerbère et terrasser les Furies avant de remonter à la surface.

Je me lève, fais quelques pas pieds nus jusqu'à la baie vitrée et ouvre la fenêtre. La bouffée d'air glacé qui s'engouffre dans la pièce me régénère. Le panorama qui s'offre à mes yeux est à couper le souffle. Entouré d'une forêt de sapins aux versants raides, le lac Sebago étend ses eaux cobalt sur des kilomètres. Un véritable écrin d'azur au milieu des conifères. Une roche immense en forme de château fort culmine au-dessus des flots sur lesquels s'avance une jetée en rondins.

— Bonjour, mademoiselle Schäfer.

Surprise, je me retourne brusquement. Assise dans un coin de la pièce, une infirmière d'origine asiatique m'observe en silence depuis plusieurs minutes sans que je l'aie remarquée.

— J'espère que vous vous sentez bien. Le docteur Keyne vous attend près du lac.

— Le docteur Keyne ?

— Il m'a demandé de vous signaler sa présence dès votre réveil.

Elle s'approche de la fenêtre et désigne un point à l'horizon. Je plisse les yeux pour apercevoir Gabriel, les mains plongées dans le capot ouvert de la Shelby. De loin, il m'adresse un signe de la main, comme une invitation à le rejoindre. Dans le placard, je retrouve la valise que j'ai emportée avec moi. J'enfile un jean, un pull chiné, un blouson, une paire de grosses chaussures et je sors par la baie vitrée.

*

Je me laisse porter, hypnotisée par le bleu profond de la surface du lac.

À présent, tout est clair dans ma tête. Les souvenirs sont ordonnés, rangés dans les classeurs de ma mémoire. D'abord, le diagnostic alarmant de Clouseau, l'évocation par Seymour de l'existence du Sebago Cottage Hospital, ses démarches pour me faire admettre dans l'institution, mon départ pour les États-Unis, mes premiers jours à la clinique, l'implantation d'un pacemaker cérébral suivi d'une crise de panique, le déni puissant de ma maladie, mon évasion de l'hôpital, ma lutte avec le gardien, ma fuite vers New York jusqu'à ce banc de Central Park…

Puis cette rencontre insolite avec ce drôle de type, Gabriel Keyne, qui m'a accompagnée sur le chemin escarpé de cette journée insensée. Un jeu de pistes au cours duquel mes terreurs les plus profondes ont refait surface : le spectre d'Erik Vaughn, la perte de mon bébé, le traumatisme de la mort de Paul, mes doutes sur la loyauté de mon père et de Seymour. Et, toujours, le refus d'admettre mon état de santé, jusqu'à me persuader de m'être réveillée le matin du 8 octobre, alors que nous étions une semaine plus tard.

— Bonjour, Alice, j'espère que vous avez bien dormi, me lance Keyne, en refermant le capot de la voiture.

Il porte un pantalon cargo à poches multiples, un gros ceinturon, un cardigan en maille côtelée. Sa barbe est drue, ses cheveux en bataille, ses yeux cernés et brillants. Les traces de cambouis qui marquent son visage comme des peintures indiennes le font davantage ressembler à un garagiste qu'à un médecin.

Alors que je reste silencieuse, il tente d'engager la conversation.

— Je suis désolé pour la seringue d'anesthésique plantée dans votre cou. C'était le seul moyen de vous faire rejoindre les bras de Morphée.

Il attrape la cigarette coincée derrière son oreille et l'allume avec un vieux briquet-tempête. Je sais désormais que cet homme n'est pas Vaughn. Mais qui est-il vraiment ? Comme s'il lisait dans mes pensées, il me tend une main luisante de cambouis et de graisse.

— Gabriel Keyne, psychiatre, se présente-t-il de façon formelle.

Je refuse de le saluer.

— Jazzman, magicien, agent spécial du FBI, psychiatre… Vous êtes le roi des mythos, oui.

Il esquisse un sourire grimaçant.

— Je comprends que vous soyez en colère contre moi, Alice. Pardon d'avoir abusé de votre crédulité, mais, cette fois, je vous le promets, je ne vous mens pas.

Comme souvent, je sens que la flic en moi reprend le dessus et je le bombarde de questions. J'apprends que c'est son ancien associé, Thomas Krieg, le directeur de la clinique, qui lui a demandé de me retrouver à New York et de me ramener ici.

— Mais pourquoi avoir prétendu être pianiste de jazz ? Pourquoi Dublin ? Pourquoi les menottes, le ticket de consigne et les inscriptions sur ma main ? Pourquoi tout ce bordel ?

Il exhale une longue volute de fumée.

— Tout ça participait d'un scénario écrit dans l'urgence.

— Un scénario ?

— La mise en scène d'une sorte de jeu de rôles psychanalytique, si vous préférez.

À mon regard incrédule, Gabriel comprend qu'il faut m'en dire plus.

— Il fallait que vous cessiez d'être dans le déni de votre maladie. Que vous vous confrontiez à vos chimères pour vous en libérer. C'est mon métier : reconstruire les gens, essayer de remettre de l'ordre dans leur esprit.

— Et vous avez inventé ce « scénario » comme ça ?

— J'ai essayé d'entrer dans votre logique, dans votre façon de penser. C'est la méthode la plus efficace pour établir un contact. J'ai improvisé au fur et à mesure, en fonction de ce que vous me racontiez et des décisions que vous preniez.

Je secoue la tête.

— Non, ça ne tient pas debout, c'est impossible.

Il me lance un regard franc.

— Et pourquoi donc ?

Dans ma tête, la journée de la veille défile en accéléré. Puis des images se figent, suscitant autant de questions.

— Les chiffres de sang sur votre bras ?

— Je les ai gravés moi-même avec un couteau suisse.

J'ai du mal à croire ce que j'entends.

— Le reçu de consigne du Greenwich Hotel ?

— C'est là où j'ai passé la nuit après un congrès.

— La mallette électrifiée ?

— La mienne. L'alarme et la décharge électrique se déclenchent automatiquement dès que la mallette est éloignée de plus de vingt-cinq mètres de la télécommande radio.

— Le GPS dans ma chaussure ?

— Tous les patients de la clinique portent un GPS dans une de leurs semelles. C'est une formalité qui se généralise dans les hôpitaux des États-Unis pour les malades souffrant d'un trouble lié à la mémoire.

— Mais vous aussi, vous portiez un mouchard…

Je revois la scène de façon nette : devant la friperie, Gabriel en train de projeter sa Converse dans une poubelle publique.

— Je vous ai *dit* que j'en avais trouvé un, mais vous ne l'avez pas vu, et vous m'avez cru sans vérifier.

Il contourne la voiture, ouvre le coffre et en sort un cric, puis une clé en croix pour changer la roue crevée de la Shelby. Je reste stupéfaite de m'être laissé abuser.

— Mais… toute cette histoire avec Vaughn ?

— Je cherchais un moyen de nous faire quitter New York, explique-t-il en s'accroupissant pour retirer l'enjoliveur de la roue crevée. J'ai lu dans votre dossier ce que Vaughn vous a fait subir. Je savais qu'en vous aiguillant sur sa piste je pourrais vous faire aller n'importe où.

Je sens la colère monter en moi. Je serais capable de me jeter sur lui pour le rouer de coups, mais avant je veux être certaine de bien comprendre.

— Les empreintes sur la seringue, c'étaient les vôtres, bien sûr ? Vaughn est mort…

— Oui, si votre père vous a dit qu'il était six pieds sous terre, il n'y a aucune raison de remettre en cause sa version. Je garderai ce secret, bien sûr. D'ordinaire, je ne suis pas un adepte de l'autodéfense, mais dans ce cas, qui pourrait le lui reprocher ?

— Et Seymour ?

— Krieg lui a téléphoné pour lui demander de collaborer avec nous. Plus tard, je l'ai appelé moi-même pour l'inciter à vous livrer de faux indices et à vous orienter vers l'hôpital.

— Quand ? Nous avons toujours été ensemble.

Il me regarde et secoue la tête, les lèvres pincées.

— Pas toujours, Alice : à Chinatown, j'ai attendu que vous soyez sortie de la boutique pour demander au prêteur sur gages la permission de passer un appel. Plus tard, devant le jardin communautaire de Hell's Kitchen, vous êtes restée dans la voiture pendant que vous pensiez que j'appelais mon ami Kenny d'une cabine téléphonique.

Avec sa clé en croix, il se met à desserrer les boulons qui tiennent la roue tout en continuant sa litanie.

— À la gare, pendant que j'achetais nos billets, une adorable grand-mère m'a laissé passer un appel avec son cellulaire. À Astoria, lorsque vous preniez votre bain, j'ai eu tout le temps d'utiliser le téléphone du bar à chicha. Enfin, alors que nous étions sur la route, je vous ai abandonnée une bonne dizaine de minutes avec « Barbie » sous prétexte d'aller acheter des cigarettes.

— Et pendant ce temps, vous étiez en ligne avec Seymour ?

— C'est lui qui m'a aidé à être crédible dans ce rôle d'agent spécial du FBI. Je dois bien avouer qu'il a assuré au-delà de mes espérances. Le coup du cadavre dans cette usine sucrière où il n'a bien sûr jamais mis les pieds, c'était son idée.

— L'enfoiré…

— Il vous aime beaucoup, vous savez. Tout le monde n'a pas la chance d'avoir un ami comme lui.

Il insère le cric dans l'encoche et mouline pour lever la voiture de quelques centimètres. En le voyant grimacer de douleur, je me rappelle lui avoir donné la veille un coup de couteau qui a dû lui occasionner une plaie musculaire assez profonde. Mais je ne suis pas d'humeur à m'attendrir.

— Et mon père ?

— Ah ! lui, c'était mon inquiétude. Pas certain que le grand Alain Schäfer accepte de jouer le jeu. Heureusement, Seymour lui a opportunément subtilisé son téléphone.

J'encaisse les coups comme un boxeur acculé dans un coin du ring. Mais je veux savoir. Tout savoir.

— L'appartement d'Astoria ? Votre ami Kenny Forrest ?

— Kenny n'existe pas. J'ai inventé cette histoire de jazzman parce que cette musique me passionne. Quant à l'appartement, c'est le mien. À ce propos, vous me devez une bouteille de La Tâche 1999. Je me réservais cette Romanée-Conti pour une grande occasion.

À son habitude, il pense que l'humour va apaiser ma colère. Il me provoque, cherche à me faire sortir de mes gonds.

— Vous pouvez vous la carrer où je pense, votre bouteille ! La propriétaire de l'immeuble, Mme Chaouch, pourquoi ne vous a-t-elle pas reconnu ?

— Simplement parce que j'avais appelé depuis la gare en lui demandant de ne rien laisser paraître.

Il dévisse complètement les boulons, retire la roue crevée avant de compléter son explication.

— Agatha, l'assistante de Krieg, était passée quelques minutes plus tôt pour faire disparaître tout ce qui aurait pu m'identifier : des photos, des dossiers, des factures… J'ai très mal à l'épaule. Vous pouvez me passer la roue de secours ?

— Et vous, vous pouvez aller vous faire foutre ?! Parlez-moi de la cabane dans les bois.

Gabriel fait un pas de côté, vérifie son bandage sous son cardigan et sa chemise. L'effort a dû faire saigner la plaie, mais il serre les dents et attrape la roue de rechange.

— La cabane, c'est celle du vrai Caleb Dunn. Et c'est moi qui ai demandé à Agatha de clouer sur la porte les trois photos que j'avais aperçues dans votre portefeuille.

— La Shelby est à vous aussi, j'imagine ?

— Je l'ai gagnée au poker lorsque j'habitais à Chicago, dit le psychiatre en se relevant et en s'essuyant les mains.

L'écouter m'est insupportable. Je me sens rabaissée, humiliée. En me menant en bateau de la sorte, Gabriel m'a enlevé la dernière chose qui me restait : la certitude d'être encore une bonne flic.

— J'avoue que j'ai eu de la chance, nuance-t-il. À deux reprises, vous avez failli me démasquer.

D'abord, lorsque vous avez insisté pour vous rendre avec moi au laboratoire d'hématologie médico-légale et y déposer l'échantillon de sang.

Je ne suis pas certaine de bien comprendre. Je le laisse poursuivre.

— Je connais bien Éliane, la clinique travaille avec son labo depuis longtemps. Je n'ai pas eu le temps de la prévenir, mais elle ne m'a jamais appelé « docteur » devant vous !

Je ne goûte guère l'ironie de l'anecdote.

— Et la deuxième fois ?

— Votre collègue, Maréchal. Là, on est vraiment passés à deux doigts de la catastrophe. D'abord, j'ai eu du pot qu'il ne soit pas au courant de votre arrêt de travail. Ensuite, lorsqu'il a effectué sa requête sur les caméras de surveillance, il s'est contenté de la faire en entrant le numéro de votre plaque d'immatriculation. S'il vous avait écrit dans son mail que les photos dataient d'une semaine, j'étais foutu !

Je hoche la tête. Une colère folle monte en moi, une rage impossible à canaliser. Un torrent de révolte et d'injustice qui prend possession de mon corps. Je me baisse pour attraper la clé en croix. Je me relève, me dirige vers Gabriel et, de toutes mes forces, je lui assène un grand coup dans le ventre.

27

Les ombres blanches

Ne craignons pas de dire la vérité.

OVIDE

J'assène un deuxième coup de clé en croix et Gabriel s'écroule dans la poussière, plié en deux, le souffle coupé.

— Vous êtes vraiment le roi des salopards !

Il porte les mains à l'abdomen. Je continue à déverser ma colère.

— Tout ce que vous m'avez raconté sur votre fils, sur la mort de la sœur de votre femme, c'est dégueulasse d'inventer de tels mensonges !

Il tente de se relever, croise les avant-bras et les met en opposition pour éviter un nouveau coup.

— C'est vrai, Alice ! Cette partie de l'histoire est vraie ! jure-t-il. Sauf que je n'étais pas flic, mais psychiatre bénévole dans une association qui aidait les prostituées.

Je lâche la croix métallique et le laisse se remettre debout.

— Ma femme est vraiment partie à Londres avec notre fils, explique-t-il en reprenant son souffle. C'est pour me rapprocher de lui que j'ai quitté la clinique.

Malgré cet aveu, je continue à fulminer.

— Cette mascarade vous a bien amusé, n'est-ce pas ? Mais qu'est-ce que ça m'apporte, à MOI ?

Je me jette sur lui, lui donne des coups de poing sur le torse. Je hurle :

— Qu'est-ce que ça m'apporte, hein ?

Il enserre mes poings dans ses grandes mains.

— Calmez-vous, maintenant ! ordonne-t-il fermement. Nous avons fait tout ça pour vous aider.

Le vent se lève. Je frissonne. C'est vrai, obsédée par l'enquête, j'avais presque relégué la maladie au second plan.

*

Je n'arrive pas à croire que je vais m'éteindre. Ce matin, j'ai l'esprit clair et affûté. Les vitres de la Shelby me renvoient une image flatteuse : celle d'une femme encore jeune et élancée, aux traits réguliers, aux cheveux qui flottent au vent.

Pourtant, je connais à présent le caractère trompeur et éphémère de l'apparence. Je sais que des plaques séniles sont en train de figer mes neurones et d'encalminer mon cerveau. Je sais que le temps m'est compté.

— Vous devez accepter de subir la deuxième partie de l'opération, insiste Gabriel.

— Ça ne sert à rien, votre truc. C'est un gadget pour plumer les gogos. Tout le monde sait qu'il n'y a rien à faire contre l'Alzheimer.

Il prend une voix plus douce.

— C'est vrai et faux à la fois. Écoutez, j'ignore ce qu'on vous a raconté sur cette opération. En revanche, je sais que notre clinique s'est spécialisée dans la stimulation électrique des circuits de la mémoire et que ce procédé donne d'excellents résultats.

Je l'écoute. Il essaie de se montrer didactique.

— Grâce à de très fines électrodes, on envoie un courant continu de quelques volts dans plusieurs zones stratégiques du cerveau : le fornix et le cortex entorhinal. Cette stimulation va générer des microsecousses qui vont avoir un effet sur l'hippocampe. On ne connaît pas encore complètement tous les mécanismes d'action, mais l'idée est d'améliorer l'activité des neurones.

— Mais ce traitement ne guérit pas la maladie.

— Chez beaucoup de malades, on constate une amélioration discrète mais significative de la mémoire épisodique et de la mémorisation spatiale.

— « Discrète » ? Génial…

— Alice, ce que je cherche à vous dire, c'est que nous avons encore trop peu de recul. C'est vrai, ce n'est pas une science exacte. Chez certains patients traités, des souvenirs perdus se réveillent, les symptômes régressent ou se stabilisent, mais chez d'autres, rien ne se passe et ils continuent malheureusement à s'enfoncer dans la maladie.

— Vous voyez bien…

— Ce que je vois, c'est que rien n'est écrit et que les symptômes peuvent s'accélérer et conduire à une mort foudroyante comme ils peuvent stagner. Chez les personnes jeunes dont on a détecté la maladie précocement, il y a des probabilités non négligeables de la contenir. C'est votre cas, Alice.

Je répète comme pour moi-même :

— Contenir la maladie…

— Freiner la progression de la maladie, c'est gagner du temps, martèle-t-il. La recherche fait des progrès chaque jour. Il y a aura des avancées, c'est certain…

— Oui, dans trente ans.

— Ça peut être trente ans comme ça peut être demain. Regardez ce qui s'est passé avec le sida.

Au début des années 1980, être diagnostiqué séropositif équivalait à une condamnation à mort. Puis il y a eu l'AZT et les trithérapies. Des gens vivent depuis trente ans avec la maladie…

Je baisse la tête et dis d'un ton las :

— Je n'en ai pas la force. C'est pour ça que j'ai paniqué après la première opération. Je voulais rentrer en France, voir mon père une dernière fois et…

Il se rapproche de moi et plante ses yeux dans les miens.

— Et quoi ? Vous mettre une balle dans la tête ?

Je le défie du regard.

— Quelque chose comme ça, oui.

— Je vous croyais plus courageuse…

— Qui êtes-vous pour me parler de courage ?

Il se rapproche encore. Nos fronts se touchent presque, comme deux boxeurs avant le premier round.

— Dans votre malheur, vous ne vous rendez pas compte de votre chance. Vous avez un ami qui finance ce traitement et qui a fait jouer ses relations pour vous inscrire dans ce programme. Vous ne le savez peut-être pas, mais il y a une liste d'attente considérable pour bénéficier de ces soins.

— Eh bien, comme ça, je libère une place.

— Visiblement, vous ne la méritez pas, en effet.

Au moment où je m'y attends le moins, je vois ses yeux briller. J'y lis de la colère, de la tristesse, de la révolte.

— Vous êtes jeune, vous êtes une battante, vous êtes la femme la plus déterminée et la plus têtue que j'aie rencontrée dans ma vie. S'il y a quelqu'un qui peut toiser cette maladie, c'est bien vous ! Vous pourriez être un exemple pour les autres malades et…

— Je me fous d'être un exemple, Keyne ! Je ne gagnerai jamais ce combat, arrêtez votre baratin maintenant.

Il s'insurge.

— Donc, vous rendez les armes ? C'est tellement plus facile, en effet. Vous voulez en finir ? Allez-y ! Votre sac est toujours sur le siège et il y a encore votre arme à l'intérieur !

D'un pas décidé, Gabriel s'éloigne en direction de l'hôpital.

Il me provoque. Il m'exaspère. Je suis fatiguée. Il ne sait pas qu'il ne faut pas m'entraîner sur ce terrain. Que je marche depuis trop longtemps au bord du gouffre. J'ouvre la portière de la Mustang et m'empare de la besace. Je défais les lanières. Le Glock est bien là, ainsi que le téléphone dont la batterie est presque à plat. Je mets le portable dans ma poche machinalement, puis je vérifie le chargeur du pistolet et le glisse dans ma ceinture.

Le soleil commence à être haut dans le ciel.

Je regarde au loin et cligne des yeux, aveuglée par les reflets argentés qui dansent sur le lac. Sans un coup d'œil à Gabriel, je m'éloigne de la voiture et m'avance sur l'embarcadère.

La puissance tranquille du paysage dégage une impression de sérénité et d'harmonie. De près, l'eau est limpide, presque turquoise.

Je finis par me retourner. Gabriel n'est plus qu'une silhouette dans l'allée. Trop loin pour tenter quelque chose.

Je m'empare du Glock en polymère et je respire profondément.

Je suis dévastée, laminée, à bout de souffle. Au terminus d'une chute sans fin qui a débuté bien des années plus tôt.

Je ferme les yeux. Dans ma tête se détachent les fragments d'une histoire dont je connaissais déjà la fin. Au fond de moi, n'ai-je pas toujours eu la conviction que ma vie se terminerait ainsi ?

Seule, mais libre.

Comme j'ai toujours essayé de vivre.

28

D’un seul cœur

Les seuls chemins qui valent d’être empruntés sont ceux qui mènent à l’intérieur.

Charles JULIET

Je place le canon froid de l’arme dans ma bouche.

Garder la maîtrise. Ne pas devenir une femme à la mémoire morte. Une malade que l’on enferme dans une chambre d’hôpital.

Décider, jusqu’au bout, du chemin que doit prendre mon existence.

En toute lucidité.

Personne nc m’enlèvera ça.

Ma dernière liberté.

Les yeux clos, je vois défiler les instantanés des jours heureux avec Paul. Des milliers de clichés que le vent balaie et emporte dans l’atmosphère, ouvrant un passage vers le ciel.

Soudain, je l'aperçois, tenant la main de son père. Cet enfant dont nous n'avions pas encore choisi le prénom et qui n'en aura jamais. Cet enfant que je ne connaîtrai pas, mais dont j'ai imaginé le visage tant de fois.

Ils sont là, tous les deux, dans ces ténèbres bienveillantes. Les deux hommes de ma vie.

Je sens des larmes rouler sur mes joues. Je garde les yeux fermés, le calibre dans ma bouche, mon doigt sur la détente, prête à faire feu. Prête à les rejoindre.

L'enfant lâche alors la main de Paul et fait quelques pas vers moi. Il est si beau… Ce n'est plus un bébé. Déjà un vrai petit garçon. Avec une chemise à carreaux et un pantalon retroussé. Quel âge a-t-il ? Trois ans ? Quatre, peut-être. Je reste fascinée par la pureté de son regard, l'innocence de son expression, les promesses et les défis que je lis dans ses yeux.

— Maman, j'ai peur, viens avec moi, s'il te plaît.

Sa voix m'interpelle. Il me tend la main.

Moi aussi, j'ai peur.

L'attraction est puissante. Un sanglot me suffoque.

Je sais pourtant que cet enfant n'est pas réel. Qu'il n'est qu'une simple projection de mon esprit.

— Viens, s'il te plaît. Maman…

J'arrive…

Mon doigt se crispe sur la détente. Un gouffre s'ouvre en moi. Je sens une tension dans tout mon corps, comme si s'élargissait plus encore cette faille béante que je porte en moi depuis l'enfance.

C'est l'histoire d'une fille triste et solitaire, qui n'a jamais trouvé sa place nulle part. Une bombe humaine sur le point d'exploser. Une Cocotte-Minute constamment sous pression dans laquelle bouillonnent depuis trop longtemps du ressentiment, de l'insatisfaction, une envie d'être ailleurs.

Appuie. Presse la détente. La douleur et la peur disparaîtront immédiatement. Fais-le maintenant. Tu en as le courage, la lucidité, la faiblesse… C'est le bon moment.

Un tremblement le long de ma cuisse.

Le téléphone portable qui vibre dans ma poche.

J'essaie de les retenir, mais Paul et l'enfant s'évaporent. La colère succède à la tristesse. J'ouvre les yeux, retire le pistolet de ma bouche et décroche rageusement. J'entends la voix de Gabriel dans le combiné.

— Ne faites pas ça, Alice.

Je me retourne. Il est à cinquante mètres derrière moi, il se rapproche.

— On s'est tout dit, Gabriel.

— Je ne crois pas, non.

Je hurle de désespoir :

— Laissez-moi tranquille ! Vous avez peur pour votre carrière, c'est ça ? Une patiente qui se fait exploser la tête dans l'enceinte de votre belle clinique, ça ferait désordre, hein ?

— Vous n'êtes plus ma patiente, Alice…

Je reprends mes esprits.

— Comment ça ?

— Vous le savez bien. Un médecin n'a pas le droit d'être amoureux de sa patiente.

— Votre dernière tentative est pathétique, Keyne !

— Pourquoi croyez-vous que j'ai pris tous ces risques ? enchaîne-t-il en avançant d'un pas. J'ai éprouvé quelque chose pour vous dès que je vous ai vue couchée sur ce banc.

— Vous êtes ridicule.

— Je ne joue pas, Alice.

— On ne se connaît pas.

— Je crois que si, justement. Ou plutôt, on s'est reconnus.

Je le repousse.

— Vous, le queutard sans limites, amoureux de moi ? « Une fille dans chaque port » : vous croyez que je ne me souviens pas de votre devise ?

— Un mensonge pour soigner mon personnage de jazzman.

— Vous matez tout ce qui bouge !

— Je vous trouve belle à tomber, Alice. J'aime votre mauvais caractère, votre sens de la repartie. Je ne me suis jamais senti aussi bien avec quelqu'un.

Je le fixe sans pouvoir dire un mot. La sincérité que je perçois dans ses paroles me pétrifie. Il a risqué sa peau pour moi, c'est vrai. Hier soir, j'ai même été à deux doigts de lui tirer dessus.

Il insiste.

— J'ai envie de faire mille choses avec toi : de te parler des livres que j'aime, de te montrer le quartier où j'ai grandi, de te préparer ma recette de *mac and cheese* aux truffes, de...

Les larmes brouillent de nouveau ma vue. Les mots de Gabriel m'enveloppent de leur douceur et j'ai envie de m'abandonner à ce sentiment. Je me souviens de la première fois où j'ai vu son visage sur ce fameux banc de Central Park. Nous avons été complices dans la seconde. Je le revois dans ce magasin de jouets, drapé dans sa cape, faire des tours de magie pour amuser les enfants.

Pourtant, je le coupe :

— Cette femme que vous prétendez aimer, Gabriel... Dans quelques mois, vous savez très bien qu'elle aura disparu. Elle ne vous reconnaîtra plus. Elle vous appellera « monsieur » et il faudra l'enfermer dans une chambre d'hôpital.

— C'est une éventualité, mais ce n'est pas certain. Et je suis prêt à prendre ce risque.

Je lâche le téléphone au moment où sa batterie rend l'âme.

Gabriel est devant moi, à moins de dix mètres.

— S'il y a bien quelqu'un qui peut mener ce combat, c'est toi.

Il se tient désormais à quelques centimètres.

— Mais ça ne dépend pas de moi.

— On va se battre tous les deux, Alice. Je crois qu'on fait une belle équipe, non ?

— J'ai peur ! J'ai tellement peur…

Une bourrasque soulève la poussière et fait trembler les aiguilles dorées des mélèzes. Le froid me brûle les doigts.

— Je sais combien ce sera difficile, mais il y aura…

Il y aura…

Il y aura des matins clairs et d'autres obscurcis de nuages.

Il y aura des jours de doute, des jours de peur, des heures vaines et grises dans des salles d'attente aux odeurs d'hôpital.

Il y aura des parenthèses légères, printanières, adolescentes, où la maladie elle-même se fera oublier.

Comme si elle n'avait jamais existé.

Puis la vie continuera.

Et tu t'y accrocheras.

*

Il y aura la voix d'Ella Fitzgerald, la guitare de Jim Hall, une mélodie de Nick Drake revenue du passé.

Il y aura des promenades en bord de mer, l'odeur de l'herbe coupée, la couleur d'un ciel de traîne.

Il y aura des jours de pêche à marée basse.

Des écharpes nouées pour affronter le vent.

Des châteaux de sable qui tiendront tête aux vagues salées.

Et des cannoli au citron avalés sur le pouce dans les rues du North End.

*

Il y aura une maison dans une artère ombragée. Des lampadaires en fonte au halo coloré. Un chat roux, bondissant, un gros chien bienveillant.

Il y aura ce matin d'hiver où je serai en retard pour aller travailler.

Je descendrai trois par trois les marches de l'escalier. T'embrasserai en coup de vent, attraperai mes clés.

La porte, l'allée pavée, le moteur allumé.

Et au premier feu rouge, je réaliserai qu'une petite tétine tient lieu de porte-clés.

*

Il y aura…

De la sueur, du sang, le premier cri d'un bébé.

Un échange de regards.

Un pacte pour l'éternité.

Des biberons toutes les quatre heures, des paquets de couches empilés, de la pluie sur les vitres, du soleil dans ton cœur.

*

Il y aura…

Une table à langer, une baignoire coquillage, des otites à répétition, une ménagerie de peluches, des berceuses fredonnées.

Des sourires, des sorties au parc, des premiers pas, un tricycle dans l'allée.

Avant de s'endormir, des histoires de princes terrassant des dragons.

Des anniversaires et des rentrées des classes. Des déguisements de cow-boy, des dessins d'animaux accrochés au frigo.

Des batailles de boules de neige, des tours de magie, des tartines de confiture à l'heure du goûter.

*

Et le temps passera.

Il y aura d'autres séjours à l'hôpital, d'autres examens, d'autres alertes, d'autres traitements.

Chaque fois, tu monteras au front, la peur au

ventre, le cœur serré, sans meilleure arme que ton envie de vivre encore.

Chaque fois, tu te diras que, quoi qu'il puisse t'arriver à présent, tous ces moments arrachés à la fatalité valaient la peine d'être vécus.

Et que personne ne pourra jamais te les enlever.

Merci

À Ingrid,

À Édith Leblond, Bernard Fixot et Catherine de Larouzière.

À Sylvie Angel, Alexandre Labrosse, Jacques Bartoletti et Pierre Collange.

À Valérie Taillefer, Jean-Paul Campos, Bruno Barbette, Virginie Plantard, Caroline Sers, Stéphanie Le Foll et Isabelle de Charon.

Références

Chapitre 1 : Stephen King, *Nuit noire, étoiles mortes*, traduit par Nadine Gassie, Albin Michel, 2012 ; chapitre 2 : Les frères Grimm ; chapitre 3 : Blaise Pascal, *Les Pensées, XXI*, Guillaume Desprez, 1670 (orthographe modernisée) ; chapitre 4 : Albert Einstein ; chapitre 5 : Willa Cather, *Le Chant de l'alouette*, traduit par Marc Chénetier, Rivages, 2007 ; chapitre 6 : Stefan Zweig, *Vingt-quatre heures de la vie d'une femme*, traduit par Olivier Bournac et Alzir Hella, « Le Livre de Poche », LGF, 1993 ; chapitre 7 : Joseph Kessel, propos rapporté par J.-M. Guenassia, dans *Le Club des incorrigibles optimistes*, Albin Michel, 2009 ; chapitre 8 : William Wordsworth, *Quelques Poèmes de William Wordsworth*, traduits par Émile Legouis, Leopold Cerf éditeur, 1896 ; chapitre 9 : Emily Dickinson, *The Poems of Emily Dickinson*, Belknap Press, 1999, Harvard University Press, 1999 ; chapitre 10 : Lao Tseu ; chapitre 11 : Didier Van Cauwelaert, *Poisson d'amour*, Seuil, 1984 ; chapitre 12 : Sénèque, *Lettres à Lucilius*, 19, 96, 5, dans *Œuvres de Sénèque le Philosophe, tome I* traduit par M. Charpentier et M. Lemaistre, Garnier, 1860 ; chapitre 13 : James

Salter, *Un bonheur parfait*, traduit par Lisa Rosenbaum et Anne Rabinovitch, l'Olivier, 1997 ; chapitre 14 : Introduction de Stephen King à *The Shining*, Simon and Schuster, 2002 ; chapitre 15 : locution latine traditionnellement attribuée à Végèce ; chapitre 16 : Donna Tartt, *Le Maître des illusions*, traduit par Pierre Alien, « Feux croisés », Plon, 1993 ; chapitre 17 : Andreï Tarkovski ; chapitre 18 : Locution latine ; chapitre 19 : Emily Dickinson, *« Unto a Broken Heart », Œuvres complètes*, traduit par Françoise Delphy, Flammarion, 2009 ; chapitre 20 : Jean Tardieu ; chapitre 21 : *Le Livre de L'Ecclésiaste* ; chapitre 22 : Guillaume Apollinaire, « Le Pont Mirabeau », *Alcools*, Mercure de France, 1913 ; chapitre 23 : Lewis Carroll, *Alice's Adventures in Wonderland*, Macmillan and Co, 1865 ; chapitre 24 : Friedrich Hölderlin, « Patmos » ; chapitre 25 : Albert Cohen, *Belle du Seigneur*, Gallimard, 1968 ; chapitre 26 : Virginia Woolf, *La Dame dans le miroir : réflexion*, traduction par Michèle Rivoire, dans *Œuvres romanesques, II*, « Bibliothèque de la Pléiade », Gallimard, 2012 ; chapitre 27 : Ovide, *Les Héroïdes*, épitre 5 ; chapitre 28 : Charles Juliet, *Dans la lumière des saisons : lettres à une amie lointaine*, POL, 1991.

Citation p. 148 : Charles Baudelaire, « Le Spleen de Paris », *Petits Poèmes en prose*, Michel Levy, 1869.

Table

Troisième partie

De sang et de fureur

Quatrième partie

La femme décousue

Composition et mise en pages
Nord Compo à Villeneuve-d'Ascq

Achevé d'imprimer en août 2015
par CPI à Barcelone

POCKET – 12, avenue d'Italie – 75627 Paris cedex 13

Dépôt légal : novembre 2015
S26406/01

DU MÊME AUTEUR
CHEZ POCKET

ET APRÈS...
SAUVE-MOI
SERAS-TU LÀ ?
PARCE QUE JE T'AIME
JE REVIENS TE CHERCHER
QUE SERAIS-JE SANS TOI ?
LA FILLE DE PAPIER
L'APPEL DE L'ANGE
7 ANS APRÈS…
DEMAIN
CENTRAL PARK

CENTRAL PARK